U0096147

法藏知津

五編：佛教思想・文化・語言研究專輯

杜潔祥 主編

第 25 冊

漢文佛典後綴的語法化現象

高婉瑜 著

花木蘭文化出版社

國家圖書館出版品預行編目資料

漢文佛典後綴的語法化現象／高婉瑜 著 — 初版 — 新北市：
花木蘭文化出版社，2017〔民105〕
目 2+200 面；19×26 公分
（法藏知津五編：佛教思想・文化・語言研究專輯 第 25 冊）
ISBN 978-986-322-062-6（精裝）
1. 佛經 2. 漢語語法
802.08   101015997

ISBN-978-986-322-062-6

9 789863 220626

法藏知津五編：佛教思想・文化・語言研究專輯
五 編 第二五冊   ISBN：978-986-322-062-6

漢文佛典後綴的語法化現象

作　　者　高婉瑜
主　　編　杜潔祥
副總編輯　楊嘉樂
編　　輯　許郁翎
出　　版　花木蘭文化出版社
社　　長　高小娟
聯絡地址　235 新北市中和區中安街七二號十三樓
　　　　　電話：02-2923-1455／傳眞：02-2923-1452
網　　址　http://www.huamulan.tw 信箱 hml 810518@gmail.com
印　　刷　普羅文化出版廣告事業
初　　版　2017 年 3 月
定　　價　五編 25 冊（精裝）新台幣 50,000 元

漢文佛典後綴的語法化現象

高婉瑜　著

作者簡介

高婉瑜，女，高雄人。國立高雄師範大學國文學士，國立中正大學中國文學碩士與博士。碩士班師從黃靜吟先生，研究古文字學，論文題目是《先秦布幣研究》。博士班師從竺家寧先生，研究漢文佛典語言學，論文題目是《漢文佛典後綴的語法化現象》。曾任淡江大學中國文學學系專任助理教授、副教授，現任高雄師範大學國文學系專任副教授，曾開設文字學、聲韻學、訓詁學、詞彙學、修辭學等課程。喜歡跨領域的探索，矢志發揚佛陀教育的理念，研究興趣是佛典語言學、漢語史、文字學，迄今已發表數十篇期刊與會議論文。

提　要

　　本研究從「語法化」（grammaticalization）的角度，勾勒「漢文佛典後綴」（suffixes in Chinese Buddhistic scriptures）的演變歷程。筆者選定的對象是：「子」、「兒」、「頭」、「來」、「復」、「自」、「當」，從這些後綴考察中，找出佛典後綴的特色、語法化規律和歷程。透過本文的研討，有助於澄清漢語詞綴和西方詞綴的異同，及漢語派生構詞的功能和價值。

　　本文對佛典語料進行窮盡式觀察，力求準確描寫語料的意義，並提供相關的統計數字和分析。

　　本研究有五點發現：

　　1. 佛典的派生有三個特色，即：派生詞綴身兼多職、很多詞綴有跨類情形、當時的詞綴不發輕聲。

　　2. 漢語派生詞分為三種類型，即：表達性派生、功能性派生、純造詞派生，以第三種居多數。

　　3. 佛典後綴的語法化和「語義」、「句法位置」、「句法格式」有密切關係，所使用的機制，包括：語義泛化、重新分析、類推、隱喻、轉喻等。後綴的語法化過程，符合Hopper（1991：22）的五個原則。

　　4. 根據佛典後綴的分析，推知漢語詞綴的特點是：與句法無關、非強制性、可替換、詞義不規則、有限的應用、不能累加表達、可重複。

　　5. 漢語詞綴多半是非典型的，不必然有決定詞類的功用。

謝　誌

轉眼間，求學生涯已歷經 23 個寒暑。今日能順利完成學業，絕非個人才智所爲，全是諸多菩薩的幫助，婉瑜才有機會寫這篇謝誌。

感謝指導教授竺家寧老師，引領學生進入佛經語言的世界。在支謙譯經的計畫中，展開新學門的學習。本論文在撰寫過程中遇到的種種難題，均賴　恩師的豐富經驗與殷殷教導，才能一一解決困難。　恩師胸懷寬厚，包容學生的拙見，讓學生有充分的空間自由發展。

感謝口試召集人周虎林老師，在措辭方面，指導學生應勇於負責，並強調引用一手資料的重要性。感謝許長謨老師，提醒學生留意漢語分期、副詞分類、粘著語的詞綴、小稱詞綴等問題，使整本論文更具系統性。感謝張慧美老師，在題目設計、量化統計、修正別字、參考文獻方面的建議，協助學生更精準、更完整地陳述論點。感謝陳淑芬老師遠從北部南下指導，使學生在英文拼字、梵文對譯、術語定義等方面，有更確切地表達。感謝蔡素娟老師解釋「研究方法」的精義，蔡老師的一席話，讓學生瞭解研究者的任重道遠，應該勇於提出文中的懷疑和發現，以嚴密的邏輯論證觀點，如此才能推動學術研究的前進。

感謝碩士班的指導教授黃靜吟老師，　恩師支持學生研究另一個領域，走更寬廣的道路。在師門之下，深刻感受到　恩師的疼愛和關懷。六年多來的師生之情、點點滴滴，三言兩語豈能道盡？

感謝張榮興老師教導語意學知識，並對論文提供許多寶貴意見。

感謝連金發老師、魏培泉老師、鄭縈老師，不厭其煩地指正論文，並且惠賜多篇大作。

感謝董琨老師、方一新老師、蔣紹愚老師、朱慶之老師、張誼生老師的解惑之恩。

感謝妙心寺住持上傳下道法師，儘管學生佛學根底粗淺，師父依然樂於教導，在寒風中解釋佛學源流，提示禪宗語錄的研修方法。

感謝胡景瀚老師多年的包容，當學生面對人生的難題時，胡老師適時地開導和勉勵，讓學生勇敢向前進。

感謝葉日松老師的鼓勵，葉老師囑咐學生多多提筆，保持寫作的習慣。

感謝于亭博士、張雁博士、董秀芳博士，提供了許多精闢意見，提升婉瑜思考的嚴謹度。

感謝諸位愛護婉瑜的善知識，他們是可愛的小天使、玉玲學姐、文杰學長、美慧學姐、靜馨學姐、怡品、蕙菁、育婕、美翠、燕婷、佳誼、佩君、仕宏、雁蓉、沐政、妙娟、怡芬，及許多親愛的學生。本論文的 abstract，是在連金發老師、杜振亞主任、永松學長、淑瓊的潤飾下完稿。因爲有大家的幫忙，婉瑜才能克服障礙，完成學業。

感激親愛的老菩薩，婉瑜能獲得博士學位，完完全全是您們的功勞。老菩薩對子女的栽培、叮嚀、呵護、勉勵和期許，使婉瑜養成勇於自我挑戰、追求進步、孜孜不倦的習慣。老菩薩教導我，即便遇到天大的困難和挫折，都要鼓起勇氣面對和處理，盡自己最大的努力，認眞學習。

感激親愛的妹妹的分憂解勞，代姐打點家務，照顧家庭，妹妹的喝采是最溫馨的禮物。沒有他的分勞，婉瑜不可能順利畢業。

感激可愛的柴犬阿雄，陪我走過大學、碩班、博班生涯，雄總是送婉瑜最熱情的擁抱，最關愛的眼神，將來，我們還要繼續相伴。

感激敬愛的佛陀與菩薩，給予弟子成長的機會，當弟子遭遇一連串打擊，陷入無明苦時，能漸漸領會無常、三毒、因果的道理，重新檢視自己，改變自己，進而接觸佛法，感受法喜。

本論文通過兩次的口試審核（4/17 和 5/15），經歷多次反覆的思索和修改，

文中融合前輩學者的高見，亦加入一些不夠成熟的鄙見，2012 年論文出版與
2017 年再版前，重新檢視全文，將錯別字更正，重新標點，刪除不當處，內容
主體維持原貌。筆者學識淺陋，閱讀有限，論文定有未善之處，尚祈　方家不
吝賜正，婉瑜必將歡喜接受，虛心領教。

Wednesday, May 17, 2006

高婉瑜

論文定稿於 2006.5.17（三）

修訂於 2012.5.8（二）

二修於 2016.12.31（六）

目

次

第一章 緒 論

　　語言學（linguistics）是一門蓬勃發展的學科，顧名思義，語言學研究的對象是「語言」（language）。無論是哪一個民族的語言，都具備嚴密的邏輯，隨著時間的遞嬗，語言也不停地變動。本文以「語法化」（grammaticalization）〔註1〕為研究課題，選擇構詞學（morphology）中的「詞綴」（affix）為研究對象，並且，再把範圍設定在「後綴」（suffix）。透過觀察後綴的演變歷程及演化機制，了解語言的語法化現象。

　　從漢語詞彙史的角度來看，上古漢語的詞綴並不發達，一直到中古漢語階段，才有逐漸增多趨勢，而且，增加的往往是後綴。近、現代漢語的詞綴仍保持強韌的生命力。詞綴發展的關鍵期是在漢朝，當時佛教傳入中國，印度、西域的佛典紛紛譯成中文，譯經數持續增加，佛典翻譯促進了漢語雙音節化的速度。

　　漢文佛典是很重要的中古漢語資料，許多詞綴也是在中古階段發展起來，因此，筆者選擇漢文佛典作為後綴研究的材料，從中古階段的佛典中，觀察漢語後綴的語法化現象。本文使用的語料類型有兩種：主要觀察語料（漢譯佛典

〔註1〕Grammaticalization consists in the increase of the range of a morpheme advancing from a lexical to a grammatical or from a less grammatical to a more grammatical status , e.g. from a derivative formant to an inflectional one（Jerzy Kuryłowicz〔1965〕1975：52）.grammaticalization 的相關介紹，在第二章第二節將有更進一步的說明。

及禪宗文獻）、次要觀察語料（非佛典文獻），次要語料是對照組。語料選取的
總標準是：時代明確、譯者明確、可信度高、故事性強、口語性高。

　　論文首章的安排如下：

　　第一節　研究動機

　　第二節　研究方法

　　第三節　漢語史的分期

　　第四節　材料定性

　　（例證引用方式附記於第四節末）

第一節　研究動機

　　語言是人類特有的一種能力，也是人類薪火相傳的媒介之一。人們時常接
觸語言，在溝通無礙之下，不會意識到語言有什麼奧妙，因為它就是如此自然
地從人們的口中說出來。世界上各個民族都有語言，彼此之間似乎沒有相關性，
其實，根據語言學家的研究，語言存在共性，例如，每種語言在詞類範疇上都
有名詞、動詞、形容詞等等；句法功能上，名詞通常作主語、賓語，動詞作謂
語，形容詞作定語。由此可知，語言是很奇妙的東西，值得我們深入地研究。
語言具備嚴密的邏輯，透過一些規律運作這個系統。規則有限，但語言現象繽
紛多變。因此，研究語言必須先釐清表面現象，抽絲剝繭，找出規則以後，進
一步探討所以然的原因。

　　中國很早就有語言學，傳統稱為小學。小學是通經明義的基本知識，附屬
於經學之下。由於它是明經工具，讀書人都很重視小學。隨著西風東漸，西方
語言知識傳入中國，影響傳統小學的發展，也為漢語研究帶來一些啟發。許多
學者紛紛援引國外理論，解釋漢語的種種現象，卻發覺難免扞格不入，這是因
為語言雖然有一些共性，但仍然存在個性。因此，發展出一門具備解釋性的漢
語語言學，是語言研究者刻不容緩的使命。這也是本文秉持的精神標的。

　　語言學（linguistics）內有許多分支學科，例如，語音學（phonology）、語
義學（semantics）、語法學（syntax）、語用學（pragmatics）、構詞學（morphology）
等等，各有研究重心。本文選擇構詞學為研究範疇，[註1] 從歷史語言學中的

───────────────────

〔註1〕胡附、文煉（1990：58-59）接櫫構詞法的五個重要性，文中提到方光燾〈建設與

「語法化」角度，觀察派生構詞內的後綴（suffix），及它們的語法化歷程（grammaticalization）。

　　構詞類型很多，其中一種是透過「詞綴」（affix）來構詞。為什麼筆者要選擇「後綴」呢？因為詞綴是普遍又重要的語言現象，漢語亦不例外，如果，將觀察的時代限定在古漢語，特別是聚焦在中古佛典時，不難發現佛典保存了豐富的「後綴」。目前有很多人討論詞綴或語法化現象，顯見這兩個子題的重要性。不過，系統性地探索古漢語詞綴（後綴）的研究並不多，再者，將詞綴連結語法化，作跨類探討的篇章又更少了。本文是一個嘗試。

　　筆者認為在詞綴範疇中，語法化過程是值得探討的面向。語法化會導致篇章、句法、構詞等成分的轉變，詞綴的前身往往是實詞或實語素，因此，詞綴（後綴）可說是語法化作用下的產物，那麼，它是如何發生語法化呢？它的產生對於漢語構詞學有何意義呢？這是本文想解答的問題。

　　漢語史的上古階段，變化速度較慢，整體說來呈現穩定狀態，東漢之後變化明顯加快，前輩學者指出這個波動與「佛教傳入」有密切關係。確實從信仰、政治、社會、藝術諸層面觀察，佛教均帶來了巨大的影響，在語言方面，我們可以這樣說：翻譯佛典的工作不啻是漢語史上大規模的語言接觸。在數百年的時間裡，西域僧人學習漢語，中國僧人學習梵文、巴利文，把數以萬計的佛典翻譯成漢語，〔註2〕再廣為宣講、傳播，使得佛教成為流傳最廣、最深入人心的宗教。

　　為什麼筆者要研究佛典語言？有兩個原因。

　　其一，從佛典語言的性質來看，外來文化的刺激，讓漢語發展腳步有了明顯的飛躍，例如，上古漢語以單音詞為主，佛教傳入之後，促使複音節詞

破壞〉強調構詞法的重要，構詞法是語言研究的一個環節，瞭解詞彙的構詞現象，才能進一步探討短語、句子、篇章等結構。

〔註2〕朱慶之（1992：35-36）提到，根據日本《大正新修大藏經》（簡稱《大正藏》）編者的統計，正編部分（前55冊）收佛典2236部，9006卷。但是，作者的統計則為2265部，8978卷這其中雜有日本、朝鮮撰述共59部，79卷，扣除之後，《大正藏》正編所收漢文佛典的總數是2206部，8899卷。根據抽樣統計，佛典每卷的平均字數約為8000字，總字數就約為7000萬字。由此可見漢文佛典數量之龐大。

（disyllabic or polysyllabic word）快速發展，許多新詞、新義（如「佛」、「菩薩」、「魔」等等）因應產生。佛教初傳時，首先是與上層社會人士接觸，接著，逐漸擴大到一般民眾，僧人翻譯佛典，主要目的就是宣揚教義，爲了讓廣大眾生熟悉並接受佛教，傳教的語言選擇了與民眾接近的口語，〔註3〕因此，對於當時的百姓而言，佛教不是困難深奧、無法理解的信仰，佛典是一個個寓道理於故事的結集。佛典採用了當時較爲口語的語言，並且，多以說故事的方式進行，因此，書中充滿許多生活化的詞彙，保留豐富的後綴，有些派生詞還是很少在書面語系統出現的。

其二，從投入研究的程度來看，學界在上古、近代、現代漢語的領域，紛紛投注大量心力，中古漢語是值得再開發的領域，想要瞭解中古漢語，漢文佛典是很重要的材料。佛典跨越中古、近代漢語兩階段，目前已受到應有的重視。話雖如此，佛典數量十分驚人，一時間要窮盡地研究，有一定的困難度。客觀地說，上古漢語是詞綴的萌芽期，單就此期進行討論，結果必然不盡完善；近、現代漢語的詞綴豐富，但是，已是演變後（或演變中）的結果。所以，本文將後綴問題的重心放在佛典的考察，兼顧上溯下及，說明後綴的歷史淵源與演變的結果。

佛典是本文的材料，語言學是貫串的線，兩者的結合，盼能瞭解後綴在東漢～宋（明）的變遷。雖然禪宗曾宣稱「不立文字」，主張語文本身也是虛幻，〔註4〕可是，在禪宗崛起之前，佛典翻譯事業的大興是不爭的事實，面對瀚海般

〔註3〕 朱慶之（1992：15-28）認爲，漢文佛典的語言從整體上來看，是一種既非純粹口語，又非一般文言的特殊語言變體，故稱爲「佛教混合漢語」。其語體性質介於純粹口語和書面語之間。筆者認爲，雖然學界對「佛典語言是否可等同於當時口語」的問題有不同的看法，不過，根據其中的語法、詞彙現象，佛典語言確實不同於書面語。因此，即便佛典語言不等於口語，但是，僧侶爲了達到傳教目的，採用的語言應是盡量與民眾接近，讓民眾能夠瞭解的語言。這個貼近口語的現象，在早期的譯經中（東漢三國）特別明顯。依據汪維輝（2000：18）的研究，早期佛經在常用詞方面，大多選用當時口頭詞語，沒有明確避俗意識，或者說，開始時那些並不精通漢語的外來傳教者，還不具備避俗求雅的語言能力。此言再次強調了佛典語言的口語性質。

〔註4〕 《祖堂集·僧伽難提》：「惠可白和尚：『今日乃知一切諸法本來空寂，今日乃知菩提不遠，是故菩薩不動念而至薩般若海，不動念而登涅槃岸。』師云：『如是！如

的佛典，刻意不去關照、體會其間文字，也有違譯經大師的初衷。教義用語言流傳，以文字紀錄，如何確切掌握傳播媒介，降低因為時間、空間、翻譯產生的語言隔閡，才能幫助我們閱讀佛典，親近法寶。

筆者撰寫此文，不在強解佛典大義，是希望透過語言現象的詮釋，呈現語言的變化脈絡及動因，倘若，還能促使大家更親近佛菩薩、閱讀佛典，體會其中的道理，那更令人歡喜。簡單地說，本文結合「詞綴」及「語法化」的語言現象，希望能解答幾個語言問題，提供接觸佛典的機會：

1. 語言學方面
   a. 藉由論題的研討，尋出中、西詞綴的差異、佛典派生詞的特色，及漢語派生構詞的價值。
   b. 嘗試由語法化的動態觀點，瞭解古漢語後綴的變化動因、語法化的規律與過程。
   c. 提出「漢語」語法化現象的檢討。
2. 佛法傳播方面
   a. 消除佛典深奧難懂的誤解。讀者在閱讀的同時，亦接觸了法寶，更親近佛法。
   b. 從閱讀法寶出發，作為筆者和讀者修持身心的依準。

第二節　研究方法

本文是一項跨類研究，後綴屬「構詞學」範疇，語法化屬「歷史語言學」範疇，後綴是語法化的現象，語法化是一種動態的變化，必須回歸到時間的軸線上才能呈現。索緒爾（Saussure〔1916〕2002：90）提出共時（synchronic）和歷時（diachronic）兩個概念，共時態和歷時態分別指稱語言的某種狀態，和演變的一個階段。本文的佛典語料涵蓋了「東漢晚期～魏晉南北朝～隋唐五代～宋（明）」，跨越的時間很長，屬於「歷時性」考察。

是！』惠可進曰：『和尚此法有文字記錄不？』達摩曰：『我法以心傳心，不立文字。』《景德傳燈錄・越州大珠慧海和尚語錄》：「經是文字紙墨，文字紙墨性空，何處有靈驗？」由此可知，禪宗曾主張不立文字，重視心性的體驗。然而，後來禪宗也留下許多的燈錄、語錄，以文字禪的方式傳教。

　　進行一項語言研究時除了分析、描寫語言現象之外，還必須做出解釋。觀察的角度、採用的理論、選擇的語料等因素，都會影響解釋結果。自從清朝晚期馬建忠嘗試以西方語言學理論重新認識漢語，證明語言有相似之處，亦反映了西方理論並非全然適用於漢語。有鑑於此，本文選擇理論架構時，不以特定一派的學說爲根基，完全從「問題」出發，以找到合適的解題理論爲準。本文寫作宗旨不在創立一門獨特的理論，如何有效解釋問題、說明現象，才是爲文之重點。因此，筆者所抱持態度是：參酌中、西大家之說，統合理論，提出修正，尋繹屬於漢語的詞綴解釋，及語法化道路。

　　本文的研究是以「歷時」爲主軸，全書討論的次序是先研究佛典語料（主要語料），後對照中土文獻（次要語料），進行步驟如下：

　　採樣→歸納整理→判讀→描寫→量化→解釋數據→對照次要語料→

　　歸納派生類型→尋找語法化脈絡（→全章的比較分析）

本文的研究方法是：採樣之後，先以「歸納法」整理派生詞的類型，再進行「語料描寫」，接著，進行「量化統計」，製表呈現，並予以解釋，再對照中土文獻。最後，尋找實詞逐步語法化的脈絡，及運用的機制。章的最後一節再以「比較分析法」董理同質後綴的共性（同）和殊性（異）。

　　至於細部的搜尋語料的過程是：每一條「漢譯佛典」語料，均採自於中華電子佛典協會的 Cebta 資料庫，該資料庫的底本是《大正新修大藏經》（簡稱《大正藏》）。〔註5〕每一條「禪宗文獻」語料亦先藉助資料庫的檢索，《祖堂集》採自《佛光大藏經》，再行按覈紙本《佛光大藏經》；《古尊宿語要》和《五燈會元》電子版的網站名是「漢文電子大藏經」，網址：http://www.buddhist-canon.com，檢索過後，再行按覈《佛光大藏經》和《禪宗全書》。每一條中土語料，採自中央研究院的漢籍電子資料庫，再按覈紙本（紙本的版本在本章第四節有詳細介紹）。

　　採樣語料的過程是：先以關鍵字（或詞）進行檢索，檢索得到部分文句後，進行通篇或整段式閱讀，閱讀過後，判斷意義和類型，倘若仍無法判讀，則求索於《漢語大詞典》、《佛學大辭典》、《現代漢語詞典》（5th ed.）等詞典，或尋

〔註5〕1932 年（昭和七年）成書的《大正新修大藏經》，由台北新文豐公司於 1987 年印　　　行修訂版。

求專家學者的協助。待獲得可信的判讀之後，便不任意改動引文，以能表達完整的意義為基準，擷取一小段文句，製成為每一條語料。

第三節　漢語史的分期

語言會因為時空因素發生變化，中華文化歷史悠久，歷經許多朝代、民族的統治，語言變遷是很明顯的現象。雖然語言總是在變化當中，但是就某一個橫切面來看，切面內的語言還是有穩固性。判斷某些語言現象是否屬於同一個切面，可以從語法、詞彙、語音等角度考量。漢語史也可從這些層面進行分期，當然，依據標準不同，分期結果亦不相同。漢語史的分期迄今仍然眾說紛紜，本文不擬著力於此，故不另提一說，僅舉幾位大家為代表，從中選取合適的說法。

一、王　力

王力（1958：34-35）以「語音」和「語法」作為分期依據，[註6] 共分四期：

1. 公元三世紀以前（五胡亂華以前）為上古期。（三、四世紀為過渡階段）
2. 公元四世紀到十二世紀（南宋前半）為中古期。（十二、十三世紀為過渡階段）
3. 公元十三世紀到十九世紀（鴉片戰爭）為近代。（自 1840 年鴉片戰爭到 1919 年五四運動為過渡階段）
4. 二十世紀（五四運動以後）為現代。

二、周法高

周法高（1963）的分法較細，共有九期：

1. The archaic stage covers a span of time from the Yin Dynasty to the end of the former Han Dynasty (ca. 1300 B.C. ～1st century, A.D.)

〔註6〕 本文引用學者論述時，採原封不動式引出原文和所用術語（錯別字例外），原文若有徵引資料，但未附上年代、版本，筆者亦不加改動。倘若是英文原文，有兩種處理方式，一是直接徵引，不予翻譯，如第一章第三節周法高的漢語分期；二是譯成中文，必要時在註解中附上英文原文。基本上，以第二種方式為常例。

a. Early Archaic Period (ca. 1300 B.C. ～600B.C.)

b. Middle Archaic Period (ca. 600 B.C. ～200 B.C.)

c. Late Archaic Period (ca. 200 B.C. ～1st century, A.D.)

2. The Medieval stage, form the Late Han Dynasty to the middle of the Southern Sung Dynasty (ca. 1st century, A.D. ～1200 A.D.)

a. Early Medieval Period (ca. 1st century, A.D. ～600 A.D.)

b. Middle Medieval Period (ca. 600 A.D. ～900 A.D.)

c. Late Medieval Period (ca. 900 A.D. ～1200 A.D.)

3. The Modern stage, form then on. (after 1200 A.D.)

a. Early Mandarin (ca. 1200 A.D. ～1400 A.D.)

b. Intermediate Period (ca. 1400 A.D. ～1911 A.D.)

c. Contemporary Dialects (ca. 1911 A.D. ～)

其中，2a「早期中古階段」的特色是：佛典傳入的影響、名詞後綴「子」的普及等等，2b「中期中古階段」的特色是：名詞後綴「兒」、動詞後綴「了」、「著」的普及等等。

三、呂叔湘

呂叔湘（1979）分爲三期：

1. 古代漢語（公元前 500 年～公元 700 年）

2. 早期官話（公元 701 年～公元 1900 年）

3. 現代漢語（公元 1901 年～現在）

後來，呂叔湘（1985）改將漢語發展分爲兩期，即：古代漢語、近代漢語，以唐五代爲分界點。至於現代漢語，則算是近代漢語內的一支。

四、太田辰夫

太田辰夫（1991：2）分爲五期，內部再細分出八小期：

1. 上古：第一期商（殷）周，第二期春秋戰國，第三期漢。

2. 中古：第四期魏晉南北朝。

3. 近古：第五期唐五代，第六期宋元明。

4. 近代：第七期清。

5. 現代：第八期民國以降。

太田指出第四期是質變期，是白話時代（唐宋以後口語）的過渡期。這個質變可能開始於後漢時代。

根據太田的說法，「漢代」在漢語分期裡扮演一個重要的角色，它是古漢語質變的濫觴。配合漢代歷史及語音、詞彙演變的證據，最有可能加速漢語變化的外力就是佛教的傳入，不同文化的輸入，啓發古人對漢語的再認識。確切地說，「東漢晚期」是古漢語變化的關鍵。東漢語言地位的特殊性，間接證成佛典語言研究的必要。

事實上，唐、五代時期也是一個關鍵變化，該階段出現詞綴「子」、「頭」、「兒」，助詞「了」、「著」、「過」，代詞「這」、「那」等現象。清代以後的語言又有許多變化，例如，詞綴「性」、「化」、「超」、「主義」等出現，新句式增多，應歸爲現代漢語。

關於漢語的分期及各期跨越的時間，仍未有定論。本文不擬另立新說，暫以周法高的分法（三大階段九小期）作爲分期基準。〔註7〕當然，這樣的分期只是權宜之計，事實上，每個階段都有模糊的過渡期，不能截然二分。

本文佛典語料的涵蓋範圍，大抵上溯東漢晚期，下迄宋（明），絕大部分劃歸於中古漢語階段，少數一部分跨越到近代漢語（明代）。上古的詞綴十分有限，所以，筆者選擇中古的詞綴（特別是後綴），探討其生成消長的情形，以及它從實詞語法化爲詞綴的現象。

第四節　材料定性

本文名爲「漢文佛典後綴的語法化現象」，主要研究材料自然是漢文佛典，此外，筆者還採用其他材料作爲參照系，觀察「非佛典」與「佛典」詞綴之間的關連性。因此，本文的語料共有兩類：主要觀察語料（漢譯佛典、禪宗文獻）、次要觀察語料（非佛典文獻）。

一、主要觀察語料

所謂「主要觀察語料」，指的是「漢文佛典」，包括「漢譯佛典」與「禪宗文獻」。

〔註7〕關於各家分期的評論，可參見魏培泉（2000）。

本文佛典語料跨越很長的時間，換算成朝代，表示為：東漢晚期、魏晉南北朝、隋唐五代、宋（明）。納入明代的原因是，部分禪宗語錄可能含有明人語言，但相信為數並不多。那麼，這樣的選擇有何意義呢？筆者先從梁啓超的解釋談起。梁啓超（1984：167-192）將佛典翻譯分為三期，各期特色如下：

1. 第一期東漢到西晉：所譯不成系統，翻譯文體亦未確立。

2. 第二期東晉南北朝：又細分前、後期，東晉二秦為前期，劉宋元魏迄隋為後期。前期全力投入譯業；後期則是醞釀諸宗，重心不在翻譯。譯經由經部漸移論部。

3. 第三期唐貞觀至貞元：玄奘為高峰期譯者，後人難以超越。

梁啓超（1984：192）又說，唐貞元至宋太平天國約二百年間，譯經完全終止，太平興國八年才又恢復，但已比不上之前的盛況。所以，翻譯事業至唐貞元可算告終。

梁氏的分類自有其理，就語言學觀點而論，這樣的分期亦很恰當，第一、二期的佛典翻譯保存較多口語，第三期的語言大抵固定化、形式化，承襲前代的翻譯語言。因此當本文談到佛典翻譯的分期時，以梁說為主。〔註8〕

承上述，佛典語料選擇「始於東漢晚期」，因為佛教初傳中國，展開了譯經工作，而譯經家幾乎來自國外，佛典原文可能是梵文、巴利文等，用單音節的漢語譯多音節的外來語，漢語的因應之道是加快「複音化」速度。「魏晉南北朝、隋唐」是翻譯顛峰期，譯經量豐富，譯語漸趨駢偶藻飾。倘若純粹從佛典翻譯的角度看，唐代玄奘以後的譯語已經穩定，所譯之經轉向密教系統，充滿許多陀羅尼，不是最佳的口語研究對象。基於這項原因，在五代以後，筆者考察的重心改為禪宗文獻。時代下限訂在「宋（明）」，此時佛典翻譯已進入尾聲，禪宗語錄正十分盛行，足以彌補漢譯佛典形式化的缺陷。準

〔註8〕日本小野玄妙《佛教經典總論》將傳譯年代分為六期：第一傳譯以前（～東漢靈帝熹平末年），第二古譯時代（東漢靈帝光和初年～東晉寧康末年），第三舊譯前期（東晉孝武帝太元初年～南齊和帝中興年間），第四舊譯後期（梁武帝天監元年～隋恭帝義寧年間），第五新譯前期（唐初～五代末年），第六新譯後期（趙宋初年～元成宗大德十年）。事實上，小野的分類與梁啓超大同小異。

此，本文的「主要觀察語料」包括「漢譯佛典」和「禪宗文獻」。

接下來，筆者要將語料定性，解釋選取標準、數量及眞僞。

綜觀這千年來的佛典如恆河沙數，欲窮盡式檢索翻閱，筆者力有未逮，尙得顧及時間限制，因之，變通的處理方法是：以相對大量、具代表性的語料爲範疇進行研究。取材標準是：

1. 時代確定、譯者確定、信度高者優先。（失譯者排除不計）

2. 故事性、口語性強者優先。（純義理性佛典排除不計）

依據大藏經的結構，「經藏」闡述佛教信仰的根據、途徑、方式、境界等基本理論；「律藏」記載僧團組織和戒律，屬約束僧侶言行的規範；「論藏」是學者疏解佛典教義的學術著作。三藏再各分部門。本文選用的佛典多數出自「經藏」和「律藏」。慮及故事性和口語性的要求，以本生、譬喻、本事、因緣典籍居多。

在兩項標準之下，進一步是譯者的選擇，大體上以著名譯師爲主，因而大家之作入選較多，但是，其他譯家作品若符合兩項標準者，亦擇入。版本方面，「漢譯佛典」例證出自日本《大正藏》，以 Cbeta 電子辭典語料庫進行檢索，「禪宗文獻」例證於後再行說明。

以下，分別就「漢譯佛典」和「禪宗文獻」進行語料的辨僞與說明。

（一）漢譯佛典

依梁啓超（1984：167-192）的譯經分期，各期所擇的譯家有：〔註9〕

1. 第一期

　a. 東漢：安世高（148-170）、支讖（148-186）、竺大力（197-？）、康孟詳（196-219）、曇果（211）

　b. 吳：支謙（222-253）、康僧會（？-280）

　c. 西晉：竺法護（266-315）、法炬、法立

2. 第二期

　a. 東晉：佛陀跋陀羅（359-429）、法顯（？-423）

─────────────

〔註9〕 每位譯家附註生卒年。若生卒無法確定者，以其從事譯經的年代代之；倘若譯經年代亦無法確定，則闕之。文中以譯經年代代之者，如安世高、支讖、竺大力、康孟詳、曇果、支謙、竺法護、弗若多羅、竺佛念。

　　b. 姚秦：弗若多羅（？-404）、鳩摩羅什（344-413）、竺佛念（399-416）

　　c. 北涼：曇無讖（385-433）

　　d. 元魏：慧覺等（554-606）

　　e. 劉宋：求那跋陀羅（394-468）

　　f. 蕭齊：求那毗地（？-502）

3. 第三期

　　a. 唐代：玄奘〔註10〕（606-664）

　　有些大家的譯品數量雖多，但非全然可信，根據第一項標準：採用信度高的語料，筆者藉助古代經錄與前賢考訂成果，篩選上列諸家譯經，以得到多數認可的佛典，作爲初步語料。〔註11〕然後，再以第二標準進行二度檢驗，選出本文的研究對象。

　　語料目錄以表格呈現，先列佛典基本資料，後陳諸家記載與辨僞的結果。依序是《大正藏》冊次、編號、經名、譯者、梁僧祐《出三藏記集》〔註12〕、唐道宣《開元釋教錄》〔註13〕、呂澂《新編漢文大藏經目錄》、任繼愈主編《中國佛教》、日本鎌田茂雄《中國佛教通史》、俞理明《佛經文獻語言》。〔註14〕打「√」表示編著者認爲可信，「○」是鎌田引林屋友次郎之說，「推論」可信的譯品。

〔註10〕唐代是譯經事業的高峰期，大師輩出。在此，筆者僅選擇玄奘做爲代表，是考慮到唐代譯經語言定型，口語程度降低了，因此僅以一家做對照組。

〔註11〕第一次的篩選結果沒有羅列於本文，僅將通過二次篩選的最後結果，製作三個表格呈現。

〔註12〕梁僧祐《出三藏記集》，簡稱《祐錄》，是目前所存最早的佛典目錄。

〔註13〕唐智昇《開元釋教錄》，簡稱《開元錄》，記載的時段是：東漢明帝永平十年（67年）至唐玄宗開元十八年（730年），共664年的佛教譯述。該錄內容承繼《大唐內典錄》，考證詳悉，類例明審。在經錄當中，《開元錄》地位極高，是經典之作。

〔註14〕諸家記載與辨僞結果，指的是《祐錄》、《開元錄》、《新編漢文大藏經目錄》、《中國佛教》、《中國佛教通史》、《佛經文獻語言》六欄，依照成書或出版年代排列。詳細的書目資料，請參見本文最後的〈中文參考文獻〉。本文的辨僞工作還參佐了日本小野玄妙《佛教經典總論》的譯經表，小野多半沒有做出個人判斷，因此，文中沒有單獨列成一欄。

表 1.4-1　第一期佛典辨偽表

冊次	經號	經　　　名	譯　者	祐	開	呂	任	鎌	俞
1	13	長阿含十報法經〔註15〕（2卷）	安世高	√	√	√	√	○	√
1	14	佛說人本欲生經（1卷）	安世高	√	√	√	√	√	√
1	31	佛說一切流攝守因經〔註16〕（1卷）	安世高	√	√	√	√	○	√
1	48	佛說是法非法經（1卷）	安世高	√	√	√	√	○	√
15	602	佛說大安般守意經〔註17〕（2卷）	安世高	√	√		√	√	√
15	603	陰持入經（2卷）	安世高	√	√	√	√	√	√
15	607	道地經〔註18〕（1卷）	安世高	√	√	√	√	√	√
10	280	佛說兜沙經（1卷）	支婁迦讖	√	√	√	√	√	√
11	313	阿閦佛國經〔註19〕（2卷）	支婁迦讖	√	√	√	√		√
14	458	文殊師利問菩薩署經〔註20〕（1卷）	支婁迦讖	√	√	√			
15	624	佛說伅眞陀羅所問如來三昧經〔註21〕（3卷）	支婁迦讖	√	√	√	√	○	
15	626	佛說阿闍世王經〔註22〕（2卷）	支婁迦讖	√	√	√	√	√	
17	807	佛說內藏百寶經〔註23〕（1卷）	支婁迦讖	√	√	√	√		√
3	184	修行本起經（2卷）	竺大力 康孟詳		√	√	√		√
4	196	中本起經〔註24〕（2卷）	曇果 康孟詳	√	√	√	√		√
1	54	佛說釋摩男本四子經〔註25〕（1卷）	支謙	√	√	√	√	√	√

〔註15〕《祐錄》作《十報經》。

〔註16〕《祐錄》作《流攝經》。

〔註17〕《祐錄》：「《道安錄》云《小安般經》。」

〔註18〕《祐錄》作《大道地經》2卷。

〔註19〕《祐錄》：「或云《阿閦佛刹諸菩薩學成品經》，或云《阿閦佛經》。」

〔註20〕《祐錄》作《問署經》。

〔註21〕《祐錄》作《伅眞陀羅經》，《舊錄》云《屯眞陀羅王經》。《開元錄》作《阿闍世王問五逆經》一卷，亦云《阿闍世王經》，初出見《長房錄》。

〔註22〕《祐錄》：「《舊錄》云《阿闍世經》。」

〔註23〕《祐錄》作《內藏百品經》。

〔註24〕《祐錄》：「或云《太子中本起經》。」

〔註25〕《祐錄》作《釋摩男經》。

1	76	梵摩渝經〔註26〕（1卷）	支謙	√	√	√	√	√	√
1	87	佛說齋經（1卷）	支謙	√	√	√	√	√	√
3	169	佛說月明菩薩經〔註27〕（1卷）	支謙	√	√	√	√	√	√
3	185	佛說太子瑞應本起經〔註28〕（2卷）	支謙	√	√	√	√	√	√
4	200	撰集百緣經〔註29〕（10卷）	支謙		√	√			√
4	198	佛說義足經（2卷）	支謙	√	√	√	√	√	√
10	281	佛說菩薩本業經〔註30〕（1卷）	支謙	√	√	√	√	√	√
14	556	佛說七女經（1卷）	支謙	√	√	√	√	√	√
14	557	佛說龍施女經（1卷）	支謙	√	√	√	√	√	√
3	152	六度集經〔註31〕（8卷）	康僧會	√	√	√	√		√
4	206	舊雜譬喻經〔註32〕（2卷）	康僧會		√	√			√
2	119	佛說鴦崛髻經〔註33〕（1卷）	竺法護	√	√	√	√		√
2	135	佛說力士移山經〔註34〕（1卷）	竺法護	√	√	√	√		√
3	154	生經（5卷）	竺法護	√	√	√	√		√
3	168	佛說太子慕魄經〔註35〕（1卷）	竺法護	√	√	√	√		√
3	170	佛說德光太子經（1卷）	竺法護	√	√	√	√		√
3	186	普曜經（8卷）	竺法護	√	√	√	√		√
4	199	佛五百弟子自說本起經（1卷）	竺法護	√	√			√	√
3	182a	佛說鹿母經（1卷）	竺法護	√	√	√		√	√
12	338	佛說離垢施女經（1卷）	竺法護	√	√	√	√	√	√

〔註26〕 《開元錄》作《梵摩喻經》。

〔註27〕 《祐錄》：「一名《月明童子》，一名《月明菩薩三昧經》。」

〔註28〕 《祐錄》作《瑞應本起經》。

〔註29〕 呂澂（1980：73）云：「隋·法經等《眾經目錄》記載《撰集百緣經》爲支謙所譯，題末經字依隋·仁壽年彥琮等《眾經目錄》加。」

〔註30〕 《祐錄》作《本業經》。

〔註31〕 《祐錄》：「或云《六度無極經》、《度無極經》、《雜無極經》。」

〔註32〕 《開元錄》：「亦云《雜譬喻集經》、《雜譬喻集》。」

〔註33〕 《祐錄》：「《鴦掘摩經》一卷，或云《指鬘經》或云《指髻經》。」

〔註34〕 《祐錄》作《移山經》。

〔註35〕 《開元錄》作《太子沐魄經》。

1	23	大樓炭經〔註36〕（6卷）	法炬、法立	√	√	√	√	√	√
4	211	法句譬喻經〔註37〕（4卷）	法炬、法立		√	√	√	√	√
總計		38部85卷	10家						

表 1.4-2　第二期佛典辨偽表〔註38〕

冊次	經號	經　　名	譯　者	祐	開	呂	任	鎌
22	1425	摩訶僧祇律（40卷）	佛陀跋陀羅 法顯	√	√	√	√	
4	212	出曜經〔註39〕（30卷）	竺佛念	√	√	√	√	
23	1435	十誦律（61卷）	弗若多羅、鳩摩羅什〔註40〕	√	√	√	√	√
14	456	佛說彌勒大成佛經〔註41〕（1卷）	鳩摩羅什	√	√	√	√	
15	614	坐禪三昧經〔註42〕（3卷）	鳩摩羅什	√	√	√	√	
15	586	思益梵天所問經〔註43〕（4卷）	鳩摩羅什	√	√	√	√	
4	192	佛所行讚〔註44〕（5卷）	曇無讖		√	√	√	
4	202	賢愚經〔註45〕（13卷）	慧覺等	√	√	√	√	

〔註36〕《祐錄》：「竺法護出《樓炭》五卷，釋法炬出樓炭六卷。」《開元錄》：「或云《大樓炭經》，西晉譯法立共法炬譯。」

〔註37〕《開元錄》：「法句譬喻經四卷，第二出一名法句本末經，亦云法喻經，或四卷，或六卷，法立與法炬共出（第二譯兩譯一闕）。筆者查檢《祐錄》，云：《法句譬喻經》一卷（凡十七事，或云《法句譬經》）。兩書所言的《法句譬喻經》應是同一本，為法立、法炬合作翻譯。

〔註38〕俞理明沒有考察東晉以後的譯經，故闕。

〔註39〕《祐錄》：「《出曜經》19卷。」《開元錄》：「《出曜經》20卷，亦云《出曜論》，或19卷。」

〔註40〕《十誦律》主要是弗若多羅的譯品，弗若多羅在譯完全書之前即逝世，由鳩摩羅什譯完最後的篇章。

〔註41〕《祐錄》、《開元錄》均作《彌勒成佛經》。

〔註42〕《祐錄》作《禪經》。一名《菩薩禪法經》、《坐禪三昧經問》。

〔註43〕《祐錄》作《思益義經》，或云《思益梵天問經》。《開元錄》：或直云《思益經》。

〔註44〕《開元錄》：「《佛所行讚經傳》5卷，或云經無傳字，或云傳無經字，馬鳴菩薩造，亦云《佛本行經》，見《長房錄》。」

〔註45〕《開元錄》：「亦云《賢愚因緣經》。」

12	353	勝鬘師子吼一乘大方便方廣經〔註46〕（1卷）	求那跋陀羅		√	√	√
4	209	百喻經（4卷）	求那毘地	√	√	√	√
總計		10 部 152 卷 0	9 家				

表 1.4-3　第三期佛典辨偽表〔註47〕

冊次	經號	經　　　　　名	譯者	開	呂
13	411	大乘大集地藏十輪經（10卷）	玄奘	√	√
17	765	本事經（7卷）	玄奘	√	√
總計		2 部 17 卷	1 家		

　　以上三表共計十九家，五十部經，累計 254 卷，為本文調查的「漢譯佛典」。各譯家選取的經數和卷數是：

1. 第一期

　　a. 東漢：安世高，七部經，共 10 卷。支讖，六部經，共 10 卷。竺大力與康孟詳，一部經，共 2 卷。曇果與康孟詳，一部經，2 卷。

　　b. 吳：支謙，十部經，共 21 卷。康僧會，兩部經，共 10 卷。

　　c. 西晉：竺法護，九部經，共 20 卷。法炬與法立，兩部經，共 10 卷。

2. 第二期

　　a. 東晉：佛陀跋陀羅與法顯，一部經，共 40 卷。

　　b. 姚秦：弗若多羅與鳩摩羅什，一部經，共 30 卷。鳩摩羅什，三部經，共 8 卷。竺佛念，一部經，共 61 卷。

　　c. 北涼：曇無讖，一部經，共 5 卷。

　　d. 元魏：慧覺等，一部經，共 13 卷。

　　e. 劉宋：求那跋陀羅，一部經，共 1 卷。

　　f. 蕭齊：求那毘地，一部經，共 4 卷。

3. 第三期

　　a. 唐代：玄奘，兩部經，共 17 卷。

〔註46〕《祐錄》作《勝鬘經》。

〔註47〕《祐錄》的時代早於唐朝，故未記錄唐代譯經。任繼愈、鎌田茂雄、俞理明沒有考察唐代譯經，故闕。

（二）禪宗文獻

所謂「禪宗文獻」，指的是「禪師的語錄（包含燈錄）」。

第三期譯經（唐代）之後，筆者選擇《祖堂集》作爲銜接。《祖堂集》，共 20 卷，由南唐泉州招慶寺靜、筠禪師編輯，卷首有一篇作於南唐中主保大十年（952 年）的序，爲現存最早的一部禪宗語錄總集。該書記載從印度迦葉到中國唐末五代，二百多位禪宗祖師的生平事蹟與問答對句。這些禪師多是九世紀的人物，活動範圍分佈在福建、廣東、浙江、湖南、湖北、江西，雖然該書曾經被宋人改動，但是，大致反映了晚唐五代南方地區的語言。

《祖堂集》成書以後，在中國並未廣泛流傳，甚至一度失傳，直到 1912 年日本關野貞、小野玄妙等學者，研究朝鮮海印寺所藏的高麗《再雕大藏經》時，於藏外版中，發現高麗高宗卅二年（1245 年，相當於南宋淳祐五年）開雕的 20 卷《祖堂集》全本，〔註48〕海內外學術界才又重視此書的價值。本文所用的《祖堂集》出自《佛光大藏經》，語錄的底本爲精本《高麗大藏經》。

《古尊宿語要》（本文簡稱《語要》），共 48 卷，南宋賾藏主〔註49〕所編，紹興之初成書，福州鼓山寺刊行。該書收錄南泉普願等廿二位禪師的機鋒對答。屬禪宗語錄總集，收羅了八世紀至十三世紀，共卅六家語錄。南宋淳祐三年（1267 年），女居士覺心出資刊刻增訂本，共收廿八位禪師語錄，由物初大觀作序。明永樂時入藏，又增補成卅七家 48 卷，成爲今天所看到的《語要》。

盧烈紅（1998：9-10）認爲，此書在語言學上的重要性是，它介於北宋初年《景德傳燈錄》與南宋晚期《五燈會元》之間，在南宋中期《朱子語錄》之前，足以填補時代的空缺。其語言多體現北宋風格，但也帶有南宋的某些特點。筆者認爲，現在所看到的本子是明人增補過的，書中難免參雜著明代語言，因此，保守估計《語要》反映的時代包含唐五代～宋（明）。筆者按覈的紙本《語要》，出自《佛光大藏經》，該底本爲日本《卍續藏》，對勘明代《嘉興藏》。

《五燈會元》（本文簡稱《五燈》），共 20 卷，南宋晚期淳祐年間普濟所編，普濟爲臨濟宗楊岐派僧侶，明州奉化人（浙江奉化）。此書爲禪宗語錄總集，濃

〔註48〕關於《祖堂集》的版本考證，詳見張美蘭（2003：1-12）。

〔註49〕「藏主」是寺院管理佛典職事僧。

縮了北宋《景德傳燈錄》、《天聖廣燈錄》、《建中靖國續燈錄》,及南宋《聯燈會要》、《嘉泰普燈錄》。

陳垣(1999:80)指出,原來的五書共 150 卷,《五燈會元》在卷帙上減去五書 6／7 強,而內容實際只減去五書的 1／2 左右。潘桂明等(2000:289-290)認爲,該書的價值在於取代五書,成爲流傳最廣的燈錄,同時也是認識禪宗的基礎入門書。缺點是完備性不足,而且,經過各家增刪潤色,禪師原意多有改動,就學術或禪宗史價值評估,《五燈》不如 30 卷的《景德傳燈錄》。

筆者認爲,雖然該書有兩個缺陷,但回歸到語言層面,它還是合適的語料。因爲《五燈》本來就具濃縮性質,內容上自然少於五書。至於各家增刪潤色,在某種程度上來說,也是一種當時語言狀況的反映。質言之,《五燈》可看作涵蓋唐五代、宋代的口語作品。筆者按覈的紙本《五燈》,出自藍吉富主編的《禪宗全書》,該底本爲宋寶祐本,參校清代《龍藏》及日本《卍續藏》。

綜合上述,「禪宗文獻」共選三部,《祖堂集》代表晚唐五代口語,正可銜接玄奘之後的空窗期;後二書代表唐～宋(明)口語。簡單地說,本文的語料是由「漢譯佛典」和「禪宗文獻」,接力完成預設的範疇(東漢晚期～宋(明))。

二、次要觀察語料

所謂「次要觀察語料」,指的是「非佛典文獻」。這部分的材料具有參照作用。筆者選擇相對於譯經三期、晚唐～宋(明)禪宗文獻的中土語料,輔助對照。選取的標準依舊同前(時代、編著者明確、信度高;故事性、口語性強)。

1. 譯經第一期↔東漢王充《論衡》〔註50〕
2. 譯經第二期↔劉宋劉義慶編《世說新語》(本文簡稱爲《世說》)〔註51〕
3. 譯經第三期↔唐王梵志詩〔註52〕

〔註50〕筆者採用清代永瑢、紀昀等纂修:《論衡》(景印《文淵閣四庫全書》子部 168 雜家類(第 862 冊)),台北,台灣商務印書館,1988 年。另,選取該書的原因是,王充撰《論衡》表明寫作態度是「直露其文,集以俗言」。

〔註51〕筆者採用余嘉錫(1993)《世說新語箋疏》修訂本,此書以清王先謙重雕道光年間浦江周心如《紛欣閣》爲底本,對校南宋紹興八年董本、明嘉靖袁本、清沈本。

〔註52〕筆者採用項楚校注(1991)《王梵志詩校注》,該書根據敦煌寫本原卷照片、影本,

4. 晚唐五代禪宗語錄↔敦煌變文（本文簡稱爲變文）〔註53〕

5. 宋代禪宗語錄↔南宋黎靖德編《朱子語類》〔註54〕

以上五種次要觀察的文集著作，都是學界肯定的口語材料。筆者的採樣工作，藉助於中央研究院的漢籍電子資料庫，若有引例有疑問，再按覈紙本。

關於例證的引用體例，將以「條列式」進行，例子所附訊息依次如下：

1. 《大正藏》：時代，譯者，經名，頁數（p），欄位（a：上欄，b：中欄，c：下欄）。

2. 《祖堂集》：《祖堂集》，卷名。

3. 《古尊宿語要》：《語要》，卷名。

4. 《五燈會元》：《五燈》，卷名。

5. 《論衡》：《論衡》，篇名。

6. 《世說新語》：《世說》，篇名。

7. 王梵志詩：王梵志詩，詩名。

8. 敦煌變文：變文，篇名。

9. 《朱子語類》：《朱子語類》，卷名，篇名。

　　及唐宋詩畫筆記、禪宗語錄的王梵志詩原文，互相校勘。項楚認爲王梵志詩並非一人之作，總體看來，王梵志詩跨越了初唐～宋初，不過，從數量、時代、内容、形式來論，最有價值性和代表性的是三卷本《王梵志詩集》，項楚討論的是三卷本，因此，在這個意義上，將王梵志詩劃入初唐文學，粗略地說是可以的。

〔註53〕筆者採用潘重規編著（1994）：《敦煌變文集新書》，台北，文津出版社。

〔註54〕筆者採用清代永瑢、紀昀等纂修：《朱子語類》（景印《文淵閣四庫全書》子部 6 儒家類（第 700 冊）），台北，台灣商務印書館，1988 年。另，參佐王星賢點校本（1981），北京，中華書局出版。

第二章　理論架構及文獻探討

　　在本章中，筆者將釐析兩種詞綴——「屈折」（inflection）與「派生」（derivation）的意義，並定義漢語的詞綴。接著，討論詞綴的特徵，依照特徵決定詞綴類型，筆者以為想確定派生詞綴必須先檢核該詞是否為派生詞，再從意義著手，輔以附著、能產、定位、語音、標誌詞類與類義特徵，一同檢驗派生詞綴。

　　詞綴研究有許多的方法和角度，本文準備從「語法化歷程」進行觀察，在這個過程當中，有許多機制會配合運作，例如，重新分析（reanalysis）、類推（analogy）、隱喻（metaphor）、轉喻（metonymy）等，造成語素（morpheme）[註1]在語義、語法、語音、語用方面的變動，推進語法化的程度。

　　目前，近、現代的詞綴研究得較多，且多半針對中土文獻這部分（如小說、

〔註 1〕 Morpheme，譯作「語素」或「詞素」，更適切的譯名是「形態素」。呂叔湘（1979：489-490、554）、范開泰與張亞軍（2000：22-23）認為詞素的確定必須以詞的確定為前提，漢語的詞和非詞的確認，有時不太容易。但是，語素的確定可以先於詞的確定，因為只要符合最小的語音、語義結合特徵，就可稱為語素。雖然 Morpheme 較佳的譯名是形態素，然而，本文仍統一稱作「語素」，原因有兩個。第一，詞綴通常是從實語素語法化而來，而實語素可能不僅當詞素（構詞成分）而已，也可能單獨做一個語法成分，因此，不能斷然就說某個實語素是詞素。第二，形態素一名不普及，大多數的學者都譯作語素，為求行文上、閱讀上及理解上三方面的一致，筆者選擇稱作「語素」。

戲曲、史籍）。近些年佛經語言學漸受矚目，愈來愈多學者耕耘其中。研究中古漢語，當不可忽略佛典文獻，因爲，它是最龐大、最豐富的語料。因之，本文選定佛典文獻爲調查範疇，再佐以中土語料爲對照。本文所探討的詞綴是「派生詞綴」，分別是：「子」、「兒」、「頭」、「來」、「復」、「自」、「當」。

本章結構安排如下：

第一節　詞綴釋義

第二節　語法化理論

第三節　前人研究成果回顧

第四節　本文探索的詞綴

第一節　詞綴釋義

第一章曾談到清代以來，中國語言學深受西方影響，東方借鏡西方之餘，在實際的操作面上，尚須考慮語言的差異性，尤其是使用專業術語時，概念的澄清十分重要。舉例來說，詞綴（affix）是語言的普遍問題，那中、西方所謂的「詞綴」是一樣的嗎？以下，筆者分別論述之。

一、西方語言的詞綴

詞根（root）和詞綴（affix）是相對概念，它們都是「語素」。柯彼德（1992：8-9）將語素劃爲四類：基本語素、語助語素、構詞語素、構形語素。詞根屬於基本語素，屬開放類，多半是自由的，也有粘著的；派生詞綴（derivation）是構詞語素，屬封閉類，具有粘著性與定位性；屈折詞綴（inflection）是構形語素，屬封閉類，亦有粘著性和定位性。可見柯彼德是從「粘著」[註2]和「定位」界定詞根及詞綴。

Richards ＆ Platt ＆ Platt（1992：11）詞綴的定義是：「詞綴是一個字母或語音，或者是一群字母或語音，加在詞上，改變了詞的意義或功能。」[註3]

〔註2〕 Bloomfield （1934）談過詞綴的附著特色。原文爲：The bound forms which in secondary derivation are added to the underlying form, are called affixes. Sapir（1921）也同意這個觀點。

〔註3〕 原文爲：A letter or sound, or group of letters or sounds, (= a morpheme) which is added to a word, and which changes the meaning or function of the word.

詞綴具有改變詞義或功能的特點。若依「分佈位置」來看，詞綴分爲前綴（prefix）、後綴（suffix）、中綴（infix）。持相似意見的有：Trask（1997）、Packard（2000）、Haspelmath（2002）、Bubmann（2003）。Trask（1997：41）還提到環綴（circumfix）。〔註4〕

　　西方有「屈折」和「派生」詞綴，這是「功能」的分類。其實它們並不是同一個層面的問題（Crystal 1980、1992、2003〔註5〕、Matthews 1991、Beard 1995、Haspelmath 2002）。Crystal（1992：207）對「屈折變化」的解釋是：

　　　　形態學術語……屈折變化詞綴表達複數、過去時及所屬等語法關
　　　　係，但不改變它們所依附的詞幹的語法類別，即這些詞構成單一的
　　　　詞形變化表。

Crystal（1992：120）說「派生詞綴」是：

　　　　形態學術語……派生過程的結果是產生新詞如 nation（國家）national
　　　　（國家的），而屈折過程的結果只不過形成同一詞的不同形式罷了。
　　　　派生詞綴改變其所附著的語素的語法類別，如後綴-tion 就是一個形
　　　　成名詞的派生後綴；並且它們比屈折變化更靠近詞根語素，如
　　　　nation-al-ise + ing/-s/-d。它們常常有獨立的可說明的詞彙意義，如
　　　　mini-（小的意思）；sub-（在……下，低、副等意），儘管這些意義
　　　　並非總是易於識別的，如-er。〔註6〕

　　Crystal 指出「屈折」不改變詞幹的語法類別，它只是產生詞形變化（paradigm）而已，「派生」則相反，Haspelmath（2002：15-16）也說屈折是 word-form formation，派生是 lexeme formation。可見兩者所作用的層面並不一樣。

　　從 Haspelmath（2002：71）的表格中，更可以清楚掌握「屈折」和「派生」：

〔註4〕原文爲：An affix which comes in two pieces, one of which goes at the beginning and the other at the end.

〔註5〕Crystal 的原作在 1980 年出版，中譯本在 1992 年出版。另，筆者又參考了 2003 年所出的英文本（5th Edition）。

〔註6〕所謂「派生詞綴常常有獨立可說明的『詞彙意義』」，筆者認爲「詞彙意義」的說法較爲籠統，而且也不贊成詞綴具有「詞彙意義」，它所具有的意義是「附加意義」。關於這一點，在本節「本文的主張」會加以說明。

表 2.1-1　A list of properties of inflection and derivation

	Inflection	Derivation
（ⅰ）	Relevant to the syntax	Not relevant to the syntax
（ⅱ）	Obligatory	Optional
（ⅲ）	Not replaceable by simple word	Replaceable by simple word
（ⅳ）	Same concept as base	New concept
（ⅴ）	Relatively abstract meaning	Relatively concrete meaning
（ⅵ）	Semantically regular	Possibly semantically irregular
（ⅶ）	Less relevant to base meaning	Very relevant to base meaning
（ⅷ）	Unlimited applicability	Limited applicability
（ⅸ）	Expression at word periphery	Expression close to the base
（ⅹ）	Less base allomorphy	More base allomorphy
（ⅺ）	Cumulative expression possible	No cumulative expression
（ⅻ）	Not iteratable	Iteratable

　　上表呈現出「屈折」和「派生」細部的差異。以「派生」為例，表 2.1-1 呈現了十二個特徵。第一，與句法無關；第二，非強制性；第三，可替換；第四，表達新概念；第五，意義相當具體；第六，語義的不規則；第七，和本義相關；第八，有限的應用；第九，接近詞根；第十，較多同詞異形體（或稱「同素詞分佈」）；十一，不能累加表達；十二，可重複。

　　眾所周知，黏著語（agglutinating language）是詞綴豐富的語言，屬屈折語（inflection language）的英語，在古代階段有很多詞綴，時至今日，其詞綴已減少很多了。漢語是孤立語（isolting language），詞綴並不發達。上述的十二個特徵，具有共通性，足以作為不同語言詞綴的檢驗標準，舉例來說，派生詞綴的位置比屈折詞綴靠近詞根（第十一條），如英語 "real-ize-d"，詞的結構是 root-factitive-past tense；土耳其語（Turkish）"iç-ir-iyor"（讓某人喝……），詞的結構是 root- causative- imperf. aspect；阿拉伯語（Arabic）"na-ta-labbasa"（我們穿衣服），詞的結構是 1stplural subject- reflexive- root。是故，本文以十二個特徵檢驗漢語詞綴，並在第六章統整中、西方詞綴的特色。

　　瞭解了西方「屈折」和「派生」詞綴，再來看看漢語的詞綴。

二、漢語的詞綴

　　假設從數量上比較詞根和詞綴，前者是無法窮盡的，後者是有限的。有限

的詞綴卻存在不少爭議，潘文國、葉步青、韓洋（2004：81）統計十四篇（部）提及詞綴的著作，收集 340 個左右的詞綴和類詞綴成分，扣除 223 個僅有一人認為是詞綴，被多數人承認是詞綴的不到 7%。由此可知，詞綴的認定還有待努力。

（一）前賢的見解

漢語學者對「詞綴」一題各有所見，從術語的選用便略知端倪，例如，黎錦熙（1923）《新著國語文法》稱為語頭、語尾；瞿秋白（1932）《新中國文草案》稱為字頭、字尾、詞尾；王力（1943-44）《中國現代語法》、《中國語法理論》稱為記號、附號；趙元任（1968）《漢語口語語法》稱為語綴；劉月華等（1996）《現代中國語文法總覽》稱為接頭辭、接尾辭、類似接尾辭。

儘管術語不統一、舉例有歧異，不過大致可歸納出一些共識，王力（1944、1958）、呂叔湘（1941、1979）、趙元任（1968、1980）、周法高（1994）、張靜（1960）、湯廷池（1992）、陳光磊（1994）、竺家寧（1999）等，同意詞綴具有「粘附性」、「意義虛」、「定位性」、「能產性」、「多讀輕聲」、「決定詞類」。其中，呂叔湘是第一個提出「近似詞尾」（類詞綴）的學者。

葛本儀（1992：78）對詞綴所下的定義，總結了學界的普遍看法：

附加詞素，附加在詞根詞素或詞幹上表示語法意義，或某些附加的詞彙意義的詞素。附加詞素有構詞詞素和構形詞素之分。附加在詞根詞素上組成新詞的附加詞素稱為構詞詞素；附加在詞根詞素上起構形作用的附加詞素稱為構形詞素，也稱為詞尾詞素。附加詞素只能附著詞根詞素或詞幹，不能單獨組成新詞。

（二）本文的主張

漢語詞綴該如何定名？誠如上述，術語雖有別，所指卻相近。故以何為名倒不是要點，重要地是如何定位這種語素。對於 affix 的譯名，本文統一稱作「詞綴」。

1. 詞綴的意義與演變概略

漢語詞綴和西方 affix 一樣，都是個虛語素（grammatical morpheme），虛語素的意涵很豐富，不只是「意義很虛」，從「結構分析」和「音義關係」角度來看，虛語素的音義關係並不對稱，例如，空的虛語素是有語音、語法，無語義，

例如，「老鼠」、「老張」；零虛語素是有語義、語法，無語音（連金發 1999：240）。相似的構詞成分有時僅是表面（形式）的類同，如「床頭」與「木頭」，均以「頭」來構詞，經過音義的辨析，後一個「頭」是空語素，屬於典型的後綴，換言之，這兩個詞的構詞模式不同。因此，辨別虛語素內部的音義關係，將有助於判斷詞綴的類型。

以語言本質而論，漢語是孤立語，英語、法語、德語屬於屈折語。屈折語依賴「形態變化」表義，孤立語憑藉「語序」表義，是故，漢語沒有明顯的形態標記（外部形式），印歐語常見的屈折在漢語中並不突出。不過，筆者認為西方清楚區分兩種詞綴－在句法上談「屈折」，在詞法上談「派生」－是可取的，人類的語言具有共性，漢語也存在這種現象。所以，王力（1958）有詞尾、形尾、語尾（附於短語）的說法。

關於詞綴的意義，筆者採用葛本儀（1992）的定義，葛氏的「附加詞素」即本文的「詞綴」，「構詞詞素」即本文的「派生詞綴」，「詞尾詞素」即本文的「屈折詞綴」。漢語詞綴的數量有限，派生構詞法（附加式）不是主流，再仔細點說，就漢語本質（孤立語）而言，「派生詞綴」的數量多於「屈折詞綴」。

本文研究的詞綴，是「構詞」的虛語素，即「派生詞綴」。

不管是「屈折」，還是「派生」，它們的生成多半是實詞或實語素 [註7] 語法化的結果。以「屈折詞綴」來說，Hopper ＆ Traugott（2003：7）談到的語法斜坡（cline of grammaticality）是：

實詞＞語法詞（虛詞）＞附著成分＞屈折詞綴 [註8]

語法化遵循著單向性（unidirectionality）演化，[註9] 序列愈往右，詞彙意義愈弱，語法意義愈清晰。[註10] 意義的改變影響詞類的改變，由主要詞

〔註 7〕實語素相對於虛語素，前者的音義對稱，後者則不對稱。

〔註 8〕原文為：content item＞grammatical word＞clitic＞inflectional affix.序列中的「＞」符號，表示 becomes/is replaced by/splits into.

〔註 9〕吳福祥（2004）指出，單向性問題曾經在 20 世紀 90 年代末期引起語言學界熱烈的討論，Givón 首先認為單向性是語法化重要特徵，贊成者如 Haspelmath、Traugott、Klausenburg、Heine 等人，但是 Newmeyer、Lightfoot、Janda、Joseph、Campbell 等人則提反例辯駁。

〔註 10〕Packard（2000：314）曾談到漢語詞彙演變遵守「單向性」。原文為：The unidrectionality

類（開放詞類）變成次要詞類（封閉詞類，如代詞、連詞、介詞），這段過程稱爲「降類」（decategorialization）（Hopper ＆ Traugott 2003：106-107）。

語法化演變不是一蹴可幾的，它需要相當長的時間。Haspelmath（2002：149）曾說「詞綴→詞」的變化是一個連續統（continuum），既然是連續統的概念，有時難以清楚劃分相鄰的兩階段。〔註11〕若以「派生詞綴」來說，呂叔湘等多位學者提到漢語有「類語綴」（或「類詞綴」，pseudo-affix or quasi-affix），可見「派生詞綴」的演化鍊亦是個連續統。推測它的變化是：

　　實詞＞類詞綴＞派生詞綴

2. 派生詞綴的類型

Beard（1995：155-176）第七章提出派生的四種類型，即：「特徵價值的轉換派生」（feature value switches）〔註12〕、「換類派生」（transposition）〔註13〕、「表達性派生」（expressive derivation）〔註14〕、「功能性派生」（functional L-derivation）。〔註15〕後兩者和漢語有關。

---

of the lexicality cline as suggested by the Chinese word-formation data therefore would be as depicted in: lexicality cline (Chinese) — content word ＞ bound root ＞ word-forming affix ＞ grammatical affix

〔註11〕 溫度也是個連續統，我們將溫度分成「冷、溫、熱」，看似十分清楚的分類，事實上很難去說某度算「冷」，某度則算「溫」，兩個階段之間，總有模稜處。

〔註12〕 原文爲：The most common type of L-derivational rule required of a description of natural language is a simple switch, or toggle, which resets the ＋ (or －) or other value of grammatical features（Beard 1995：155）. Feature value switches 指的是性（gender）、數（number）的轉換，例如，德語 Lehrer "teacher" (unmarked Masculine) →Lehrer-in "female teacher" (marked Feminine)。例如 serbo-Croatian dugm-e "button" (Singular), dugm-et-a (Plural), dugm –ad (Collective).

〔註13〕 原文爲：This type of derivation simply provides members of one lexical class with the lexical feature of another while neutralizing those of the base. Importantly, no grammatical or semantic function is provided by transposition（Beard 1995：202, Ch8）.

〔註14〕 原文爲：The expressive derivations do not change the meaning or lexical class of the lexemes over which they operate; they generate nouns form nouns, verbs forms verbs, and adjectives form adjectives（Beard 1995：163）.

〔註15〕 原文爲：Languages have a set of functional derivations which operate over grammatical

「表達性派生」有五種功能：小稱（diminutive）、增量（augmentative）、輕蔑（pejorative）、喜愛（affectionate）、尊敬（honorific）。這種派生不會改變詞彙的意義及類別，牽涉到說話者的主觀態度，具備層級性和循環性。〔註16〕董秀芳（2004：35-37）提到漢語派生詞類型比較單一，以「表達性派生」為主，這種派生處於詞法與語用的介面，不算很典型。更為典型的派生詞綴具有「改變詞類，或意義的功能」。〔註17〕筆者認為，像「『老』高」、「洋鬼『子』」一類的詞，都是「表達性派生」，但不盡然漢語的派生多數是表達性派生，事實上，應該是「純造詞派生」（purely morphological derivation）居多。

「功能性派生」會改變詞的語義，類似於格（case）的屈折。董秀芳（2004：37）以漢語為例，「胖子」、「矮子」、「梳子」、「剪子」的「子」是功能性詞綴，指稱主體或工具。

有些派生詞綴具造詞功能，但不是創一個與語根完全無關的新詞，往往新造詞的意義、語法、詞類和詞根無別，語用層面可能有別，筆者稱之為「純造詞派生」。這種詞綴不是典型詞綴。朱慶之（1992：138-160）則稱為「擴充音節的自由構詞語素」，它可以和單音詞隨意構成該詞的雙音形式。舉例來說，「行愈」和「愈」都是「治療」之意，「行」不表義，只幫助單音節動詞雙音化。「行愈」對「愈」而言，只存在音節差異。

3. 漢語詞綴的特徵

大抵上，漢語詞綴有七個特徵，即：理性意義、附著性、能產力、、定位性、語音弱化、標誌詞類、類義。可以從這七個方面判斷詞綴。

---

functions like Subject, Object, Locus, Means, Manner, Possession, Possessive, Origin and the like（Beard 1995：175）.

〔註16〕原文為：First, they change neither the fundamental lexical meaning nor the lexical class of the base. Second, they reflect subjective attitudes of the speaker rather than a fixed relational function. Finally, because they are gradable, they also apply recursively（Beard 1995：165）.

〔註17〕董秀芳（2004：35-41）歸納出表達性派生的五個特點：第一，不改變詞的類別；第二，不受阻斷效應的制約；第三，具有同功能的表達性派生詞綴可在同一詞基上重複使用；第四，具有可選性和主觀性；第四，漢語的詞綴與詞根在語音形式上沒有顯著差異。

（1）理性意義（conceptual meaning）

潘文國、葉步青、韓洋（2004：87）認為漢語沒有方便的自由和黏著的區分，如果承認詞綴有詞彙意義，則與合成詞構成成分界限不清。潘氏等人的疑慮是在類詞綴上，類詞綴還帶有一些詞彙意義，這是語法化的必經的階段。

筆者以為用來判斷詞綴的「意義」指「理性意義」（或稱「概念意義」），即「客觀的意義」。〔註18〕詞綴沒有理性意義，派生詞的詞義是由詞根（root）或詞幹（stem）所肩負的。〔註19〕雖然詞綴是虛語素，但它還附帶「語法義」、「情感義」、「形象義」、「風格義」等「附加意義」。當我們談詞綴的意義時，必須立基於這個前提之上。

（2）附著性（bound）

詞綴具有「附著性」，但附著性並非詞綴特有，若要以此論定詞綴，將產生問題。因為有些實語素也具附著性，如桌曆、朋友、樂器，都必須兩兩結合表義，不能單獨使用。詞綴的附著性是相較於詞根而言，而不是說實語素沒有附著的可能。

（3）能產力（productivity）

詞綴具有「能產力」？連金發（1999：3）與彭小琴（2003：12-13）並不同意。有些詞根也具能產力，如人民、人物、人力、人權、人生，是以人為詞根，複合而成的詞彙。Aronoff ＆ Anshen（1998：242-245）將能產力分為質和量兩種，所謂「量產力」，指「詞綴或詞法形式所可能創造的新詞數量」；「質產力」，指「詞綴或詞法形式在構詞時所受的限制」，限制愈少，所能結合的語素愈多，質產力愈高。王洪君、富麗（2005：8）主張分為組合能力〔註20〕、新

〔註18〕Leech（1987：13-33，中譯本）認為理性意義是關於邏輯、認知或外延內容的意義。相對於聯想意義（如內涵意義、社會意義、情感意義、反映意義、搭配意義），前者需要以人類特有的語言和思維結構為前提，後者則建立在經驗的關連，隨著個人經歷、社會環境、文化、歷史等因素而改變，聯想意義比較不穩定，具有一定程度和範圍。

〔註19〕根據王汶玲（2004：94-101）語義相關度的問卷調查，詞根和派生詞義的相關度極高，類詞綴持平，詞綴極低。由此可知，典型詞綴不是語義重心，派生詞的詞義多由詞根或詞幹決定。

〔註20〕「組合能力」，指參與構造已有詞語的能力。

生類推潛能，〔註21〕這兩種能力可以劃分出詞綴、類詞綴、助詞的差異。

筆者認爲詞綴具有時代性、區域性，也許它曾有高的能產力，後來逐漸消失了，所以，能產力的觀察必須放到共時軸（synchronic）與歷時軸（diachronic）來看，才能顯出客觀意義。

（4）定位性（fixed position）

詞綴具有「定位性」。假設某詞綴違反定位性，就得重新考慮它的性質。詞根也可能有定位性，這就變成複合詞與派生詞該如何區別的問題。複合詞的結構是「實語素＋實語素」，派生詞是「實語素＋虛語素」（後綴模式），派生詞構詞成分中，一定有虛語素，所以當我們發覺某些語素具有定位性，可配合意義標準判斷。

（5）語音弱化（weakening）

張靜（1960）、趙元任（1980）、朱亞軍和田宇（2000）等曾討論過詞綴「語音的弱化」，大抵前綴通常唸中音，中綴唸輕音，後綴唸輕音。同時，他們表示語音判斷法對漢語而言並不是很可靠。譬如，有些人將吃「了」、吃「著」、懂「得」當成詞綴，它們符合輕音標準。然而它們應是助詞。另，重疊詞（如熱「呼呼」）也偏向唸輕聲，但它們不是詞綴。

（6）標誌詞類（word class sign）

「標誌詞類」，指「決定語法屬性」的特徵。湯廷池（1992：19）說詞綴充當詞法上的主要語（head）或中心語（center），決定整個詞的詞類。筆者認爲，漢語詞綴在這方面的表現是有限度的。當詞根與新派生詞「詞類不同」時，詞綴才發揮此功能，成爲主導詞類的關鍵成分。反之，難以證明派生詞詞類由詞根或詞綴決定。

（7）類義（class meaning）

「類義」，指「標示同一類」的特徵。如前所述，詞綴不帶理性意義，僅具附加意義，同一詞綴與不同的詞根組合後，表現出來的附加意義不一定相同，只能說同一詞綴所派生的詞，可劃分爲帶某某義的一類，帶另一義的爲一類。〔註22〕

〔註21〕「新生類推潛能」，指根據現實需要隨時創造新詞語的能力（構造從未出現過的新詞語）。

〔註22〕例如，派生詞「老師」和「老高」，具有相同的語法義，但情感義不同，不宜劃歸

　　潘文國、葉步青、韓洋（1993：80-93）認爲，不論從意義、語法、音節、重音等方面來判斷詞綴，都會遇到困難。筆者必須承認每種標準都有缺陷。但這是「程度」的問題。僅以單一條件所做的判定，可信度低於綜合多項標準的判斷。

　　人類的認知裡存在原型（prototype）的概念，有些是核心成員，有些是非核心成員。四腳是桌子的原型、核心成員，如果有兩腳的桌子，與一般認知的差距較大，雖然它仍是桌子，但已偏離了原型。漢語詞類可做如是觀。詞綴存在著原型與非原型，交集愈多條件，愈趨於原型，交集愈少，愈偏離原型。這也是呂叔湘再分出「類詞綴」的原因。同時，原型認知與連續統（continuum）概念是吻合的。詞彙變化是一個不斷前進的過程，相鄰的階段往往難以一刀切，總有模糊的地帶。堅持得清楚區分便違反了現實。

　　朱德熙（1982：29）說：「真正的詞綴只能粘附在詞根成分上頭，他跟詞根成分只有位置上的關係，沒有意義上的關係。」判斷詞綴之前，要注意語素之間的邏輯關係。派生詞包含了詞根及詞綴，詞綴與詞根之間，沒有內在組合關係（不具意義上的邏輯聯繫）；接下來，再以「理性意義」區分詞根和詞綴。倘若仍難辨別，再參佐其他標準。

第二節　語法化理論

　　語法化是歷時語言學很重要的課題，本節將簡單敘述中、西方對語法化的認識，並介紹一些重要的語法化機制。

一、語法化的意義

　　傳統的中國與近代的西方都談過語法化的問題，但兩方指涉的語法化，在意義、範圍方面略有差異。

（一）中國傳統的虛化

　　語法化，中國傳統稱作「虛化」。虛化是以虛字﹝註23﹞爲對象。虛字，又叫

　　一類。

﹝註23﹞中國傳統稱「實字」、「虛字」，本文稱爲「實語素」、「虛語素」。學術研究是不斷前進，漸趨準確的，「字」是書寫系統的符號，「語素」、「詞」是語言系統的符號。本文所談的詞綴是一種語言現象，而不是文字書寫符號的問題。關於這個問題，楊錫彭（2003：17-36）曾詳細解釋「字」跟「語素」的分別。

辭、詞、語辭、語詞、語助、助語、助辭、助字、發聲、語餘聲、語助聲，這些稱謂指涉的範圍不明，有時是表示語氣的詞，或是類似詞綴的附加成分，或是詞彙意義抽象的詞，或是名詞活用的詞。

中國對虛詞的研治有很長的歷史，先秦已注意到虛字，例如，《墨子・經說》：「且，字前曰且，字後曰已，方然亦且。」〈小取〉：「或也者，不盡然也。」元代出現虛字專書，討論更加深入。元周伯琦《六書正譌》談到虛字從實字而來。清劉淇《助字辨略》強調虛字有功能；清袁仁林《虛字說》點出虛字的「語氣」是一種意義。

根據上述，中國的「虛化」強調實字意義逐漸消失，直到意義空虛，成爲虛字。簡單地說，虛化是「意義的磨損或消耗（attrition）」。西方稱虛化爲 "semantic bleaching"、"semantic depletion"，意義虛化僅是語法化的一環。[註24] 換言之，西方語法化的概念比虛化寬。

（二）近代學者的語法化理論

「語法化」（grammaticalization）是 1912 年法國 Meillet 提出的，他在 "L´ evolution des formes grammaticales" 談到語法化是 "the passage of an autonomous word to the role of grammatical element"，即「一個獨立自主的詞轉變爲語法成分的過程」。目前，西方語言學界大抵依循 Kuryłowicz（〔1965〕1975：52）所下的定義：

> 語法化是一個語素的使用範圍逐步增加較虛的成分，從詞彙成分演變爲語法成分，或者是從不太虛的語法成分演變爲較虛的語法成分，例如派生語素變成屈折語素。[註25]

〔註24〕「意義虛化」，Givón & Lord 稱爲 "semantic bleaching"，Lehmann 稱爲 "semantic depletion"，Guillaume & Guimier 稱 "semantic weakening"，Heine & Reh 稱爲 "desemanticization"，Sweetser 稱爲 "fleshing out of meaning"，Bybee & Pagliuca 稱爲 "generatalization or weakening of semantic content"。詳見 Heine, Claudi and Hünnemeyer（1991a：240）。

〔註25〕原文爲：Grammaticalization consists in the increase of the range of a morpheme advancing from a lexical to a grammatical or from a less grammatical to a more grammatical status , e.g. from a derivative formant to an inflectional one（Kuryłowicz〔1965〕1975：52）.

而 Hopper ＆ Traugott（2003：xv）談到語法化將持續不斷地進行：

> 詞彙或結構在特定語言環境中具備了語法功能的過程，一旦語法
> 化，還會繼續發展新的語法功能。〔註26〕

語法化必須發生在某種語言環境中，而且語法化會不斷地進行下去。此說是學界對語法化的共識。

　　沈家煊（1994：18-19）指出西方研究語法化的兩條路，一是強調實詞虛化為語法成分，如 Anderson、Lyons、Bybee、Heine 等主張從認知角度看語法化；一是著重章法成分轉化為句法成分、構詞成分，如 Givón、Li、Hopper 等，主張從語用、信息交流來探索。〔註27〕以下，在沈氏的基礎上簡述兩派的看法。

　　Heine ＆ Claudi ＆ Hünnemeyer（1991a）2.4 隱喻一節，提到 Bybee ＆ Pagliuca 認為就語義而言，語法化是隱喻的抽象過程，Heine ＆ Claudi ＆ Hünnemeyer 承繼此說，以隱喻角度做研究，從認知域的轉移過程看待語法化，將認知域的映射歸納出一個抽象等級：

> 人＞物＞事＞空間＞時間＞性質〔註28〕

人類認識事物，往往以身體部位做為參考點，人是最具體的認知域，由「人→物→事→空間」屬於實詞變虛詞的範圍；「空間→時間→性質」是虛詞進一步的語法化。簡單地說，與人有關的語法化程度低於與人無關的物、事，三維的空間低於一維的時間，一維的時間又低於零維的性質。這個等級屢受援引，為學界所肯定。必須注意地是，Heine ＆ Claudi ＆ Hünnemeyer（1991a）的抽象等級，有兩種解釋：第一，嚴格地說，語義的發展需由左而右，一個範疇緊接

〔註26〕原文為：We now define grammaticalization as the change whereby lexical items and constructions come in certain linguistic contexts to serve grammatical functions and, once grammaticalized, continue to develop new grammatical functions（Hopper ＆ Traugott 2003：xv）.

〔註27〕Hopper ＆ Traugott（2003：2）認為，語法化研究包括歷時性和共時性兩類，歷時性關心詞彙發展為語法標記，以及語法標記的發展；共時性關心句法、篇章的語用現象。這個說法正是之前談到研究的兩條道路。

〔註28〕原文為：person＞object＞activity＞space＞time＞quality（Heine ＆ Claudi ＆ Hünnemeyer 1991a：48、59）.Heine ＆ Claudi ＆ Hünnemeye（1991b:157）將 activity 改為 process.

著一個範疇發展。第二，寬鬆地說，右邊的語義是經由其左邊的任何而非一定是緊鄰的範疇發展而來。李臻儀（2004）認為學者一般偏向第二種解釋。

Givón（1979）總結對印地安與非洲語言的研究，主張今天的詞法就是昨天的句法，今天的句法曾是昨天的章法。要瞭解詞法，得從句法階段看起，想瞭解句法，得從章法階段看起。因此，語法化應該從章法論起，其發展過程是一個循環：

章法＞句法＞構詞（形態）＞形態音素＞零形式 〔註29〕

事實上，這兩條研究道路可以相容，因為導致語言成分語法化的因素，不會僅有一個，通常是多個原因所造成的。例如，史金生（2003：60-78）考察「畢竟」、「到底」、「終歸」等副詞的語法化歷程，發現語義、語用和認知都是影響的因素。

語言成分在語法化時，可能有以下幾種的現象發生（Heine & Claudi & Hünnemeyer 1991a：213）：

表 2.2-1　Some Common Linguistic Effects of Grammaticalization

Sematics	Concrete meaning	>	Abstract meaning
	Lexical content	>	Grammatical content
Pragmatic	Pragmatic function	>	Syntactic function
	Low text frequency	>	High text frequency
Morphological	Free form	>	Clitic
	Clitic	>	Bound form
	Compounding	>	Derivation
	Derivation	>	Inflection
Phonological	Full form	>	Reduced form
	Reduced form	>	Loss in segmental status

上表從語義、語用、形態（構詞）、語音方面紀錄變化方向，綱舉目張，帶給研究者很大的方便。

另外，語法化還具單向性（unidirectionality）。漢語詞彙單向性的展現，大抵是原先不屬於同一個詞的兩個成分，因為韻律、頻率、位置、語義變化等作用

―――――――――――――――――

〔註29〕原文為：discours＞syntax＞morphology＞morphophonemics＞zero.

下，使得兩個成分之間的關係逐漸凝固，成為複合詞，之後進一步發生語法化，成分之間的關係變模糊，依附性增強。這是不可逆但可循環的過程。〔註30〕

二、語法化的機制

語言成分要發生語法化必須透過一定的機制運作，例如，重新分析（reanalysis）、類推（analogy）、隱喻（metaphor）、推理（inference）、泛化（generalization）、和諧（harmony）、吸收（absorption of context）（Bybee & Perkins & Pagliuca 1994，Hopper & Traugott 2003）。張誼生（2000a：3）、孫錫信（2003：35）還談到結構形式、語義變化、表達方式、認知心理、認同、弱化、移位、泛化、類推、誘化、暗喻。

漢語詞綴的語法化，涉及重新分析、類推、隱喻、轉喻、泛化、認知等機制，泛化和認知是介紹較多的機制，所以筆者選擇前四種做簡單介紹。

（一）重新分析（reanalysis）

Langacker（1977：58）、Harris & Campbell（1995：61）認為，「重新分析」是「改變一個表達的結構或表達的類別，但不會立即帶來表層形式的變化」。〔註31〕簡單地說，「重新分析」是在不改變表層形式下，造成底層形式的改變。它牽涉結構界線（boundary）的轉移，但和語法化沒有直接的關連。〔註32〕Heine & Claudi & Hünnemeyer（1991a：167-168）用兩個結構式來表示：

1.（A,B）C

2. A（B,C）

A & B 原是一個單位，後來變成 B & C 是一個單位，「1→2」的過程就是

〔註30〕參看 Givón（1979）。劉丹青也認為語法化可以循環，參見張伯江、方梅（1996：153）註6。

〔註31〕原文為：change in the structure of an expression or class of expressions that does not involve any immediate or intrinsic modification of its surface manifestation（Langacker 1977：58）．Harris & Campbell（1995：61）的說法類似如此。

〔註32〕原文為：constituent-internal reanalysis, perhaps more appropriately, as boundary shift, which he treats as one form of resegmentation, the other forms being boundary loss and boundary creation. This type of reanalysis has been observed in a number of languages but will not be further considered here since it does not seem to be a property directly relevant to grammaticalization（Langacker 1977：64）．

「重新分析」。Hopper ＆ Traugott（2003：51-59）視之爲語素發生「融合（fuse）」，並強調語法化常常伴隨「重新分析」，但兩者不能等同，因爲「重新分析」不見得會導致語法化。〔註33〕

（二）類推（analogy）

Kiparsky（1968）認爲「類推」是從一個有限制的範圍，泛化到較廣泛的範圍。〔註34〕 也就是說，「類推」受限於整體結構的特性。Hopper ＆ Traugott（2003：63-64）強調「類推」發生在一個現存形式牽引下所引起的改變。〔註35〕 接著，他們又說「類推」是「改變表層形式，卻沒有造成規則改變的機制」。〔註36〕 由此可知，「類推」不是憑空形成，語法成分要發生「類推」，必須有一個類似形式當對照，基於彼此的語法結構或條件相仿，才有改變表層形式，發生「類推」。

對於「類推」發揮作用的時間，Hopper ＆ Traugott（2003：68-69）認爲語法化過程中，「重新分析」發生較早，「類推」較後。石毓智（2003：246-247）則說就語法化初期而言，「類推」的作用是誘發一個語法化過程，後期時，則在於爲新語法形式對不規則現象的規整。換句話說，石氏傾向「類推」全程參與語法化。

「擴展」（extension）和「類推」容易混淆。Harris ＆ Campbell（1995：97-119）認爲「擴展」在意義上與「類推」接近，他們將「重新分析」與「擴展」相較，前者涉及深層（基底）結構的改變，後者涉及表層結構的改變。〔註37〕 石毓智

〔註33〕 重新分析和語法化不等同的例子，如 this man 的 this 從代詞語法化爲定冠詞，並未發生重新分析，因爲 this man 和 the man 都是短語的結構（Heine ＆ Claudi ＆ Hünnemeyer 1991a:219）。另外，蔣紹愚（2004：243-245）曾舉「聞之於君」爲例，假設「聞₁」當成「聽見」，整句是「從君王處聽到此事」；若「聞₂」當成「使聽見」，整句是「使君王聽到此事」；若「聞₃」當成「報告」，整句是「向君王報告此事」。「聞」發生了「重新分析」，但沒有「語法化」。

〔註34〕 原文爲：generalization or optimization of a rule form a relatively limited domain to a far broader one.

〔註35〕 原文爲：Analogy refers to the attraction of extant forms to already existing constructions.

〔註36〕 原文爲：modifies surface manifestation and in itself does not effect rule change.

〔註37〕 筆者曾向連金發教授請益此問題，連老師舉了兩個例子說明，「有錢」本爲動詞詞組，重新分析爲形容詞，語義相當於 rich；「見」本來當視覺詞的補語，擴展到做聽覺詞的補語，如「聽見」。在此予以致謝。

（2003：14）視「類推」和「擴展」爲同一概念，張麗麗（2003：38）則區分爲二，張氏認爲 Harris et al. 提到「類推」是「結構上有相似性」之下的語言轉變，「擴展」不限於此。蔣紹愚曾對「功能擴展」做出解釋：「A 型句有 X 功能，B 型句有 Y 功能。後來，由於語法的演變，A 型句也逐漸取得了 Y 功能，它的功能由 X 擴展到兼表 X 和 Y。」準此，「擴展」和「類推」不是相等的概念。雖然兩者都只改變表層結構，然而，要判斷語言是否發生「類推」，還需考慮「相似的語法條件」，「擴展」則否。

（三）隱喻（metaphor）

蘇聯格沃茲節夫在《俄語修辭學概論》提到，「隱喻」是利用某一個詞通常所表示的事物、現象、行爲「相類似」之點，來表示另一事物、現象和行爲的用詞方法。〔註 38〕Lakoff ＆ Johnson（1980）認爲人類對萬物的認識方式往往從自身出發，例如，人有腳，所以山也有腳（山腳）、桌子也有腳（桌腳）。可見語義的基礎不是客觀眞值條件，而是人腦對事物的建構的反應，〔註 39〕「隱喻」不只是語言現象，還是一種思維方式。〔註 40〕簡言之，「隱喻」是一個跨越概念界線的推理過程，從「映射」（mapping）〔註 41〕或「組成的跳躍」角度看，即「由一個範域到另一個範域的過程」〔註 42〕（Traugott ＆ Dasher 2002、Hopper ＆ Traugott 2003）。

綜合上述，「隱喻」是一種打破概念界線的認知方式，透過兩個概念結構之間相似的關連，進行映射過程，重新認識事物。映射方向常是具體範域到抽象

〔註 38〕詳參韓陳其（1996：324）。

〔註 39〕人腦對事物建構的反應，即「意象基模」（image schema），人類透過意象基模認識新事物。參見 Lakoff ＆ Johnson（1980），楊純婷（2000：22-24），曹逢甫、蔡立中、劉秀瑩（2001：10-12）。

〔註 40〕原文爲：The essence of metaphor is understanding and experiencing one kind of thing in terms of anther（Lakoff ＆ Johnson 1980：5）.

〔註 41〕「範域映射」，指由具體來源域（source）映射到抽象目標域（target），也就是將來源域的意象基模有方向地映射到目標域。

〔註 42〕原文爲：Metaphorical processes are processes of inference across conceptual boundaries, and are typically referred to in terms of "mappings," or "associative leaps," form one domain to another（Hopper & Traugott 2003：84-87）.

範域，這就會產生語言成分的語法化。

（四）轉喻（metonymy）

「轉喻」（或稱「換喻」），指「以一種意象基模替代另一意象基模」，中譯常作「借代」，這是一種修辭的觀察。Lakoff & Johnson（1980）宣稱「轉喻」不僅是修辭，還是一種思考模式，涉及到認知基礎，我們思和行所依賴的概念系統，從根本上便具有「轉喻」的性質。例如，「黑手」指「修理機械的人員」，我們以「手」（部分）替代「人」（整體），這樣的選取並不是任意的，身體經驗告訴我們，手具有處理事務的功能，顯著度高於整個身體，故以明顯的特徵來替代整體（沈家煊 2000：4-5）。

「隱喻」和「轉喻」都是認知模式。「隱喻」基於象似性（similarity or iconicity），涉及了兩個認知域的映射（由具體映射到抽象）；「轉喻」基於鄰近性（contiguity），具有指示功能，為同一認知域的替代（以顯著者替代）。〔註43〕

第三節　前人的研究成果

前兩節分別論述詞綴跟語法化等相關問題，接下來，要進行文獻的回顧（review）。

首先，先看語法化的部分。

關於語法化理論的專書，英文書有 Hopper & Traugptt（2003）和 Heine & Claudi & Hünnemeyer（1991a）的力作，這兩本書詳細介紹語法化的意義、機制及原則等等，書中有許多豐富的例證，敘述平實，簡潔明瞭。中文書有石毓智與李訥（2001），該書從判斷詞「是」、動補結構、體標記、重疊式、連字結構、動詞拷貝結構、否定標記、量詞、結構助詞、介詞等主題，多方談論語法化現象。吳福祥與洪波主編（2003）的論文集，共收錄 26 篇文章，是 2001 年10 月 15～17 日「首屆漢語語法化問題國際學術討論會」的結集。沈家煊、吳福祥、馬貝加主編（2005）的論文集，共收錄 21 篇文章，是 2003 年 12 月 31日至 2004 年 1 月 2 日「第二屆漢語語法化國際學術研討會」的結集。馬清華（2006）的 1.2，討論詞匯語法化動因、關連成分的語法化方式、並列連詞的語

〔註43〕詳見曹逢甫、蔡立中、劉秀瑩（2001：12-13），Hopper & Traugott（2003）等書。

法化軌跡等問題。

英文的單篇論文有 Hopper（1991）、Traugott（1006）、Ramat（1998）、Joseph（2001）、Campbell ＆ Janda（2001）、Campbell（2001）等文，這些文章不僅從正面討論語法化，亦提出了對語法化現象的質疑和批判。中文論文有沈家煊（1994）、孫朝奮（1994）、吳福祥（2004a、b）等介紹了西方對語法化的研究成果（書評），劉堅與曹廣順與吳福祥（1995）、洪波（1998）、孫錫信（2003）、馬清華（2003）、吳福祥（2003）、祝建軍（2004）等，討論了語法化的機制和應用。

其次，再看詞綴的部分。

想瞭解詞綴的意義，可翻閱構詞學和語法學的書籍。在專書部分，中文書有王力（1944）、趙元任（1980）、潘文國與葉步青與韓洋（2004）、周法高（1994）、陳光磊（1994）、竺家寧（1999b）、張斌（2003）等等，其中，潘氏三人合著的專書十分周詳，綜合性強，將詞綴性質、判斷方式、各家看法，舉隅優劣。竺氏之書，網羅豐富的佛典用例，對本文的寫作有深刻的啓發。英文書有 Matthews（1991）、Anderson（1992）、Gao（2000）、Haspelmath（2002）等等，Matthews 和 Anderson 的書是構詞學力作，Haspelmath 的書淺顯易懂，綱舉目張。

學位論文方面，台灣地區有張嘉驊（1994）針對現代漢語後綴進行探索，討論「子」、「頭」、「巴」、「然」、「生」、「麼」、「得」、「們」、「家」、「的」的構詞問題。楊憶慈（1996）談《西遊記》的派生詞，分辨王力的「滋生詞」（語源上的問題）和派生詞的不同，在判別詞綴的標準上，提到能產力和虛化的缺陷，他還談到了前綴少於後綴的原因，可能是前綴多屬古語殘留。朴庸鎮（1998）第一章介紹了漢語詞綴和一般語言的詞綴的區別。林香薇（2001）第五章研究閩南語複合詞詞素詞綴化現象。中國大陸有彭小琴（2003）研究古漢語「阿、老、頭、子」四種詞綴，首先總論詞綴，其次分章論述，脈絡清晰，先探詞綴源頭，再究各種用法，例證齊備。而且彭氏討論的四個詞綴也是漢語最典型的詞綴。

國科會計畫方面，竺家寧曾進行佛典詞彙系列研究，竺氏在 1996a、1998a、1999a、2002a、2003 年，依照佛典年代與個別譯者討論，討論的子題如下：西晉佛經詞彙、三國佛經詞彙、東漢佛經詞彙、安世高譯經複合詞詞義、支謙譯經的動詞等主題。這一系列的研究計畫，仔細地整理了不同時期譯經的詞彙類

型（如音譯詞、重疊詞、連綿詞、合義詞、派生詞等），介紹許多特殊詞彙，提供了後學者繼續研究的材料。

關於詞綴的單篇論文數量很多，足以分門別類。綜論及判別詞綴方法的文章，如郭良夫（1983）、嚴戒庚（1996）、朱亞軍和田宇（2000）、陳豔（2003）、張小平（2003）、程麗霞（2003）；與其他語言的詞綴做比較的文章，如汪洪瀾（1997）、徐世璇（1999）、孫豔（2000）等；探討國語或方言詞綴的文章，如連金發（1996、1998、1999）、鄧享璋（2004）、曹瑞芳（2004）等等；針對某一詞綴的研究，如朱茂漢（1983）、劉瑞明（1989）、周剛（1994）、魏德勝（1998）、梁曉虹（1998）、張美蘭（1999）、葛佳才（2003）、竺家寧（1996b、1997、1998b、1999c、2000a、2000b、2001、2002b、2004a、2004b）等等。

每個專家學力背景不同，觀察角度有別，例如，竺家寧多年研究佛經語言學，發表多篇佛經詞彙和語法方面的文章，討論過「自」、「兒」、「毒」、「消息」、「派生詞」、「動賓結構」、「同素異序」、「三音節構詞」等子題；梁曉虹專研佛典詞彙，多半探討禪宗語錄的詞綴；魏德勝從簡牘資料著手，研究上古漢語的詞綴；程麗霞結合西方語言學，修正漢語詞綴的看法；連金發從閩南語的角度，應用西方觀念進行討論。

如此豐富的文獻資料背後，顯見詞綴包含許多值得研討的問題，我們還有必要進一步研究下去。綜觀前輩學者的討論，有的是宏觀解釋詞綴在構詞上所扮演的角色，及造成的影響；有的是微觀調查個別詞綴，或者某一些詞綴的發展狀況，派生力的強弱，形成種種新詞。語料部分，或以斷代為限，或針對單一古籍，也有統論某一批圖書的詞綴。

看過目前的研究狀況後，筆者有兩點發現：

1. 近、現代漢語白話語料豐富，這兩部分的詞綴已投入較多心力，中古漢語則尚須努力。若以語料來看，中古擁有很龐大的語料，那就是——「佛典文獻」。

2. 前人研究詞綴，多針對定義、判別標準、類型的問題進行分析，至於從實語素演變到虛語素（詞綴）的這段過程，則較少著墨。

有鑑於此，筆者試圖將「詞綴」和「語法化理論」做一個結合，從語法化的動態演變觀點，進行漢文佛典後綴在形成、用法、生滅諸方面的歷時研究。

文中應用的「語法化」理論，很多藉助於西方的研究成果。

佛經語言學是門跨領域的學科，許多學者先後投入此園地，得到相當可觀的成果。鑑於佛典語料的豐富性、特殊性，以及研究主題的發展性，筆者選擇考察宗教資料——中古（到近代）的漢譯佛典與禪宗語錄，再參照中土文獻，循著「實詞→類詞綴→詞綴」的脈絡，討論後綴演變的語法化現象、變化機制等課題。

第四節　本文探索的詞綴

上古漢語的詞綴很少，目前所熟悉的詞綴，如「阿～」、「老～」、「～頭」、「～子」，產生於中古階段。如果把眼光放在近、現代，詞綴與類詞綴的量有增多趨勢，在自然發展之下，詞綴數會不斷攀升，然而事實並非如此。語言會生滅消長，總體看來，詞綴仍然維持一定數量，是可窮盡的。

前面談過詞綴的判定一直是個難點，各家說法不盡相同。依照本文的標準（本章第二節），很多例子都不是詞綴。例如，「了」、「著」、「過」爲時態助詞；「所」屬結構助詞〔註44〕或輔助性代詞〔註45〕；「相」是代詞性副詞〔註46〕或偏指代詞〔註47〕；「見」是助動詞或偏指代詞〔註48〕；「有」是襯音助詞〔註49〕；「家」、「手」、「師」、「客」只能是類詞綴。嚴格意義下的詞綴（如「阿」、「老」、「子」、「頭」等）爲數不多。

由於，漢語的後綴比前綴還要發達，本文所探索的詞綴便限定於「後綴」。原型後綴數量有限，所以，本文將從歷時角度切入，力求把個案演變的來龍去脈、運用的機制說明清楚。筆者選擇龐大的漢文佛典當語料，不過，限於學力、時間、專業度等客觀因素，將不採泛論式敘述，而改成重點式發展和細緻化考察。

〔註44〕何樂士、敫鏡浩、王克仲等（1985：546-547）僅說「所」是助詞，王克仲（1982）更仔細地提到起名詞化作用的「所」是結構助詞。

〔註45〕李林（1996：9-10）以爲「所」是輔助性代詞，指代行爲對象。

〔註46〕呂叔湘（1942）將具有偏指用法的「相」字，看做是代詞性副詞。

〔註47〕董秀芳（2001：134-141）認爲「相」字和「見」字結構是偏指代詞。

〔註48〕何樂士、敫鏡浩、王克仲等（1985：272-275）認爲「見」是助動詞或偏指代詞。

〔註49〕參見清代姚維銳的《古書疑義舉例增補》，收於俞樾《古書疑義舉例五種》（北京：中華書局，1956年），頁277。

　　本文具體的選材原則是，原型後綴優先（因爲它們語法化徹底，展現清楚脈絡，爲優良的樣本），其次是有特色的後綴。再配合語料擷取的時代限制，凡在東漢以前（上古）已通行的後綴，不在討論範圍。在東漢佛典以後逐漸成形或新興的後綴，才列入討論。

　　另外，本文沒有探討綴於形容詞和動詞後綴，未選形容詞後綴的原因是許多候選對象（如「然」、「若」、「如」、「爾」等）在上古早已形成，不符合本文在語料時代的設定。而中古階段幾乎沒有形成新的形容詞詞綴。未選動詞後綴的原因是，漢語幾乎沒有動詞後綴，絕大多數像後綴的語素，多半被歸爲「助詞」。準此，本文研理的個案是：「子」、「兒」、「頭」、「來」、「復」、「自」、「當」。個案研究的分類（分章）情形如下：

　　1. 名詞後綴：子、兒、頭。

　　2. 時間後綴：來。

　　3. 虛詞後綴：復、自、當。

　　前兩類爲實詞，第三類爲虛詞。共計三類，分屬論文的第三、四、五章。

第三章　名詞後綴的語法化

　　中古有幾個新興的後綴，例如，「子」、「兒」、「頭」，原先都是實語素，當實詞使用，後來，逐漸演變成虛語素（空的虛語素），和詞根結合為派生詞。它們是優良的原型（prototype）詞綴，演變脈絡清晰。本文將「子」、「兒」、「頭」歸在同一章，是因為它們都是名詞後綴，以及帶有「離散性」特徵。

　　所謂「離散性」（discrete），根據 Crystal （2003：143）對 discreteness 的解釋："A suggested defining property of human language, whereby the elements of a signal can be analysed as having definable boundaries, with no gradation or continuity between them"，舉例來說，'pin'由三個有區別性的語音單位（音素）組成（/p/、/i/、/n/），具有離散性。換言之，"discrete"的主要特徵是「有界量」。

　　石毓智（2000：61，2001：231-232）對「離散性（量）」的解釋是：有明確邊界，可分出獨立個體的數量特徵，具離散性的詞可以受「沒」的否定。典型的名詞和部分動詞具有離散性。〔註1〕

　　大多數的名詞後綴是含有「離散性」的，〔註2〕當它與非離散性的詞根結合時，足以改變派生詞的詞性。

〔註1〕石毓智（2000：61）指出詞語數量特徵的討論，是在相當抽象層次上進行的，不同詞類的相同數量特徵有所差異。例如，名詞的離散性是三維的、可觸摸的，動詞的離散性是兩維的、不可觸摸、不自足的（需要外在參照系）。

〔註2〕有少數情況不是如此，如表空間和時間的「頭」。

本章前三節是個案研究，最後一節是整章的小結，針對詞法、語義、語用、時代、地域、能產力六個角度，對三綴進行整體的比較。本章的結構安排如下：

第一節　後綴「子」的歷時發展

第二節　後綴「兒」的歷時發展

第三節　後綴「頭」的歷時發展

第四節　小結

第一節　後綴「子」的歷時發展

《漢語大詞典》（本文簡稱為《詞典》）有兩個「子」。「子」（zi^{214}）〔註 3〕共有 34 個義項，例如，古代兼指兒女、專指兒子、專指女兒、女婿、子孫、動物的卵、植物的種子果實、小而堅硬的塊狀物或顆粒狀物等；「子」（zi）〔註 4〕有 5 個義項，例如，名詞後綴、某些量詞的後綴等。依照《詞典》收集的義項，「子」的義素可記作〔＋繁衍，＋小〕。

「～子」是上古漢語很普遍的結構，常用來表示「新生兒」，例如，《詩經·小雅·斯干》：「乃生男子，載寢之床……乃生女子，載寢之地。」此處的「子」是中性實語素，不分男、女嬰都可稱之。當我們把觀察的時段延伸後，便能看到意義的生長消滅，意義之間是相關的，例如，B 從 A 而來，C 又從 B 而來等等。

在單音節為主的古漢語中，「子」常與其他語素結合成為詞。它可以是實語素，和其他的實語素組成「複合詞」（如孩子、稚子、童子）；可以是虛語素，和實語素組成「派生詞」。這個轉折點在中古階段出現，近代階段派生現象愈來愈明顯。

關於後綴「子」的形成時間，陳森（1959a：23）、周法高（1994：259-262）的推測較早，他們認為上古、漢以前，「子」已有詞尾化跡象。〔註 5〕又，周氏

〔註 3〕zi^{214}是依《漢語大詞典》的標音，以漢語拼音方式標明，聲調部分改用數字代之，214 表普通話三聲。

〔註 4〕當詞綴的 zi 在普通話中發輕聲。

〔註 5〕陳森（1959a：23）舉的例子是「童子」、「女子」、「眸子」。周法高（1994：260）舉的例子是《禮記·檀弓下》：「使吾二婢子夾我。」疏：「婢子，妾也。」根據筆者的查索，十三經和《史記》裡「婢子」出現了六次。然而，在這些資料裡，疑似為後綴「子」的很少，大多數還是實語素。周氏的註 1 引用 George A. Kennedy

認爲「小稱」是詞尾化的基礎。

　　以下，筆者先檢視、分析佛典「～子」結構，再以中土文獻作對照組，推演「子」的發展過程。

一、佛典語料的觀察

　　佛典「～子」的種類豐富，數量眾多，這些形式相同的「～子」可依照語音、意義、構詞方式等諸項條件，分辨彼此的差異。由於「子」光是在五十部漢譯佛典裡，就出現 8000 多次，限於篇幅和時間，在檢索的時候，筆者採用「窮盡式」、「地毯式」考察，在舉例說明的時候，則改用「局部羅列」的方式進行。

　　篩檢時，剔除「子女」、「子孫」義的實語素「子」和單音節「子」。依照「意義」標準，將「～子」劃分六類，呈現如下。〔註6〕

（一）表植物的「～子₁」〔註7〕

　　1a 昔有一女行嫡人，諸女共送，於樓上飲食相娛樂，橘子墮地，諸女共觀，誰敢下取得橘來，當共爲作飲食。（吳康僧會譯・舊雜譬喻經 p0515b）

　　 b 小師第二日早朝來不審，師便領新戒入山，路邊有一個樹子，石頭云：「汝與我斫卻，這個樹礙我路。」（祖堂集・長髭和尙）

　　 c 師乃指揖內侍曰：「喫橄欖子。」（祖堂集・長生和尙）

　　 d 問：「柏樹子還有佛性也無？」師云：「有。」僧云：「幾時成佛？」師云：「待虛空落地。」僧云：「虛空幾時落地？」師云：「待柏樹成佛。」（祖堂集・趙州和尙）

　　上述 a 例語境中，前後出現了「橘子」、「橘」，並無實質的差別，同樣的情

（1955）的說法，將「眸子」（見《孟子》）、「舟子」（見《詩經》）、「師子」（漢代的詞）的「子」，都看成是後綴。不過，王力卻不同意這些是後綴。有爭議的原因是，這些例子都不具「典型」（prototype）。筆者認爲，周法高以「小稱」爲詞綴化的關鍵是正確的，這點在後面將論述。

〔註6〕 王力（1958：225-226）認爲有六種「子」不是詞尾。第一，「兒子」的「子」；第二，尊稱用的「子」；第三，禽獸的初生者；第四，鳥卵；第五，某種行業的人；第六，圓形的小東西（如「黑子」）。筆者認爲第五和第六雖非詞綴，但也不是原本的實語素，已經進入語法化了。

〔註7〕 表植物的「～子₁」，意指「詞根＋子₁」表示某種植物。其餘各例依此類推。

況還有 b 例「樹子」、「樹」，d 例「柏樹子」、「柏樹」。d 例「柏樹子」是禪宗語錄常見詞，禪師用來破除發問者疑惑。c 例「吃橄欖子」，按常理推斷，「橄欖子」即「橄欖」，不是指「吃橄欖的種子（核）」。

　　朱慶之（1992：138-160）認為「子」是一種「自由構詞語素」，這種語素是因應雙音節化而產生的，換句話說，綴加「子」僅是為了促成音節的實現。這點，在上述例句中可以成立，因為加了「子」，只增添整個結構的音節數，對於詞的意義、性質（詞性）、語法功能，均沒有影響。至於，什麼時候使用加「子」的派生詞呢？配合語句韻律是原因之一，如 a 例「橘子墮地，諸女共觀」，「橘」加上「子」之後，句式就整齊了。〔註8〕

　　整體而言，雙音詞合乎韻律，是標準的音步，比單音節穩定。不過也有例外的情形，如果單音詞（奇數音節）已經成為習語，出現率會高於雙音詞，例如，「柏樹子」是三音節詞，袁賓（1994：399）解釋作：「唐代趙州從諗禪師著名機語。」查驗本文佛典的「柏樹子」與「柏樹」，出現次數分別是 43：9，相差近 5 倍之多。

（二）表動物的「～子₂」

2a 或見自身嘻喜觀喜咪，或見道積蟆子自過上。（後漢安世高譯・道地經 p0232b）

　b 二十一、五百白象子自然羅在殿前，二十二、五百白師子子〔註9〕從雪山出，羅住城門。（後漢竺大力共康孟詳譯・修行本起經 p0464a）

　c 諸比丘在禪坊中患蚊子，以衣扇作聲。（東晉佛陀跋陀羅共法顯譯・摩訶僧祇律 p0488a）

　d 身受五戒，為佛弟子不敢行殺，守身謹慎不念邪非，寧自殺身不以犯戒，殺害蟻子。（姚秦竺佛念譯・出曜經 p0661c）

　e 王有一子，字優陀耶跋陀，於道頭與狗子共戲……王子自食隨持與

〔註8〕林香薇（2001：173）認為詞綴、類詞綴的應用與否，與節律要求和詞的雙音節化有關。

〔註9〕關於「師子」一詞的性質，筆者曾請益過魏培泉教授，他提到中國不產獅子，研究指出該詞源自伊朗系語言，可見「師子」是外來語。「子」可能是音譯詞的一部份。筆者暫時無法斷定「師子」是否為派生詞，故未將「師子」列入討論。

狗。（後秦弗若多羅譯・十誦律 p0261c）

f 師呵呵大笑云：「我三十年弄馬騎，今日被驢子撲。」（祖堂集・嚴頭
　和尚）

g 問：「佛法兩字如似怨家時如何？」師云：「兔角從汝打，還我兔子來。」
　（祖堂集・九峰和尚）

h 永夜清宵何所爲，卻怪長時杜鵑子。春山無限好，猶道不如歸。（語
　要・衢州子湖山第一代神力禪師語錄）

　　上述 a 例「蟆子」、c 例「蚊子」、d 例「蟻子」、e 例「狗子」、g 例「兔子」、
h 例「杜鵑子」的「子」均不是幼獸，表示「小體型」。除了小動物可加「子」
之外，中型或大型動物也適用，如 b 例「白象子」、f 例「驢子」等等。而且，
在東漢時期就有這種用法了。

　　b 例敘述佛陀誕生時出現了卅二種瑞應，其中，「二十一、五百白象子自然
羅在殿前」意即「第二十一種，五百隻白象自然地排列在大殿前」，「白象子」
即「白象」，「子」沒有理性意義。〔註10〕本例的「白師子子」，可能指「白師子」
〔註11〕或「白師子之子」。〔註12〕

　　有時加上了「子」，帶有輕鬆的語氣，如 e 例「於道頭與狗子共戲」，敘述
太子在街道上與小狗遊戲，「狗子」即是「狗」。「狗」是一般的稱法，「狗子」
則帶有說話者主觀態度，語氣上較爲活潑。

　　「動物＋子」十分普遍，「走獸類」加「子」的情形多於「昆蟲類」和「飛
禽類」。在上面的例句中，「蚊子」、「蟻子」屬昆蟲類，「杜鵑子」指杜鵑鳥，其
他都是大、小型的走獸。

〔註10〕「白象」在佛教中象徵柔順、有大威力，普賢菩薩的坐騎即爲六牙白象。

〔註11〕解作「白師子」的證據，有些佛典出現類似的經文，如支謙譯《佛說太子瑞應本
　　　起經》作「白象子」、「白師子子」，竺法護譯《普曜經》則作「師子」和「白象子」。

〔註12〕解作「白師子之子」的證據是，竺法護譯《文殊支利普超三昧經》：「迦葉又曰：
　　　『譬師子之子這生未久，雖爲幼少，氣力未成。其師子子有所遊步，其氣所流，
　　　野鹿諸獸聞其猛氣皆悉奔走。若有大象而有六牙，其歲六十，又身高大，若以革
　　　繩繫之三重，聞師子子威猛之氣，恐怖畏懅，跳騰盡力……。』」在「師子子」
　　　之前有一個「師子之子」，二者明確同指。該例證爲魏培泉老師所提供，在此特
　　　表感謝。

（三）表職業或身體特徵的「～子₃」

3a 汝今何以涕泣乃爾？園子對曰：「我於昨日此園池中得一美果。」（吳
　　支謙譯・撰集百緣經 p0233b）

　b 大臣是時即呼象子〔註13〕而問之言：「近象廄壞，象至何處？」象子
　　答言：「至精舍所。」（東晉佛陀跋陀羅共法顯譯・摩訶僧祇律 p0241b）

　c 象大疫死。有諸貧賤人、象子、馬子、牛子、客燒死人、除糞人，皆
　　噉象肉。（後秦弗若多羅譯・十誦律 p0186b）

　d 夫爲王者養民爲事，方臨廚子，殺人爲食。眾民呼嗟，告情無處。（元
　　魏慧覺等譯・賢愚經 p0426a）

　e 神光迥物外，豈非秋月明？禪子出身處，雷罷不停聲。（祖堂集・雪
　　峰和尚）

　f 因鄭十三娘年十二，隨一師姑參見西院滷和尚，……（潙山）又問：
　　「背後老婆子什麼處住？」十三娘放身進前三步，又手而立。（祖堂
　　集・羅山和尚）

　g 諸和尚子！這個事古今排不到，老胡吐不出，祖師道什麼？還有人與
　　祖師作得主摩？（祖堂集・龍光和尚）

　h 師尋常自作飯供養眾僧，將飯來堂前了，乃撫掌作舞，大笑云：「菩
　　薩子！喫飯來。」（祖堂集・金牛和尚）

　i 師云：「什麼人爲伴子？」〔註14〕僧云：「畜生爲伴子。」（祖堂集・趙
　　州和尚）

　j 船子以篙打落水中，纔上船。船子又云：「道道。」擬開口。又打。（語
　　要・佛照禪師奏對錄）

　k 苦哉！瞎禿子無眼人，把我著底衣，認青黃赤白。（語要・鎮州臨濟
　　慧照禪師語錄）

　l 啞子得夢與誰說，起來相對眼麻迷。（語要・東林和尚雲門庵主頌古）

〔註13〕《漢書》有「象人」，孟康曰：「象人，若今戲蝦魚師子者也。」此處的「象人」
　　　和佛典的「象子」是不同的職業。

〔註14〕袁賓（1994：278）記載：「伴子，伙伴，隱指軀體」。作「伙伴」時，爲功能性派
　　　生；當「軀體」時，還涉及了轉喻，屬「整體」轉喻「部分」。

m 飯袋子，〔註15〕江西湖南便恁麼去？（五燈・洞山守初禪師）

「子₃」內部有三種類型，即：表「職業」、表「身份」、表「身體特徵」。

表「職業」的有a例「園子」、b例「象子」、c例「馬子、牛子」、d例「廚子」、j例「船子」，園丁、飼養動物者、廚夫、船夫屬於勞工階級，社經地位不高（朱慶之1992：168）。〔註16〕

表「身份」的有e例「禪子」、f例「老婆子」、g例「和尚子」、h例「菩薩子」、i例「伴子」。「禪子」、「和尚子」、「菩薩子」都是釋家人物，「伴子」則指「陪伴者」。比較特別的是f例，鄭十三娘分明是少女，但溈山和尚卻叫他「老婆子」，反映出師父個人主觀的感情色彩，此處的「老婆子」應斷為「老／婆子」，「老」是實語素，即「年老」之意，「婆子」即「婦人」之意。

表「特徵」的有k例「瞎禿子」、l例「啞子」、m例「飯袋子」，「瞎禿」和「啞」是負面的特徵，「飯袋子」有詈語色彩，諷刺只會吃、不會做事的人。

雖然「子₃」已經進入語法化，不是實語素了，但還帶有「人」的理性意義，所以，應是「類詞綴」（pseudo-affix）。「子₃」除了有理性意義之外，也具備附加意義，如「和尚子」與「和尚」意義一樣，前者的口吻較輕鬆。有時「子₃」會影響派生詞的詞義，例如，表職業的「～子₃」和部分表身份的「～子₃」（如「禪子」），加綴前和加綴後的意義不同。

（四）表具體物的「～子₄」

4a 佛目所睹眾生類，皆得羅漢如身子。（西晉竺法護譯・普曜經 p0537c）

 b 雜物者，缽缽、支鈔、腰帶、刀子、鍼筒、革屣、盛油革囊、軍持澡瓶。（東晉佛陀跋陀羅共法顯譯・摩訶僧祇律 p0454c）

 c 當行油，若以盞子，若以手等行，屑末亦爾。（東晉佛陀跋陀羅共法顯譯・摩訶僧祇律 p0509b）

〔註15〕丁福保（2005）記載「飯袋子」是斥無用之人，身體就像盛飯食的袋囊。

〔註16〕鄭縈、魏郁真（2006b：10）研究「子」作前置成分的構詞，他們認為年紀與社會地位的概念有關，「子」解除血親條件限制而泛稱人，語義擴大的過程中，仍受到「小」語義特徵的影響，指涉對象的社會地位相對較低，如《國語》「苟得聞子大夫之言」的「子大夫」，為「國君對士大夫或臣下的美稱」；《春秋左傳》「子女玉帛」的「子女」，為「男女奴隸」之意。

d 八大地獄湯煮罪人，一大地獄十六隔子〔註17〕圍繞其獄。（姚秦竺佛念譯・出曜經 p0740a）

e 六祖見僧，豎起拂子云：「還見摩？」（祖堂集・惠能和尚）

f 師拈起金花疊子向帝曰：「喚作什摩？」帝曰：「金花疊子。」師曰：「灼然是一切眾生，日用而不知。」（祖堂集・慧忠國師）

g 師與鄧隱峰劖草次，見蛇，師過鍬子與隱峰，隱峰接鍬子了，怕，不敢下手。（祖堂集・石頭和尚）

h 師便把枕子當面拋之，乃告寂。（祖堂集・天皇和尚）

i 師以長慶三年癸卯歲六月二十三日告門人，令備湯，沐訖云：「吾將行矣。」乃戴笠子、策杖，入屨，垂一足，未至地而逝。（祖堂集・丹霞和尚）

j 吾便問：「離卻這個殼漏子〔註18〕後，與師兄什摩處得相見？」（祖堂集・藥山和尚）

k 問：「唪啄同時則不問，卵子裏雞鳴時如何？」（祖堂集・大光和尚）

l 某甲從此分襟之後，討得一個小船子，共釣魚漢子一處座，過卻一生。（祖堂集・雪峰和尚）

m 林際又問：「大悲菩薩，分身千百億，便請現。」師便擲地卓子，便作舞勢云：「吽！吽！」便去。（祖堂集・普化和尚）

n 如善知識把出箇境塊子〔註19〕，向學人面前弄。前人辨得下作主，不

〔註17〕《詞典》有窗隔一義，似指窗格子的鐵網或隔間，用來圍住地獄。例如，東晉僧伽提婆譯《增壹阿含經》p0736a：「鐵圍中間有八大地獄，一一地獄有十六隔子。」又 p747c：「此名八地獄，其中不可處，皆由惡行本，十六隔子圍。」同經 p748a：「由此因緣，名爲八大地獄。一一地獄有十六隔子，其名優缽地獄、缽頭地獄、拘牟頭地獄、分陀利地獄、未曾有地獄、永無地獄、愚惑地獄、縮聚地獄、刀山地獄、湯火地獄、火山地獄、灰河地獄、荊棘地獄、沸屎地獄、劍樹地獄、熱鐵丸地獄。如是比十六隔子不可稱量，使彼眾生，生地獄中。」感謝北京大學朱慶之教授、張雁博士、武漢大學于亭博士提供給婉瑜的意見。

〔註18〕梁曉虹（1998：372）說「殼漏子」本指書袋、信封。禪宗的「殼漏子」表示軀體，是一種隱喻。

〔註19〕袁賓（1994：607）記載：「境塊子，對境的俚俗稱呼。」丁福保（2005）記載：「境，術語，心之所遊履攀緣者，謂之境。如色爲眼識所遊履，謂之色境。」

受境惑。（語要・鎮州臨濟慧照禪師語錄）

o 龐行婆入鹿門寺設齋，維那請意旨。婆拈梳子插向髻後曰：「回向了
　也。」（五燈・亡名道婆）

「子₄」的詞根有兩種詞性，一是表具體事物的名詞，二是表具體動作的
動詞。動詞詞根加「子」之後，會變成離散性的名詞。

就量而言，「～子₄」遠多於其他「～子」，不過就質而言，「～子₄」只有
三種情況。第一，「子」沒有附加意義，如 a 例「身子」、i 例「笠子」、m 例「卓
子」等。第二，「子」帶有「小稱」附加義（這個附加義不指年紀幼小，而是形
體小），如 b 例「刀子」、k 例「卵子」等。第三，詞根是動詞，綴加「子」後，
變成一種工具或物品，如 e 例「拂子」、f 例「疊子」、o 例「梳子」等。

大部分的「～子₄」都是雙音節詞，少數看起來像是多音節詞，如 f 例「金
花疊子」、l 例「小船子」，其實仍應當作雙音詞，因為「金花疊子」可斷為「金
花／疊子」，「金花」是修飾成分，不是必要成分。「小船子」可斷為「小／船子」
或「小船／子」，就禪宗語錄的使用習慣來看，以前一種較有可能。換言之，「小
船子」是「小」修飾「船子」，「小」不是必要成分。

另外，有些詞彙具有歧義性（ambiguity），需要靠語境（context）、語音（聲
調）協助判斷，如 3j 的「船子」指「船夫」，屬「子₃」，4l「小船子」指「小
船」，屬於「子₄」。

（五）表抽象事物的「子₅」

5a 師夜不點火，僧立次，師乃曰：「我有一句子，待特牛生兒，即為汝
　說。」（祖堂集・藥山和尚）

b 眉州黃龍贊禪師，僧問：「如何是和尚關捩子？」〔註20〕師曰：「少人
　踏得著。」（五燈・黃龍贊禪師）

上述兩例是禪宗的習語。a 例裡，師父刻意跟僧人說等待公牛生小牛時，
就跟你說至極的佛理。其中「一句子」似梁曉虹（1998：379）說的「禪宗指詮
佛法究竟〔註21〕之語」，或者是「無言無說之究竟之語」。b 例「如何是和尚關

〔註20〕「關捩子」又作「關捩」。袁賓（1994：226）：「關捩子，指禪機至極玄妙之處，
　　　　事理關鍵。」另，「向上關捩」亦為此義。
〔註21〕丁福保（2005）記載：「究竟，術語，梵字 Uttara 之譯。事理之至極也。」

捩子」，意為「什麼是您的事理關鍵？」「關捩子」又作「關捩」，「子」不影響詞義。

（六）表量詞的「～子6」

　　6a 師曰：「今日上堂喫些子〔註22〕飯。」（祖堂集・投子和尚）

　　b 師云：「汝家眷屬一群子。」（語要・佛眼禪師語錄）

　　表量詞的「～子6」不多見，筆者僅發現兩種。上述 a 例的「些子」是佛典的常見詞，偶作「些」或「些些」，詞義不變，表示「不定量」，而且有偏向「少許」的意思，「喫些子飯」意即「吃一些飯」。b 例的「一群子」有兩解，第一，一群之意；第二，一群人（「子」為「人」）。筆者選擇第一釋，因為近代漢語中，表人的「子」是不成詞語素，必須與名詞語素搭配才能成詞，例如，「老爺子」、「夫子」。「子」在集體量詞「群」之後，不能解釋作「人」。所以「群子」即「群」之意。

　　雖然佛典「子」作量詞後綴的種類不多，但也反映出漢語詞綴可以「跨類使用」的事實。

　　以下，從歷時角度將佛典的「～子」進行量化統計，估算各詞的數量，附記表義特徵，製表如下：

表 3.1-1　佛典「～子」一覽表

序號	範　例	漢譯佛典	祖堂集	古尊宿語要	五燈會元	表義特徵
1	橘子	1				表植物
2	樹子		7	7	6	表植物
3	柏樹子		4	17	22	表植物
4	橄欖子		2		1	表植物
5	蟆子	1				表動物
6	象子〔註23〕	15				表動物
7	蚊子	4	1	6	6	表動物
8	蟻子	13	3	2	2	表動物

〔註22〕 袁賓（1994：331）：「些子，一點兒。」些子、些小、些些、些子個同義。

〔註23〕 檢索「白象子」，在漢譯佛典、《祖堂集》、《語要》、《五燈》出現次數分別是：3、
　　　　0、0、1。

9	狗子	9	1	23	27	表動物
10	驢子		1	10	7	表動物
11	兔子		3	2	2	表動物
12	杜鵑子			1		表動物
13	園子	6				表職業
14	象子	7			1	表職業
15	馬子	6				表職業
16	牛子	4				表職業
17	廚子	1				表職業
18	襌子			10		表身份
19	老婆子		1			表身份
20	和尚子		3	3	1	表身份
21	菩薩子		1		2	表身份
22	伴子		2	2		表身份
23	船子		3	16	23	表職業
24	瞎禿子			4		表特徵
25	啞子			1	4	表特徵
26	飯袋子			2	3	表特徵
27	身子	1				表具體物
28	刀子	7				表具體物
29	盞子	1				表具體物
30	隔子	1				表具體物
31	拂子		29	156	242	表具體物
32	疊子		2			表具體物
33	鍬子		9	3	2	表具體物
34	枕子		1	1	14	表具體物
35	笠子		8	4	9	表具體物
36	殼漏子		3	2	6	表具體物
37	卵子		1			表具體物
38	小船子 [註24]		4			表具體物
39	卓子		1	2		表具體物
40	境塊子			2		表具體物

[註24] 檢索「船子」，在漢譯佛典、《祖堂集》、《語要》、《五燈》出現次數分別是：0、0、1、3。

41	梳子			1	表具體物
42	一句子	13	20	17	表抽象事物
43	關捩子	3	8	17	表抽象事物
44	些子	22	46	53	表量詞
45	群子			1	表量詞
總計		77	137	351	468	

從歷時角度來看，中唐以前的五十部漢譯佛典裡，「～子」多是表動物，其次表職業、具體物體，這一類的「子」語法化程度不那麼高，多少還有理性意義，屬「類詞綴」。反觀晚唐以後的三部禪宗語錄，具備了六種類型的「～子」，語法化程度提高，除了表示具體物，還能表示抽象物。可見唐代以後「～子」在質、量上豐富了很多。再仔細地分，時代愈晚的文獻，「子」的出現次數逐漸增多，例如，《語要》和《五燈》的「拂子」、「一句子」、「關捩子」、「些子」等詞，出現次數高於《祖堂集》。時間愈晚，派生詞「～子」的使用漸趨普遍。

比較各類「～子」的出現頻率，頻率較高的是：「柏樹子」（表植物）、「狗子」（表動物）、「禪子」（表身份）、「船子」（表職業）、「拂子」（表具體物）、「一句子」（表抽象事物）、「些子」（表量詞）。這些高頻的「～子」多半與佛教文化相關，例如，「庭前柏樹子」是禪宗著名公案，「禪子」用來稱呼習禪者，「一句子」指佛法究竟之語，另外，「船子」是一般職業，「狗子」是一般的動物，「拂子」是日常的驅蟲工具，「些子」是普通常用量詞，它們都是平常會接觸到的詞語，側面地反映出禪宗語言的生活化。

二、中土語料的觀察

如果將佛典與中土文獻（非佛典資料）相比，《論衡》和《世說》少有帶後綴「子」的派生詞，[註25] 筆者找到《論衡》有「黑子」，〈語增〉：「高祖之相，身有七十二黑子。」「黑子」的「子」有「小」義；《世說·言語》：「不然，譬如人眼中有瞳子，無此必不明。」「瞳子」即「瞳孔」，這個「子」的義素是〔－繁衍，＋小〕，已進入語法化了。

[註25] 除了《論衡》、《世說》以外，〈孔雀東南飛〉有「珠子」，《晉書·郗鑒惜子超列傳》有「鼠子」，原文為：「惜每慨然曰：『使嘉賓不死，鼠子敢爾邪！』」「鼠子」即「老鼠」，詈語，派生詞。總而言之，帶後綴「子」的派生詞數量有限，還不普遍。

　　唐代王梵志詩出現表某種特徵的人，如「翱子」〔註26〕、「短命子」；表動物的「驢子」；表具體物「庵子」、「襖子」、「繩子」、「車子」、「笠子」、「肶子」、「鐵甕子」等；表量詞的「些子」。

　　變文有表某種人的「奴子」、「娘子」；表具體物的「茄子」、「餦子」〔註27〕、「服子」〔註28〕等；表量詞的「些子」，還有「夜半子」等。〔註29〕程湘清（1992c：84-85）指「子」在變文中，可表「很小的數量」，如〈維摩詰經講經文〉：「儻若欺謾小子事，當時迍厄便施行。」「小子」為「一點兒」之意；〈百鳥名〉：「雀公身寸惹子大，卻謙（嫌）老鴟沒毛衣。」「惹子」為「這點兒」之意。「小子」和「惹子」都當定語使用。

　　王梵志詩和變文的「～子」和佛典比較接近，筆者認為這可能是語料時代相近的緣故，另外，語料性質接近也有很大的關係，王梵志詩、變文有很大的篇幅帶有佛教色彩，所以，詞彙相似度較高。

　　宋代《朱子語類》也有很多「～子」，如表植物的「種子」、「茄子」、「果子」；表動物的「狗子」；表具體物的「扇子」、「模子」、「匣子」、「鏡子」、「冊子」、「眸子」、「桌子」、「合子」、「殼子」、「硯子」、「核子」、「穀子」、「影子」、「盤子」、「椿子」、「柄子」、「圈子」、「匡格子」、「土窟子」、「竹籃子」；表抽象物的「句子」、「點子」、「腔子」、「路子」、「骨子」、「樣子」、「段子」〔註30〕、「界子」〔註31〕、「根子」〔註32〕、「本子」〔註33〕、「本領子」、「初頭子」、「關捩子」；表量詞的

〔註26〕 江藍生、曹廣順（1994：87）記載：「翱子，即『蕩子』，指行為放浪的人。」

〔註27〕 江藍生、曹廣順（1994：104）記載：「餦，油炸麵食，類似元宵。」

〔註28〕 江藍生、曹廣順（1994：128）記載：「服子，即『複子』，包袱。」

〔註29〕 筆者發現變文有「龍子」，見於〈雙恩記〉：「草敷〔□□〕之苗，僧宴三生之定．雲騰漭沼，聽龍子以呻吟。」但不確定「龍子」是否為派生詞。

〔註30〕 「段子」見於〈學・小學〉：「教小兒，只說箇義理大概，只眼前事。或以灑掃應對之類作段子，亦可。」「段子」有「方法」之意，在《朱子語類》出現15次。

〔註31〕 「界子」見於〈性理・仁義禮智等名義〉：「自仁中分四界子：一界子上是仁之仁，一界子是仁之義，一界子是仁之禮，一界子是仁之智。」「界子」有「方面」的意思，在《朱子語類》出現4次。

〔註32〕 「根子」見於〈論語・人而不仁如禮何章〉：「仁義禮智是四箇根子，惻隱、羞惡、恭敬、是非是根上所發底苗。」「根子」有「根基」之意，在《朱子語類》出現4次。

〔註33〕 「本子」見於〈學・讀書法〉：「凡學者解書，切不可與他看本．看本，則心死在

「一角子」、「一條子」；表時間的「夜半子」、「日子」。其中表時間的「～子」是比較特殊的派生詞，在三部禪宗語錄沒有這些詞。〔註34〕由於《朱子語類》是儒家典籍，性質上與佛典的相似度較低（王梵志詩和變文有較多的佛教色彩）。觀察了五種中土語料後，筆者發現，時代愈晚，三音節詞有增多趨勢。

　整體看來，佛典「～子」在禪宗語錄階段時，質、量明顯增加了，很多三音節結構（這點和中土資料的趨勢一致），例如，「烏龜子」、「飯袋子」、「殼漏子」、「家具子」、「火把子」、「毛毬子」、「膝蓋子」、「草箭子」、「廁坑子」、「拄杖子」、「關捩子」、「消息子」、「境塊子」、「屎塊子」，除了習語或單例（僅出現一次），多數三音節結構同時存在不加詞綴的雙音節形式。另外，中土文獻較少見到表職業、身體特徵的「子 3」。

　就這些詞彙在現今使用的情況看來，三音節結構已經沒落，一般常用的是雙音節的形式，或許可以說三音節現象可能是一種「試驗」，選單或選雙，必須經過測試。然而，雙音結構比較合乎我們的語感，因為它是一個音步（標準音步，foot），是韻律詞。三音節詞（超音步 super foot）的實現有其限制，必須在標準音步的基礎上，再與鄰近的單音節成分構成超音步。標準音步和超音步競爭時，將有絕對優先的實現權（馮勝利 1996：163-166，1997：3）。

三、詞法分析

　派生詞詞內結構特點是，「詞根」及「詞綴」沒有內在的組合關係，不過詞綴本身仍具有一定的語法功能或附加意義，Beard（1995）就是依照這兩點區分不同的派生詞。以下，按照第二章提到的派生類型，分析本節的「～子」。

（一）功能性派生

　「功能性派生」的中心詞（center or head）由詞綴擔任，詞綴決定整個詞的詞類，對詞義也有影響，如「啞子」、「拂子」、「疊子」、「梳子」。「啞」本為形容詞，「拂」、「疊」、「梳」本為動詞，加上「子」之後，整個詞具離散性，詞

　　　本子上，只教他恁地說，則他心便活，亦且不解失忘了。」「本子」有「書本」之意，在《朱子語類》出現 31 次。

〔註34〕《祖堂集》和《語要》都曾出現「半夜子」，不過，這個「子」指「子時」，而非後綴。例如：《祖堂集・雲門和尚》：「半夜子，命似懸絲猶未許。……雞鳴醜……平旦寅……日出卯……食時辰……」

類變成「名詞」，詞義發生「轉指」。

「象子」、「馬子」、「牛子」三例中，「象」、「馬」、「牛」原爲動物，加上「子」之後表示某種職業的人，詞類不變（詞根和派生詞都是名詞），詞義改變，也屬於「功能性派生」。

（二）表達性派生

「表達性派生」涉及說話者的主觀態度。有時，「子」的附加意義（情感意義，色彩意義，褒貶意義等）會使派生詞變成「表達性派生」，例如，「蟆子」、「蚊子」、「刀子」等，透露了說話人視詞根爲「小物體」，這種「～子」屬於「小稱」的表達性詞綴。〔註35〕又如「和尚子」〔註36〕、「菩薩子」是口語化的稱呼，帶有輕蔑或玩笑之意，「飯袋子」、「魔子」、「尿床鬼子」有詈語性質，都是屬「輕蔑或貶斥義」的表達性派生。

有些派生詞「～子」形成之後，還會跟其他的詞配合再成一詞，例如，「小船子」（小船）〔註37〕、「小狗子」（小狗），從雙音節派生擴展成三音節詞，理性意義沒變，主觀口氣上（附加意義）稍有變化。它們均是「表達性派生」，印證了 Beard（1995：155-176）指出這類詞綴有「循環性」（recursivity）〔註38〕的特徵。

〔註35〕不過，有些大的物體仍可以加「子」，如「師子」、「驢子」、「桌子」，因此，陳森（1959b：25）認爲把「子」當細小格不太正確，應看成空泛詞尾，增加音綴而已。

〔註36〕試比較：

　　1《五燈・雲門文偃禪師》：「僧罔措，後果然失目。上堂：「諸和尚子莫忘想，天是天，地是地，山是山，水是水，僧是僧，俗是俗。」

　　2《五燈・婺州新建禪師》：「和尚年老，何不畜一童子侍奉？」

　　比較兩例，「和尚子」帶有輕蔑或嘲諷意味。

〔註37〕鄭縈、魏郁眞（2006 b：19）說「小船子」一詞，意味著唐代的「子」指小的意義逐漸淡化，詞根前面加上形容詞「小」以增強小的概念，抵制語法化的損耗，此爲劉丹青（2001）語法化過程的強化作用之影響。

〔註38〕Recursivity，譯作遞歸性或循環性，爲數學的概念，在語言系統的表現是：一個語法成分或語法規則，可以在同一個結構體中反覆的使用、不斷的嵌套。除了構詞學有遞歸性，語法也有遞歸性，池昌海（2002：6）舉了個例子：「電影眞好看」是「主語＋謂語」，運用遞歸性後，可組裝出許多複雜的單位，例如「小芳說電影眞好看」、「小敏知道小芳說電影眞好看」、「我聽說小敏知道了小芳說電影眞好看」等等。

（三）純造詞派生

「純造詞派生」的詞綴屬「空語素」。本文所謂的「空語素」，其特色是：「有造詞功能，沒有附加意義」，例如，「樹子」、「橄欖子」、「關振子」、「些子」、「群子」。「子」只有補足音節的造詞功用，不影響派生詞的詞義。換句話說，「樹」、「橄欖」和「樹子」、「橄欖子」雖然意義相同，但仍是不同的詞，對「樹」、「橄欖」而言，「樹子」、「橄欖子」是新詞。

四、語義分析

有時候一詞可能有多種的解釋，如「蟻子」指「螞蟻」或「蟻之子」，「船子」指「船夫」或「船」，「象子」指「大象」、「幼象」或「照顧象的人」。歧義性可以透過語境、語音來排除。換個角度看，語義演變是一個連續統（continuum），即便是同一詞彙，解釋不同，代表的語法化程度就不同了，例如，當幼象解的「象子」屬語法化初期階段，還是複合詞；當大象或飼象者的「象子」，屬語法化的後期階段，已成派生詞。

通常詞根加後綴「子」具有離散性，可被「沒」否定，如「沒刀子」、「沒蚊子」。即使像「子$_6$」附加在量詞後，亦具有離散性，例如，「些子」雖表不定量，仍是有界的（bounded），可用「沒」（無）表示全數否定，如《語要‧石門山慈照禪師鳳巖集》：「喫了飯無些子意智。」〔註39〕再如「群子」，是集體量詞，可加數詞限定集體的總數，如「一群子」，成為有界的量。

當詞根本身具有離散性，加「子」成為派生詞後，離散性質仍然保存著。倘若詞根本身不帶離散性，後綴「子」將改變派生詞的語義性質，如「子 4」裡的「拂子」、「梳子」的詞根本是動詞，動詞兼具離散和連續性特徵，加「子」之後，新詞只具備離散性。

五、語用分析

Kiefer（1998：275-277）論派生構詞和語用的關係，提到有時候詞綴的使用和說話者的態度相關，例如，小稱詞綴最大的作用是，緩和較強的言語行為，常用於孩童、寵愛、親密的場合。小稱詞綴可傳達積極、正面意義，

〔註39〕「無些子意智」的節奏點是「無些子／意智」，「無些子」分解作「無／些子」。「無些子」不能用「無些」替換，「些子」是一個單位。

也可傳達負面意義。

　　前面已經提過「子」作爲小稱後綴的情形。還有些「子」，在語境中傳達負面情緒，如「老婆子」帶嘲諷義，「殼漏子」、「飯袋子」、「尿床鬼子」諷刺意味更深，達到斥責鄙視程度。〔註40〕根據筆者的觀察，佛典「子」若屬表達性詞綴，以「小稱」和「輕蔑義」爲主。

　　Kiefer 說小稱後綴常用於親密或寵愛場合，表示說話者感情流露，這點不見於佛典。〔註41〕典的「子」所傳達的主觀評價，多是負面義，這也許與社會觀念和禪師傳教方式（呵斥、棒喝）有關。不過根據社會語言學的研究，小稱往往同時發展爲表親密和輕賤，本文的「～子」不含親密義，可能與文本選擇的限制有關。

六、語法化歷程

　　「子」的最初意義——「新生兒」，是瞭解「子」發展的重要關鍵，該義進一步抽象化後，得到的意象基模是「繁衍」、「小」，依照義素分析法的表述方式，記作〔＋繁衍，＋小〕。透過意象基模，「子」可「隱喻」出許多用法，例如，人類的下一代稱「孩子」，老虎的下一代稱「虎子」，牛的下一代稱「犢子」，植物的後代是「種子」、「橘子」（果實）。準此，「子」是從人類的範域，通過「象似性」（繁衍），映射到動物、植物的範域。因爲它們都保有〔繁衍〕、〔小〕義素。筆者將「新生兒」視爲語法化的起點，表示動植物後代是語法化的第二階段（1），〔註42〕這兩階段的「子」均有理性意義（兩種義素都未失去）。

〔註40〕筆者在《五燈》看到一個「小兒子」不是眞的「幼子」之意，而是帶有斥責味道。見《五燈・天台德韶國師》：「師因興教明和尚問曰：『飲光持釋迦丈六之衣，在雞足山候彌勒下生，將丈六之衣披在千尺之身，應量恰好。祇如釋迦身長丈六，彌勒身長千尺，爲復是身解短邪？衣解長邪？』師曰：『汝卻會。』明拂袖便出去。師曰：『小兒子，山僧若荅汝不是，當有因果。汝若不是，吾當見之。』明歸七日，吐血。浮光和尚勸曰：『汝速去懺悔。』」

〔註41〕王力（1958：229）提到就普通話而言，只有「兒」發展爲愛稱，「子」沒有發展爲愛稱（比較小貓兒和小貓子）。本文對佛經調查後結果，發現「子」在中古、近代階段就沒有「愛稱」之意。

〔註42〕鄭縈、魏郁眞（2006b：16）註 16 提到「子」表動物的幼崽義與植物的幼苗、種子、果實義所出現的語料時間點相同，推知兩者不是前後發展而是並行的關係。

Comrie（1989：185）提到生命度（animacy）的等級序列是：人類＞動物＞無生命物，愈往右邊，生命度愈低。董秀芳（2002：210）說如果把生命度的序列轉化爲語言範疇的生命度，將是：指人名詞＞其他有生名詞＞無生名詞。生命度愈高的名詞，愈趨於典型，獨立性也會愈高。生命度高低會影響詞彙化、語法化的機率。「子」從人的範域延伸到動、植物範域，生命度逐漸降低，獨立性減弱，語法化的機率提高。

Heine & Claudi & Hünnemeyer（1991a）的語法化等級是：人＞物＞事＞空間＞時間＞性質，與人有關者語法化程度低於與人無關者。準此，「子」從指「人類新生兒」（人範域），隱喻爲「動植物後代」（物範域），可看作初步的語法化（即第二階段（1））。

一般而言，語義延伸模式有兩種：鍊狀結構（chaining）和輻射狀結構（radial category）（Lakoff 1986，趙豔芳、周紅 2000：54，蘇寶榮 2000：134，錢乃榮 2002：297-298）。前者指：詞義的變化是 A→B→C→D……，多個義位之間是幾代同堂關係。後者指：語義不一定按照規則從中心義延伸，可能呈現放射狀的延伸模式，新義位之間是同胞姊妹關係，有時候難以判斷義位間的先後順序。

「子」是屬輻射狀結構，源範疇可分別發展出不同的範疇，例如，表動植物後代的「子」和表某職業、特徵的「子3」，是不同的延伸方向。「子3」是經過轉喻而成，依舊表「人」，表動植物後代的「子」，則是憑〔小〕義素，從「新生兒」範疇隱喻而來（參見圖 3.1-1）。同屬第二階段（2）的「子3」，表示某種身份、特徵的人，例如，「啞子」、「瞎禿子」、「飯袋子」，「啞」、「瞎」、「禿」是某種生理現象，「飯袋」表示食量很大，生理特徵「轉喻」爲表人，即以顯著度高的局部代替整體。

緊接著，「豆子」一類的詞彙出現，歸爲第三階段（過渡期）。「豆子」、「蟻子」具有模稜性（豆子是豆？或豆類的後代？蟻子是螞蟻？或螞蟻後代？），但語境會促使多義詞放棄其他的意義，一旦被選用的虛義頻率高了，就可能導致語法化。[註43]實詞的一部份語義消磨後，使用範圍也會擴大。[註44]原先，「子」

鄭、魏的觀察，與本文的研究結果不謀而合，因此「動植物的後代」宜歸爲同一階段的發展。

[註43]佛典中的「豆子」出現次數不多，筆者以「蟻子」爲例檢索本文的語料，一共有

多半和人、動物、植物結合，意義磨損（attrition）之後，逐漸可和無生物（枕子、盞子等等）結合，就是一個證明。過渡期的「子」也具有〔小〕義素，從表新生兒或動植物後代的範疇，映射到物範疇（無生物），亦是「隱喻」的作用。

第四階段是表具體物，最早出現在西晉竺法護譯《普曜經》中，普遍地使用是在晚唐以後；第五階段更進一步表抽象物、量詞，時間是在晚唐以後。就「子」的發展來看，由「新生『兒』」到指稱動植物後代、某種職業或身份的「成人」、進而演變為表物體、表抽象物、表量詞，整個過程與「泛化」（generalization）有關（Bybee ＆ Perkins ＆ Pagliuca 1994：289-293）。因為，每進到另一階段，便不難發現其搭配限制漸漸放寬，由此可知，「子」的語義正逐漸地消磨。

漢譯佛典的「～子」語法化程度不高，多半帶有〔繁衍〕義素，唐以後的禪宗語錄情況改變，質、量上都比從前豐富。「子」可與有生、無生語素結合，甚至和抽象語素結合。在雙音化的潮流下，許多超音步「～子」產生了。〔註45〕這可能是「類推」的結果，比如說，有表職業、特徵的「園子」、「啞子」，基於相似的語法結構，類推出「和尚子」、「菩薩子」；有表動物的「蟆子」，可能類推出「蚊子」、「驢子」、「烏龜子」；進而類推至連抽象名詞、量詞（量詞和名詞都屬體詞範疇）都加上「子」。

語音方面，王力（1958：229）以為初為詞綴的「子」、「兒」不一定唸輕音，至少是可輕可重，否則沒辦法把它們放入律詩裡。〔註46〕由於輕聲是晚起的語音現象，所以中古的後綴「子」還是一個音節單位。

綜上所述，實語素「子」透過「隱喻」、「轉喻」、「泛化」、「類推」的機制，逐漸變成詞綴。整個演化的過程十分緩慢，中唐以前的漢譯佛典，「～子」多具有〔繁衍〕義，晚唐以後的「～子」，在禪宗語錄、《朱子語類》中表現突出，

---

18 例「蟻子」，在語境的限制下全部都作「螞蟻」。

〔註44〕原文為：Generalization is the loss of specific features of meaning with the consequent expandsion of appropriate contexts of use for gram（Bybee ＆ Perkins ＆ Pagliuca 1994：289）.

〔註45〕由「子」構成的四音節詞，例如，「金花疊子」、「缽盂鐼子」、「磚頭瓦子」、「牡丹障子」等等，按照節奏點可劃為「2＋2」，這些四音節詞可看作兩個雙音節的組合。

〔註46〕王建《宮詞》：「縫得紅羅手帕子，當心香畫一雙蟬。」按平仄規律，「子」不應為輕聲。

質、量方面都快速成長，後綴用法漸漸穩固。周法高（1994：260）說小稱是「子」詞綴化的基礎，根據本文的討論，像「豆子」一類的詞彙（或具繁衍義，或具小義），確實語法化的過渡期。如果，以義素分析法描述「子」的語法化過程，可化約作：

實語素「子」〔＋繁衍，＋小〕→「子」〔－繁衍，＋小〕→後綴「子」
〔－繁衍，－小，＋or－附加意義〕

至於三音詞的「～子」，可能是一種「選擇測試」。雙音節、三音節的「～子」，在唐以後大量、共時的出現，具有試驗性質。經過使用者和時間的選擇，超音步組合往往被淘汰，留下的詞彙還是雙音節居多。

那麼，為什麼出局的是三音節詞呢？筆者認為除了「韻律制約」因素，「無意義的綴加」也是原因。很多由雙音詞根派生的新詞，和詞根的意義、語法功能無別。換言之，空語素「子」對派生詞的意義不具有影響力，是冗餘成分（redundancy），如果一個成分的加入卻無辨義作用，可能會被淘汰。所以三音節「～子」自然而然便流傳不久了。

根據前面的分析與解釋將文字的論述轉換成表格，依照語法化的演變過程、代表類型、義素有無、演變機制、語素性質、起點時代六項，展現後綴「子」的語法化現象。關於「子」的語義延伸脈絡，則以輻射圖形呈現。

表 3.1-2　後綴「子」的語法化現象總表

演變過程	第一階段	第二階段（1）	第二階段（2）	第三階段（過渡）	第四階段	第五階段
代表類型	新生兒	動植物的後代	某職業、特徵的人	小物體	表具體物（無生物）	表抽象物、量詞
義素有無	＋繁衍＋小	＋繁衍＋小	－繁衍＋小	－繁衍＋小	－繁衍－小＋or－附加義	－繁衍－小＋or－附加義
演變機制		隱喻、泛化	轉喻	隱喻、泛化	泛化、類推	泛化、類推
語素性質	實語素	實語素	實→虛	實→虛	虛語素 suffix	虛語素 suffix
起點時代	先秦	魏晉南北朝	吳	魏晉南北朝	西晉	晚唐

圖 3.1-1　「子」語義延伸的輻射狀結構圖

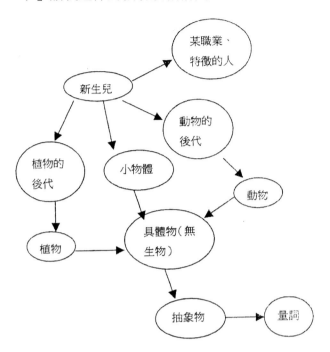

第二節　後綴「兒」的歷時發展

「兒」是漢語常見的實語素，[註47]《詞典》共收 10 個義項，即：嬰孩、

兒女對父母的自稱、父母對兒女的稱呼、古代年輕女子的自稱、對年少男子的稱呼、對情人的暱稱、輕蔑之詞（猶言小子）、人、雄性、詞尾。「兒」當詞尾時有四種狀況，即：名詞詞尾、動詞詞尾、形容詞詞尾、量詞詞尾。筆者將「兒」的義素記作〔＋繁衍，＋小〕。

上古漢語「～兒」種類不多。有「嬰兒」，《莊子・達生》：「魯有單豹者，巖居而水飲，不與民共利，行年七十而猶有嬰兒之色。」有「孩兒」，《漢書・隗囂公孫述列傳》：「城降三日，吏人從服，孩兒老母，口以萬數，一旦於兵縱火，聞之可為酸鼻。」這些「兒」都有「小兒」義。另外，有「歌兒」，《史記・高祖本紀》：「高祖所教歌兒百二十人。」此處的「兒」不是「新生兒」，可能指「小孩」或「大人」，若是後義，則「兒」的意義泛化了。

唐詩有「男兒」、「胡兒」，如杜甫《後出塞・橫吹曲辭》：「男兒生世間，及壯當封侯。」此處的「兒」指「人」。宣宗皇帝《弔白居易》：「童子解吟長恨曲，胡兒能唱琵琶篇。」「胡兒」與「童子」互文，「兒」指「幼兒」。以上所舉的「～兒」都還處於實語素階段。

王力（1958：227-229）認為詞綴「兒」的起源比「子」晚些，謹慎地說，是從唐代開始產生的，王力（1955：276）又提到唐代已有表「小」的「兒」。周法高（1994：263-264）也有相同的看法。陳森（1959a：24）認為後綴「兒」比「子」晚出，廣泛應用於南北朝，他的推論較王、周還早。綜合上述，一般認為，「兒」是在近代漢語階段，從實詞語法化為詞綴，時間較後綴「子」晚。

一、佛典語料的觀察

在五十部漢譯佛典中，「兒」共出現 1487 次。筆者以「意義」為區分點，將佛典的「～兒」分為三類，描述如下：〔註48〕

循環（構詞（形態）＞形態音素＞零形式），當派生詞成分之間的關係更加模糊後，就不容易再辨識了，人們會「重新」認識它。

所以在本節中，筆者視「兒」為語素，將佛典中的虛語素「兒」視為後綴，而非兒化韻。

〔註48〕佛典中有「阿練兒」，後秦弗若多羅《十誦律》p0041b：「爾時長老優波斯那與多比丘眾五百人俱，皆阿練兒，著納衣一食乞食空地坐。」該詞僅出現於《十誦律》。丁福保（2005）記載：「阿練兒，術語，又作阿蘭若，寂靜處。」筆者認為「阿練兒」是音譯詞，故不列入本文的討論。

（一）表身體特徵或職業的「～兒₁」〔註49〕

7a 奴家多有金銀珍寶恣王所用，可買象馬賞募健兒，還與戰擊。……有一健夫，來應其募。（吳支謙譯・撰集百緣經 p0207b）

　b 譬如屠兒，殺畜刳解，別作四分，具知委曲。（吳康僧會譯・六度集經 p0041a）

　c 王恚言：「此是我與，汝何言自然？」後有乞兒來丐。王言：「此實汝夫。」月女言諾，自然便追去，乞人惶怖不敢取。（吳康僧會譯・舊雜譬喻經 p0512a）

　d 其夫前世作牧羊兒，婦為白羊母。（吳康僧會譯・舊雜譬喻經 p0516b）

　e 若共和上阿闍梨經行時，不得在前，不得共並。……不得在婬女前經行，撝蒱兒前、沽酒前、屠肆前、獄卒前、殺人前，不得深邃處經行。〔註50〕（東晉佛陀跋陀羅共法顯・摩訶僧祇律 p0506c）

　f 夫出家兒，心不依物，是真修行，何有悲戀？（祖堂集・洞山和尚）

　g 祖問：「講甚麼經。」云：「心經。」祖云：「將甚麼講。」云：「將心講。」祖云：「心如工伎兒，意如和伎者，爭解講得經。」（語要・佛眼禪師語錄）

　h 普化以手指云：「河陽新婦子，木塔老婆禪。臨濟小廝兒，卻具一隻眼。」（語要・鎮州臨濟慧照禪師語錄）

上述 a 例「健兒」和「健夫」相對，「兒」不指「小兒」，而是「可當兵的強壯青年」。c 例「乞兒」和「乞人」互文，g 例「工伎兒」和「合伎者」對舉，可見，「兒」、「人」、「者」是近義的。

「兒₁」有三個意思，表身體特徵、職業和身份。

表身體特徵者，如 a 例「健兒」是身手矯健的人。表職業或身份的，如 b 例「屠兒」為「屠夫」。c 例「乞兒」為「乞丐」。d 例「牧羊兒」為「牧羊人」。f 例「出家兒」為「出家人」，三部語錄「出家人」和「出家兒」出現次數是 19：

〔註49〕表職業或身體特徵的「～兒₁」，意指「詞根＋兒」用來表示職業或身體特徵。其餘各類以此類推。

〔註50〕「經行」是佛教徒修行的一種方式。在山林、曠野、冢間、露處、窟穴等地，經常性地行走，這種鍛鍊除了加強體力，對思想也有正面幫助，坐禪時容易入定，提高修行效果（李維琦 1999：149-152）。

15，兩者在意義、語法、語用（出現的語境相近）上無別，時間上，「出家人」
比「出家兒」還早出現（「出家人」見於支謙譯品）。e 例「摴蒲」，[註51]《詞
典》記載：「摴蒲爲博戲名，漢代即有，晉時尤盛行。」因此，「摴蒲兒」爲「博
戲之人」，同經又作「摴蒲家」。佛教有五戒，不殺生、不偷盜、不邪淫、不妄
語、不飲酒。淫女、博戲者、賣酒處、屠市等等，被佛教視爲罪業，是故，修
行（經常性行走）時應避免之。g 例「工伎兒」即「工伎」，爲「從事各種技藝
的人」。h 例「小廝兒」即「小廝」，爲「年輕的男僕」。特別地是，g 例和 h 例
的「兒」是冗餘成分。

　　「兒₁」所表的職業（如乞丐、表演者、博戲者、屠夫、牧羊人），通常是
較卑微的工作。竺家寧（2004b：12）也提過「盲兒」、「賣芻兒」（販賣草料者）、
「貧兒」帶有卑微的意思。

　　根據上面的觀察，筆者認爲「兒 1」已經步入語法化，但還具有理性意義
（表人），所以屬「類詞綴」範疇。

（二）表動物的「～兒₂」

8a 僧以手從頂上擎出呈似師，師舉手拋向後，僧無對。師云：「者野狐
　　兒。」（祖堂集・歸宗和尚）

　b 有人報和尚，和尚便下來，拈起貓兒云：「有人道得摩？有人道得摩？
　　若有人道得，救這小貓兒命。」（祖堂集・德山和尚）

　c 貓兒口裏雀兒飛。（祖堂集・禾山和尚）

　d 師云：「打破琉璃卵，透出鳳凰兒。」（語要・汾陽昭禪師語錄）

　e 恁麼則今日親聞師子吼，他時終作鳳凰兒。（五燈・鳳凰山曇禪師）

　f 曰：「如何是伽藍中人？」師曰：「獦兒貉子。」（五燈・西院思明禪師）

　g 南山虎咬石羊兒，須向其中識生死。（五燈・萬年處幽禪師）

　h 師曰：「石虎吞卻木羊兒。」（五燈・淨慈師一禪師）

　i 僧問：「如何是佛？」師曰：「石牛。」曰：「如何是法？」師曰：「石
　　牛兒。」曰：「恁麼即不同也。」師曰：「合不得。」（五燈・瑞巖師彥
　　禪師）

[註51]「摴蒲」、「博掩」都是賭博遊戲。《漢書》有「博掩」，顏師古注：「『搏』
　　　字或作『博』，……『掩』，意錢之屬。皆戲而賭取財物。」賭博是一種惡業。

　　j 問：「如何是清淨法身？」師曰：「屎裡蛆兒，頭出頭沒。」（五燈・
　　　濠州思明禪師）

表動物的「兒₂」比較晚起，晚唐以後才出現。

上述 a 例「者野狐兒」即「這野狐兒」，詈語。b 例「貓兒」與「小貓兒」
同義，「小」和「兒」都有表「小」，雙重綴加強調說話者的愛憐。c 例「雀兒」、
j 例「蛆兒」的「兒」都是小稱後綴。

這一組範例中，d 例比較特別，「兒」是個實語素，「鳳凰兒」和「琉璃卵」
互文，「兒」有「雛鳥」的意思，除此之外，「兒」都是虛語素。d、e 例都是「鳳
凰兒」，但同形異義，e 例的「兒」沒有理性意義，「鳳凰兒」即「鳳凰」之意。

g 例「石羊兒」、h 例「木羊兒」的「兒」，可能還帶有〔小〕義素，這個「小」
是與老虎的體型相比的結果。i 例「石牛兒」對應「法」，「石牛」對應「佛」，
法是佛所說的道理，兩者是統一的，〔註52〕師父答話故意將「佛」和「法」說
成不同，可見「石牛兒」的「兒」含有〔小〕義素。

從 c、f、g、j 例來看，這些詞根加「兒」也許和四字格或七字格的韻律有關。

（三）表具體物的「～兒₃」

　　9a 羊頭車子推明月，沒底船兒載曉風。一句頓超情量外，道無南北與西
　　　東。（五燈・光孝思徹禪師）

　　b 打地和尚，嗔他祕魔巖主擎箇叉兒，胡說亂道，遂將一摑成齏粉，散
　　　在十方世界，還知麼？（五燈・歸宗正賢禪師）

　　c 齊州興化延慶禪師，上堂：「言前薦得，孤負平生。句後投機，全乖
　　　道體。離此二途，祖宗門下又且如何？」良久，曰：「眼裡瞳兒吹木
　　　笛。」（五燈・興化延慶禪師）

　　d 今則聖君垂旨，更僧寺作神霄，佛頭上添箇冠兒，箏來有何不可。（五
　　　燈・法海立禪師）

「兒₃」比較晚起，遲至《五燈》中才出現。

上述 a 例「車子」和「船兒」對舉，「船兒」是詞，「兒」附著於詞根之後，
沒有理性意義。b 例「嗔他祕魔巖主擎箇叉兒」的「兒」具「轉類」功能，「叉」
本為動詞，綴加「兒」之後，指「叉子」（名詞），是一種工具。c 例「瞳兒」

〔註52〕感謝魏培泉教授提醒筆者「石牛」和「石牛兒」有別。

指「眼瞳」，「兒」帶有〔小〕義素。d 例「冠兒」指「帽冠」，「兒」是後綴。

　　以下，筆者從歷時的角度將佛典「～兒」的進行量化統計，計算其出現次數，附註表義特徵，製表如下：

表 3.2-1　佛典「～兒」一覽表

序號	範　例	漢譯佛典	祖堂集	古尊宿語要	五燈會元	表義特徵
1	健兒	3				表特徵
2	屠兒	4	1	2	7	表職業
3	乞兒	29	1	1	3	表職業
4	牧羊兒	1				表職業
5	擴捕兒	2				表身份
6	出家兒		1	9	5	表身份
7	工伎兒			2	1	表職業
8	小廝兒			5	4	表職業
9	野狐兒			1	1	表動物
10	小貓兒〔註53〕		1		4	表動物
11	雀兒		5	3	9	表動物
12	鳳凰兒			1	4	表動物
13	獾兒				1	表動物
14	石羊兒				1	表動物
15	木羊兒				1	表動物
16	石牛兒〔註54〕				1	表動物
17	蛆兒				1	表動物
18	船兒				1	表具體物
19	叉兒				1	表具體物
20	瞳兒				2	表具體物
21	冠兒				1	表具體物
總計		39	9	24	48	

　　從上表可知，表職業或身體特徵的「～兒」，在五十部佛典裡已經出現，其中，「乞兒」次數最多。從歷時角度來看，漢譯佛典的「～兒」類型貧乏，僅有

〔註53〕檢索「貓兒」，在漢譯佛典、《祖堂集》、《語要》、《五燈》出現次數分別是：0、5、20、3。

〔註54〕檢索「牛兒」，在漢譯佛典、《祖堂集》、《語要》、《五燈》出現次數分別是：0、0、1、1。

一種用法（表職業或身體特徵）。

　　表動物和具體物的「～兒」，普遍見於禪宗語錄，而且，以《五燈》的詞條最豐富，出現了許多《祖堂集》、《語要》未見的詞，不過，這些詞的頻率並不高，多數只有一、兩次。

　　比較同樣詞基（base）〔註55〕所派生的三音詞和雙音詞，前者出現次數較後者少，例如，「貓兒」和「小貓兒」在本文佛典中的次數比是 28：5，相差近於 6 倍。

二、中土語料的觀察

　　上古的「～兒」通常是複合詞，如《論衡》的「嬰兒」是並列式複合詞。六朝的《世說》有「健兒」、「偷兒」、「嬰兒」等，「健兒」的「兒」已初步語法化了；「偷兒」見於〈假譎〉：「魏武少時，嘗與袁紹好爲游俠，觀人新婚，因潛入主人園中，夜叫呼云：『有偷兒賊！』……復大叫云：『偷兒在此！』」「偷兒」的「兒」有表示「某種人」的意思。

　　唐代王梵志詩有「屠兒」、「出家兒」，「兒」表類義（人類）；《變文》有表人的「孩兒」、「健兒」、「黑廝兒」、「出家兒」、「嬰兒」；表動物的「雀兒」等等，其中，「雀兒」出現在《鷰子賦》甲本：「言語未定，鷰子即迴，踏地叫喚，雀兒出來，不問好惡，拔拳即差。」「鷰子」和「雀兒」泛指鳥，不強調是「幼鳥」。

　　宋代《朱子語類》僅有兩個派生詞「～兒」，即：表動物的「狗兒」和「貓兒」。「貓兒」見於《論語・顏淵季路侍章》：「但是人不見此理，這裏都黑卒卒地．如貓兒狗子，飢便待物事喫，困便睡。」具語境判斷，「貓兒」、「狗子」不強調「幼獸」之意，泛指一般的貓狗。

　　以上這些詞條亦見於佛典。就「～兒」來論，佛典和中土文獻的差異性不大。和「～子」比較起來，佛典與非佛典資料的「～兒」，質、量上不如「～子」，而且佛典和非佛典的「～兒」幾乎是雙音詞，不像「～子」有許多的三音詞。

三、詞法分析

　　佛典「～兒」結構比較單純，共有三種類型。

〔註55〕董秀芳（2004：36）指出詞基指某一詞法操作中加上某個詞綴之前的形式，詞基本身也可已是包含了詞綴的，如 naturalize 是 naturalization 的詞基。

（一）功能性派生

大致上，「兒₁」多屬於「功能性派生」，如「健兒」、「屠兒」，形容詞「健」和動詞「屠」，加上後綴「兒」，都變成名詞，派生詞的意義和詞根不同。換言之，詞綴是中心語，決定新詞的詞類。另外，「叉兒」是動詞「叉」加上「兒」，變爲名詞，意義發生變化（「叉」不等於「叉子」）。從語義層面來看，這些詞綴發揮「轉指」作用；從語法上看，則是發生「轉類」作用。

（二）表達性派生

「貓兒」、「雀兒」、「蛆兒」、「瞳兒」的「兒」，指稱物的體積較小，帶「小稱」附加義，屬「表達派生詞」。

（三）純造詞派生

「工伎兒」、「小廝兒」、「野狐兒」、「石羊兒」、「船兒」、「冠兒」的「兒」，屬「空語素」，綴加了「兒」對於派生詞的意義沒有影響，它只擔負造詞功能。

四、語義分析

「兒」是離散性後綴，若詞根不具離散性，它可以賦予派生詞離散性。例如，「健」和「屠」是種連續量，與其他成分結合成詞之後，可被「不」否定（如不健康、不屠殺）。當它綴加了「兒」，成爲「健兒」、「屠兒」，反而成爲離散量、有界的新詞，有獨立的數量特徵，可受數量詞修飾（如一位健兒、兩個屠兒）。

五、語用分析

「～兒」在語用層面上的表現不明顯。整體來看，禪宗語錄的「～兒」結構，如果出現在對話中，多帶有輕鬆、非正式的口吻，如「野狐兒」是禪師罵僧人的詞語；僧侶問西院思明禪師：「什麼是寺院中人？」禪師答：「獲兒貉子。」表面是答非所問，但是不失詼諧，這種趣味和綴加「兒」、「子」是有關係的。

六、語法化歷程

「兒」最初是指「嬰孩」（語法化的第一階段），以義素分析法記作〔＋繁衍，＋小〕。當「小兒」的「兒」在中土文獻裡使用得很普遍，佛典也很常見，例如，「小兒」、「男兒」〔註56〕、「女兒」、「嬰兒」、「乳兒」、「孤兒」、「外道兒」，

〔註56〕後漢支婁迦讖譯《佛說阿闍世王經》p0402b：「應時阿闍世王便以得三昧不見諸

可指「新生兒」、「幼兒」，或泛指「人」。

　　「兒」最早是指「人的嬰孩」，後可指涉「某種職業或特徵的人」，此爲語法化第二階段（1），是「轉喻」的作用，仍具有〔－繁衍，＋小〕義素，不過，該〔小〕義素已經不是指「年齡小」，而是引伸爲「地位較低」。

　　第二階段（2）的「兒」，[註57]指「動物的後代」，這是「隱喻」的作用，如表雛鳥的「鳳凰兒」。表動物下一代的「兒」，仍具有〔＋繁衍，＋小〕義素，屬「複合詞」範圍。

　　語言成分要發生語法化，必須有相當高的使用頻率（frequency）。以五十部漢譯佛典跟三部禪宗語錄相較，前者的「兒」多是實語素，作虛語素者很少，再以佛陀跋陀羅共法顯譯的《摩訶僧祇律》爲例，總共出現 200 次「兒」，全部是實語素。再看看宋代的《語要》，第一卷出現 34 次「兒」，全爲實語素，第二卷出現 24 次「兒」，11 次爲實語素，11 次爲虛語素，2 次是助詞。第三卷出現 31 次「兒」，13 次爲實語素，16 次爲虛語素，2 次存疑。語法化過程本來就是連續統（continuum），演變結果在高頻的使用下，將逐漸穩固。《摩訶僧祇律》看不到「兒」進一步的語法化，可是在《語要》裡虛語素（詞綴）的頻率逐漸攀升，甚至超越了實語素，可見近代確實是後綴「兒」形成的時期。

　　筆者發現「兒」的語法化不像「子」有清楚的過渡期。「兒」所涉及的機制和「子」差不多。首先，都有「隱喻」作用，透過相似性（繁衍）從人的範域映射到動物範域，不同點是：「兒」不用在植物範域。「兒」還有一個義素〔小〕，抓住了這個義素，將形成「雀兒」一類表小稱的派生詞，此爲語法化第三階段，該過程同樣是「隱喻」的運作。

　　其次是「泛化」和「類推」機制，從「小兒」擴大範圍到「成人」，派生成「出家兒」一類的詞。在禪宗語錄中，後綴「兒」數量逐漸增多，「師子兒」、「貓兒」是常用詞，還有「鴉子兒」、「鴨兒」、「牛兒」、「魚兒」等詞，甚至在和無生物詞根「船」、「叉」等結合（屬第四階段），這些詞的結構都相同，應是「類

色，亦不見母人，亦不見男子，亦不見男兒，亦不見女兒。」母人爲婦女之意。「母人、男子」和「男兒、女兒」對舉，前者代表成人，後者代表幼兒。

〔註57〕表職業、特徵的「兒」和表動物後代的「兒」鈞源自「新生兒」的「兒」，但它們屬不同的發展方向，「兒」的語義延伸模式是輻射狀的，和「子」的發展有些類似。不過，表動物後代的「兒」其發展時代卻比表職業的「兒」要晚許多。

推」作用下大量派生的結果。要注意地是，「貓兒」屬「表達性派生」，除了帶有小稱意義之外，還傳達了說話者主觀態度（愛憐意）。量產後的「～兒」就不一定有附加意義，如《西廂記》：「見安排著車兒馬兒，不由人煎煎熬熬的氣。」這些「～兒」是「純造詞」，處於語法化的最後階段。

　　就語義來論，實語素「兒」演變爲虛語素（後綴），是一種「泛化」，不過，它的實詞用法並沒有因此消失，在現代漢語中，北方方言的實詞「兒」和詞綴「兒」並存，後者的語音輕讀（兒化韻）。從某個角度看，這是一種「歧變」現象（divergency）〔註58〕（張誼生 2000b：353-356，Hopper & Traugott 2003：118-122）。

　　如果，用義素分析法描述「兒」的語法化過程，可化約作：

　　　實語素「兒」〔＋繁衍，＋小〕→「兒」〔－繁衍，＋小〕→後綴「子」

　　　〔－繁衍，－小，＋or－附加意義〕

語音方面，王力（1998：229）提過兒化比較後起，後綴「兒」在律詩中獨具一音節，還可當韻腳。關於兒化音產生的年代，李思敬（1994：39）判斷是在明代早期，季永海（1999：19-30）認爲是元代早期。準此，從語音性質（具有獨立音節）及發展時間判斷，佛典的後綴「兒」不是兒化韻。〔註59〕

　　有關佛典「兒」的發展情況，竺家寧（2004b：12）曾歸納爲四階段：

1. 漢代到六朝。「兒」有卑下義，例如「伎兒」、「乞兒」、「屠兒」。

2. 唐代。該語法功能擴展作動物性後綴，仍有卑下義，例如「豬兒」、「貓兒」、「雞兒」。

3. 發展出勇猛、健壯義，卑下義消失，例如「金剛兒」、「壯兒」、「健兒」。

〔註58〕Divergence: When a lexical form undergoes grammaticalization to a clitic or affix, the original lexical form may remain as autonomous element and undergo the same changes as ordinary lexical items (Hopper 1991:22).

〔註59〕關於「兒」的語音問題，還可參見李立成（1994：108-115）、王媛（2002：120-121）、劉雪春（2003：15-19）。李氏認爲元代以前的儿尾是詞彙現象，明代以後部分的儿尾轉變爲儿化，屬於語音現象。王氏認爲現代漢語的後綴「儿」，指無附加的詞彙意義、無語法意義，只有陪襯音節作用，「儿」的發展是：儿根→儿綴→儿化。劉氏認爲構成新詞的是後綴，增加或改變附加意義的是詞尾。另外，此問題在本章註47曾經提過。

4. 發展爲愛稱，這個用法在中古漢語（漢～宋）還不明顯。

所謂「卑下」義、「勇猛」義、「愛稱」義，筆者認爲這些是「附加意義」，帶有主觀的、情感的色彩，它們不是「兒」原本的理性意義。此處必須澄清一點，在第二章中，筆者說過詞綴不具理性意義，可以有附加意義。但不能反過來推論，「帶有附加意義」即是詞綴，因爲詞或短語也可以帶有附加意義，例如，「她是我的心肝」，「心肝」是合義詞，帶有喜愛、親密的附加意義。

竺家寧的結論大抵可信，但是，筆者認爲竺家寧的「第三階段」可再繼續討論。根據竺家寧的例子，筆者懷疑「兒」不具「勇猛」、「健壯」義，該義可能是「前一成分」賦予的，假設刪除「金剛」、「壯」、「健」，便很難說「兒」有「勇猛」、「健壯」的意思，這跟「兒」有「卑下」義、「愛稱」義是不同的，因爲這兩種意義涉及主觀意識，算是附加意義，倘若「兒」有「勇猛」、「健壯」義，「健」亦有「健壯」義，那麼，「健兒」爲並列式合義詞，和一般的語法認知（「健兒」指「強健的人」，屬偏正式）不吻合。筆者認爲此類的「兒」語義已經泛化爲「人」之意。

此外，筆者認爲「兒」的發展過程不是那麼分明，例如，竺家寧第三階段的特徵是：「卑下」義消失，「勇猛」義產生，以「健兒」和「屠兒」來說，唐代佛典裡，兩者並存使用，到了晚唐、宋代，「屠兒」反而比「健兒」更爲常見，在三部禪宗語錄當中，「屠兒」和「健兒」出現次數是 10：0，所以，「兒」的發展並非截然分明，只能說是一種發展傾向。

根據前面的分析與解釋將文字的論述轉換成表格，依照語法化的演變過程、代表類型、義素有無、演變機制、語素性質、起點時代六項，展現後綴「兒」的語法化現象。關於「兒」的語義延伸脈絡，則以輻射圖形呈現。

表 3.2-2　後綴「兒」的語法化現象總表

演變過程	第一階段	第二階段（1）	第二階段（2）	第三階段	第四階段
代表類型	新生兒	某職業、特徵的人	動物的後代	小物體	表具體物
義素有無	＋繁衍 ＋小	－繁衍 ＋小	＋繁衍 ＋小	－繁衍 ＋小	－繁衍 －小
演變機制		轉喻	隱喻、泛化	隱喻、泛化	泛化、類推
語素性質	實語素	實→虛	實語素	實→虛	虛語素 suffix
起點時代	先秦	吳	晚唐	晚唐	晚唐五代

圖 3.2-1 「兒」語義延伸的輻射狀結構圖

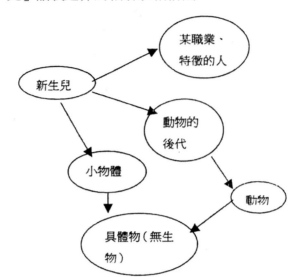

第三節　後綴「頭」的歷時發展

「頭」，本義爲「頭部」。《詞典》實語素的「頭」有 20 個義項，如人體的最上部或動物的最前部分、頭髮、最先的（最前的）、前（表示時間在先的）、爲首的人、磕頭、端（頂端）等等。詞綴「頭」有 2 個義項，分別是名詞後綴、方位詞後綴。《詞典》註明當名詞後綴的「頭」，可接於名詞詞根、動詞詞根、形容詞詞根之後，顯示出它有改變詞性的功能。以義素分析法分析「頭」，記作〔＋端點〕，許多「～頭」結構都是以這個義素構詞的。

「頭」是個很古老的語素，在上古和中古階段，多做單音節詞，倘若和其他語素搭配時，通常以實語素身份與之結合，例如，《墨子》有「人頭」，《莊子》有「虎頭」，《論衡》有「烏白頭」。

後綴「頭」形成的時間，王力（1958：230-231）認爲是六朝時期。太田辰夫（2003：87）主張隋代以前，後綴「頭」多用於方位詞後面，如「上頭」，可能是「上位」的意思。周法高（1994：265）提到晉代晉灼《漢書集注》：「京師人爲驫屑爲紀頭。」「頭」爲後附語。

嚴格而言，太田和周氏的例證不是標準的後綴，應該劃歸於「實語素」範圍，但是，其詞彙意義確實減弱了。保守地說，後綴「頭」的形成時間和後綴「子」相差不遠。佛典中「～頭」種類豐富，可當實語素，構成複合詞（如「襆

頭」）〔註60〕；可當虛語素（詞綴），構成派生詞（如日頭）。

一、佛典語料的觀察

「頭」的使用十分普遍，光是在五十部漢譯佛典中，已出現2444次。經過篩檢過後，分爲九種類型，陳述如下。

（一）表物體前端的「～頭₁」〔註61〕

10a 問：「第三止何以故止在鼻頭？」報：「用數息、相隨、止、觀〔註62〕、還、淨，皆從鼻出入，意習故處，亦爲易識，以是故著鼻頭也。」（後漢安世高譯・佛說大安般守意經 p0166c）

　b 比丘晨起應淨洗手，不得直齱，洗五指頭。（東晉佛陀跋陀羅共法顯譯・摩訶僧祇律 p0360a）

上述a例「止在鼻頭」的「頭」，指「鼻子的前端」，此句中有「鼻頭」和「鼻」，兩者所指的部位不同，前者是局部，後者是整體。倘若再參照康僧會的序：「垢濁消滅，心稍清淨，謂之二禪也。又除其一，注意鼻頭，謂之止也。得止之行，三毒、四走、五陰、六冥，諸穢滅矣。」「鼻頭」的「頭」強調前端處。佛教認爲藉由默數呼吸的出入可以停止心想散亂，止觀爲定慧雙修，透過數息的功夫，達到止觀，讓不好的念頭在鼻端就停止了。

　b 例「指頭」爲「手指的前端」，此句在強調洗手時五個指頭也要洗淨。此處，「指頭」是否可看成一整條手指呢？再來看看其他的例證。「指頭」在五十部漢譯佛典出現五次，其中四次在《摩訶僧祇律》，一次是《十誦律》。《摩訶僧祇律》p0513c：「不得大把搔令搗搗作聲。不得用指甲及木把搔。若大癢者，當以手摩，若指頭刮。把搔法應如是。」《十誦律》p0270a：「刻木爲準，縫時針難得

〔註60〕據《詞典》的記載，「襆頭」是古代的包頭軟巾。

〔註61〕表物體前端的「～頭₁」，意指「詞根＋頭」用來表示物體的前端。其餘各類依此類推。

〔註62〕根據丁福保（2005）記載，「止觀」是意譯的術語，「止者停止之義，停止於諦理不動也。此就能止而得名。又止爲止息之義，止息妄念也。此就所觀而得名。觀者觀達之義，觀智通達，契會眞如也。此就能觀而得名。又貫穿之義，智慧之利用，穿鑿煩惱而殄滅之也。……若就所修之次第而言，則止在前，先伏煩惱，觀在後，斷煩惱，正證眞如。」

前，指頭傷破。」根據語義判斷，「指頭」均是指「手指前端」，而非整根手指。

（二）表垂直物體頂部的「～頭₂」

11a 佛言：「應以物裹杖頭。」時禪杖著地作聲。佛言：「下頭亦應裹。」
（後秦弗若多羅譯・十誦律 p0289a）

b 爾時山頭有一雌猿猴從上來下，到舊比丘前背住。（東晉佛陀跋陀羅
共法顯譯・摩訶僧祇律 p0233b）

c 万丈竿頭未得休，堂堂有路少人遊。（祖堂集・岑和尚）

d 樓頭吹畫角，妄聽五更鐘。（語要・滁州瑯琊山覺和尚語錄）

e 師云：「草深不露頂。」進云：「露頂後如何。」師云：「搒殺塚頭蒿。」
（語要・汝州葉縣廣教省禪師語錄）

這一組例子的主體都是具體的垂直物，加上「頭」後，指「物體的頂端處」。
上述 a 例「杖頭」的後面還有「下頭」，可見，「杖頭」指「手杖的頂端」。b 例
「山頭」後面又說「從上到下」，表示猿猴運動的方向，所以「山頭」的「頭」
指「山頂部」。e 例前有「露頂」，後有「塚頭」，暗示「塚頭」的「頭」是「墳
墓頂部」。

（三）表水平物體一端的「～頭₃」

12a （阿沙羅）乘大白象行於市肆，處處道頭，勸化諸人，作般遮于瑟。
（吳支謙譯・撰集百緣經 p0241c）

b 僧云：「街頭貧兒也念佛。」（祖堂集・趙州和尚）

c 擂鼓轉船頭，棹穿波裡月。（五燈・郢州桐泉禪師）

d 塵埋床下複，風動架頭巾。（五燈・建山澄禪師）

e 師云：「有時掛向肩頭上，也勝時人著錦衣。」問：「終日著衣喫飯，
如何免得著衣喫飯。」（語要・睦州和尚語錄）

f 師在堂中睡，黃檗下來見，以拄杖打板頭一下。師舉頭，見是黃檗，
卻睡。（語要・鎮州臨濟慧照禪師語錄）

g 至於茆坑裡蟲子，市肆賣買羊肉案頭，還有超佛越祖底道理麼？（語
要・雲門匡眞禪師廣錄）

h 聖主由來法帝堯，御人以禮曲龍腰。有時鬧市頭邊過，到處文明賀
聖朝。（語要・瑞州洞山良价禪師語錄）

　　上述 a 例大意是，阿沙羅騎著白象在許多的道路上勸化眾人，「道頭」的「道」指道路。b 例「街頭」通常表「街道一頭」。c 例「攄鼓轉船頭」，即「鼓聲使船頭轉動」之意，「船頭」的「頭」指「船的前端」。d 例「風動架頭巾」即「風吹動架上的巾」，「架頭」指「架子的某端」。e 例「肩頭」的「頭」指「肩膀的一端」。g 例「案頭」的「頭」指「桌子的一端」。h 例「鬧市頭」的「頭」指「市場的一端」。

（四）表事物源頭的「～頭₄」

　13a 人人盡道我心休，問著何曾有地頭？口說心違瞞自己，業河迅速任漂流。（語要・智門祚禪師語錄）

　　b 師擬議，覺又打出。如是者數四。尋為水頭，因汲水折擔忽悟。（五燈・天衣義懷禪師）

　　此類的例句較少，筆者找到兩種。根據 a 例的語義，「何曾有地頭」即「何曾有地的源頭？」「頭」指「源頭」。b 例「尋為水頭」則是「尋找水源頭」的意思。

（五）表職業或身體特徵的「～頭₅」

　14a 太子生日，王家青衣亦生蒼頭，廄生白駒及黃羊子。奴名車匿，馬名揵陟。（吳支謙譯・太子瑞應本起經 p0474b）

　　b 有僧在藥山，三年作飯頭，師問：「汝在此間多少時？」（祖堂集・藥山和尚）

　　c 南泉有一日看菜園，南泉把石打園頭。（祖堂集・魯祖和尚）

　　d 師問菜頭：「今日喫生菜熟菜？」菜頭提起一莖菜。（語要・趙州真際禪師語錄之餘）

　　e 首座云：「汝何不去問堂頭和尚，如何是佛法的的大意？」（語要・鎮州臨濟慧照禪師語錄）

　　f 泉云：「記取來喚水牯牛浴。」浴頭應諾。（語要・趙州真際禪師語錄）

　　g 師在法堂坐，庫頭擊木魚，火頭擲卻火抄，拊掌大笑。（五燈・溈山靈祐禪師）

　　h 師因疑之，遂發心領淨頭職，一夕汎掃次。（五燈・上封本才禪師）

　　「～頭₅」十分特別，是禪門各種職事僧的稱呼。

　　上述 a 例「蒼頭」是較早的例子，指「奴僕」。此詞最早見於《戰國策》，當時習慣以頭巾顏色稱呼某一類人，「頭」表「帶青色頭巾」的特徵，「蒼頭」是轉喻的用法，因此「頭」還不是眞正的後綴。

　　b 例「飯頭」爲「做飯的僧人」。c 例「園頭」爲「管菜園的人」。d 例「菜頭」爲「供應菜蔬的僧人」。e 例「堂頭」指「寺院住持和尙」。f 例「浴頭」是「負責沐浴工作的僧人」。g 例「庫頭」爲「倉庫管理僧」，或「寺院中負責會計之僧」。〔註63〕「火頭」爲「管升火的僧人」。h 例「淨頭」爲「負責打掃的僧人」。〔註64〕由此可知，「頭 5」還具「人」的意思，已有語法化跡象，但還不是詞綴。

（六）表空間方位的「～頭 6」

15a 佛到里頭，逢諸梵志有數十人。（西晉法炬共法立譯・法句譬喻經 p0586b）

　　b 雲嵒先出家，在百丈造侍者。道吾在屋裏報探官。一日行得五百里，恰到百丈莊頭討喫飯，當時侍者亦下莊頭，莊主喚侍者對客。（祖堂集・藥山和尙）

　　c 萬法從甚處起？代云：「糞堆頭。」（語要・雲門匡眞禪師廣錄）

　　d 咄！這多知俗漢，咬盡古今公案，忽於狼藉堆頭，捨得蜣蜋糞彈。（五燈・秘書吳恂居士）

　　e 壽命長短，死此生彼，展轉所趣，從上頭始。（後漢竺大力共康孟詳譯・修行本起經 p0471c）

　　f 第六人言陀羅者，是事上頭本不爲心計，譬如御車失道入邪道，折車軸，悔無所復及也。（吳康僧會譯・舊雜譬喻經 p0519a）

　　g 時儒童菩薩亦在山中，學諸經術，無所不博。時來就會，坐其下頭，次問所知，展轉不如，乃至上座。（西晉竺法護譯・生經 p0107c）

〔註63〕有的「庫頭」指「倉庫」，如《祖堂集・龐居士》：「居士便大悟，便去庫頭，借筆硯。」筆者在《詞典》中沒有發現「庫頭」，卻收有「庫子」，意指「掌管官庫者」或是「僧職名，又稱庫司行者，寺院中司會計之事的行者」。筆者推測「庫頭」可能和「庫子」近義。

〔註64〕另外，還有「村頭」（鄉巴佬），又作「村公」。有「圓茶頭」，見於《祖堂集・石霜和尙》：「圓茶頭問志圓：『爲什摩勿奈何？』」由於僅有一例，筆者無法判定它的意思。

h 佛言：「應以物裏杖頭。」時禪杖著地作聲。佛言：「下頭亦應裏。」
（後秦弗若多羅譯・十誦律 p0289a）

i 持革屣至水邊浣，拭革屣物捩曬已。捉革屣先拭前頭，次拭後，中
拭帶。（後秦弗若多羅共羅什譯・十誦律 p0300b）

j 長慶云：「前頭兩則也有道理，後頭無主在。」（祖堂集・雪峰和尚）

k 背陰山子日陽多，南來北往意如何，有人借問西來意，東海東頭有
新羅，師不安有二頌。（語要・汝州葉縣廣教省禪師語錄）

l 且不是南頭買貴，北頭賣賤。（五燈・衡嶽奉能禪師）

m 白米四文一升，蘿蔔一文一束，不用北頭買賤，西頭賣貴。（五燈・
太平安禪師）

n 師尋常暮宿塚間，朝遊城市。把鈴云：「明頭來也打，暗頭來也打。」
（祖堂集・普化和尚）

o 上座云：「猶將教意向心頭作病在。」（祖堂集・洞山和尚）

p 師曰：「渾家送上渡頭船。」（五燈・翠巖可真禪師）

「頭₆」數量很多，語義已經磨損很多，類似附著語素。

上述 a 例「里頭」不等於「裡頭」，該詞亦出現於《賢愚經》p0397b：「爾
時世尊……入於城內，欲拔濟之，到一里頭……逢見世尊，極懷鄙愧，退從異
道，隱屏欲去，垂當出里。」「里頭」和「里」兩相對照，「里」是「地方單位」，
配合 b 例的「莊頭」來看，「莊」應是「地方單位」，所謂「佛到里頭」是「佛
到了里的裡面」，和尚化緣也應在村莊「裡面」，因此這兩個「頭」暗示著行動
終止處的方位。

c 例「糞堆頭」有兩種可能，第一，指「糞堆裡面」；第二，「頭」代表「糞
便殘餘」。據語義判斷，以前者為佳。d 例和 c 例相同。e 例「上頭」〔註65〕、f
例「上頭」、g 例「下頭」、h 例「下頭」，表示上下的相反方向。i 例「前頭」、
j 例「前頭」、「後頭」，表示前後的相反方向，k 例「東頭」、l 例「南頭」、「北

〔註65〕 李臻儀（2004：7）提到「頭」當方位詞詞綴最早亦出現於晉書，皆與東西南北之
方爲連用……直至清史稿才出現與其他方爲詞連用，如（35）的「上頭」。根據筆
者的查證，「上頭」已出現在東漢竺大力與康孟詳、吳支謙的譯品中。李氏推遲了
「上頭」的出現時間。

頭」、m 例「北頭」、「西頭」，分別表示四方。n 例「明頭」、「暗頭」有兩解，第一，指「明亮處」、「黑暗處」；第二，指「白天和黑夜」，如果是後者，則屬於「頭 7」。p 例「渡頭」，指「搭船處」。

　　o 例「心頭」不指具體的心，它強調的是「心裡面」。試舉例為證，《五燈·羅漢桂琛禪師》：「得些子聲色名字貯在心頭，道我會解，善能揀辨。」《五燈·清涼文益禪師》：「行腳人著甚麼來由，安片石在心頭？」這些「心頭」的前面都有動詞，「貯在心頭」，介賓結構說明了動作的終止地點；「安片石在心頭」，同前所析。因此筆者認為「心頭」的「頭」是表方位的語素。

　　「頭 6」表示空間，通常不和「沒」或「不」搭配使用。嚴格地說，「頭 6」沒有離散或連續的問題。

（七）表時間的「～頭 7」

　　16a 玉兔不曾知曉意，金烏爭肯夜頭明。（五燈·同安威禪師）

　　　b 師舉佛心，上堂拈普化公案曰：「佛心即不然，總不恁麼來時，如何劈脊便打，從教遍界分身。」慧曰：「汝意如何？」師曰：「某不肯他後頭下箇注腳。」（五燈·教忠彌光禪師）

　　上述 a 例「夜頭」指「夜晚的開端」。表時間的「頭 7」數量很少，就本文設定的佛典語料範圍，僅有此例，倘若，筆者將範圍擴大到《大正藏》1-55 冊，也不過一例而已，即隋代杜順《華嚴五教止觀》後的〈終南山杜順禪師緣起〉：「汝火急，即迴夜頭，到即見。」「夜頭」在佛典裡並不活躍。如果放寬語料範圍，支婁迦讖譯的《道行般若經》有「初頭」（參見註 87），這個「頭」也屬於表時間的「頭 7」。

　　b 例禪師回答說：「某不願在他後面下註腳」，「後頭」指「時間稍後」，此處看不出「頭」隱含〔端點〕義素。這個「後頭」和 15i、j 的「前頭」、「後頭」（空間概念）不同。佛典較常見表空間的「前頭」、「後頭」。

　　和「頭 6」一樣，「頭 7」通常不和「沒」或「不」搭配。嚴格地說，「頭 6」沒有離散或連續的問題。

（八）表具體物的「～頭 8」

　　17a 縵！縵！闍梨！山溪各異，任你截斷天下人舌頭，爭奈無舌人解語何？（祖堂集·落浦和尚）

b 夜半日頭明，午時打三更。（祖堂集・後祖魯和尚）

c 僧提起拳頭云：「不可喚作拳頭。」（祖堂集・安國和尚）

d 觀世音菩薩將錢來買餬餅，放下手，元來卻是箇饅頭。（語要・舒州
白雲山海會演和尚語錄）

e 一缽千家飯，孤身萬里遊。青目睹人少，問路白雲頭。（五燈・明州
布袋和尚）

f 佛不度水，木佛不度火，金佛不度爐，眞佛內裡坐。大眾，趙州老
子十二劑骨頭，八萬四千毛孔，一時拋向諸人懷裡了也。（五燈・白
雲守端禪師）

g 欲知上流之士，不將佛祖言教貼在額頭上，如龜負圖，自取喪身之
兆。（五燈・洛浦元安禪師）

h 僧問：「如何是衲衣下事？」師曰：「如咬硬石頭。」（五燈・雲門海
晏禪師）

「頭₈」是表具體物（無生物）的後綴，李臻儀（2004：7）認爲這類後綴
是從指稱物體頂端的「頭」泛化之後，再虛化而成。

　　a 例漢譯佛典中的「舌頭」晚出了，而且數量有限，在禪宗語錄則是常用
詞。就詞彙上看，「舌頭」的「頭」指「整條舌」。袁賓（1994：270）記載「坐
斷天下人舌頭」，意指「截斷天下人的言語、意路，使其無法產生分別妄情，無
法用語言去理解和闡釋。是對於傑出、奇特的機諷施設的贊語」。因此，語境中
的「舌頭」以局部代全體，指「透過舌頭所說出的語言」。

　　在五十部佛典中，筆者僅找到一例「舌頭」，如果將搜尋範圍擴大到整部《大
正藏》，「舌頭」的用例依舊有限。如東晉佛陀跋陀羅譯《佛說觀佛三昧海經》
p0672a：「一日一夜五百億生五百億死，飢渴逼故，張口欲食，劍樹雨刀從舌頭
入，劈腹裂胸，悶絕而死。」隋達摩笈多譯《起世因本經》p0384c：「世間人輩
當生時，舌頭自然出斤斧，所謂口中說惡故，還自損害割其身。」這些例子是
在強調「舌頭」或「舌頭所說的話」，並沒有「舌的前端」之意，所以，應將「舌
頭」歸爲「頭₈」。

　　「頭₈」是標準詞綴，不帶任何的附加意義。b 例「日頭」是太陽，這個詞
彙在宋代的《語要》、《五燈》十分流行。其實，「日頭」在漢譯佛典已出現了，

而且，一律是「七日頭」，例如，吳支謙《撰集百緣經》p0218a：「敕諸民眾及時耕種，滿七日頭，必當降雨。」這裡的「日頭」用來計算天數，「滿七日頭」即「滿七天」。王力（1955：277）以為「日頭」在明代以前就有了，根據佛典資料，可將該詞上推到三國時代。

　　c 例「拳頭」強調握拳之形像圓圓的頭部。d 例「饅頭」之形跟圓圓的頭相像，但這個「頭」並沒有理性意義。e 例「白雲頭」即「白雲」，會造出「白雲頭」和詩偈的韻律有關，因為這個特殊緣故，該詞僅僅出現一次，因此它應非固定用詞。f 例「骨頭」指「人骨」。g 例「額頭」即「額部」。h 例「石頭」指「石子」。

（九）表抽象事物的「～頭₉」

18a 假饒併當得門頭淨潔，自己未得通明，還同不了。（祖堂集・落浦和尚）

　b 不惑不亂，不瞋不喜，於自己六根〔註66〕門頭，刮削併當得淨潔。（語要・大鑑下三世〔語之餘〕）

　c 師曰：「只如不立文字語句，師如何傳？」峰良久，遂禮謝起。峰云：「更問我一傳，可不好？」對云：「就和尚請一傳問頭。」（祖堂集・鏡清和尚）

　d 問：「世尊滅後，法付何人？」師云：「好箇問頭。無人答得。」（語要・汝州首山念和尚語錄）

　e 師打一拂子曰：「還記得話頭麼？試舉看。」語要・風穴禪師語錄）

　f 德山問：「闍梨是昨晚新到，豈不是？」對云：「不敢。」德山云：「什摩處學得虛頭來？」師云：「專甲終不自誑。」（祖堂集・嚴頭和尚）

　g 風頭稍硬，不是你安身立命處，且歸暖室商量。（語要・東林和尚雲門庵主頌古）

　h 眼見耳聞，何處不是路頭？若識得路頭，便是大解脫路。（五燈・石頭自回禪師）

〔註66〕「六根」，指「眼耳鼻舌身意」。丁福保（2005）記載：「六根，名數，眼耳鼻舌身意之六官也，根為能生之義，眼根對于色境而生眼識，乃至意根對于法境而生意識，故名為根。」

i 問：「承古有言，向外紹則臣位，向內紹則王種，是否？」師曰：「是。」

曰：「如何是外紹？」師曰：「若不知事極頭，祇得了事，喚作外紹，

是爲臣種。」（五燈・九峰道虔禪師）

筆者將 a、b 例一同對照，a 例字面上是「將門頭整理乾淨」，但是再看 b 例，「門頭」就不是表面的「門」之意，推測是指「意念的障礙」，因此，必須要掃除、潔淨，這是一種隱喻用法。

c、d 例對照來看，「問頭」指「問題」。蔣禮鴻（1997：85-87）引〈唐太宗入冥記〉、〈鷰子賦〉的「問頭」是：「官府審問罪人的問題，寫在紙上」，又稱爲「款頭」；唐人考試對策用的問題也叫「問頭」；另，蔣氏認爲《景德傳燈錄》、《五燈》的「問頭」即「問題」，並且說：「用於問案和考試，只是範圍的縮小」。蔣氏視「問頭」在不同語境而做不同解釋是正確的，但是境義不能視爲義項，如果從概括的角度來看，蔣氏所舉的「問頭」都可當「問題」解。筆者認爲「問案」和「考試」是語境義，是臨時性的，不涉及「範圍的縮小」。

e 例「還記得話頭麼？試舉看」，意即「還記得話頭嗎？試著說看看。」其中，「話頭」爲「話題」之意。f 例「虛頭」，《詞典》記載是「弄虛作假」、「騙局」。所以，例文「什摩處學得虛頭來？」意即「從哪裡學到弄虛作假的？」

g 例「風頭」指「風勢」，「風頭稍硬」即「風勢較強」。h 例「路頭」不是字面上「道路的一頭」或者「路程」之意，而是禪家所稱「悟入的門徑」（袁賓 1994：594）。i 例「極頭」指「事情極限的程度」。

以下，筆者從歷時角度統計佛典「～頭」的出現次數，分析其表義特徵，製表如後：

表 3.3-1　佛典「～頭」一覽表

序號	範　例	漢譯佛典	祖堂集	古尊宿語要	五燈會元	表義特徵
1	鼻頭	28		4	5	表具體物前端
2	指頭	5	1	10	14	表具體物前端
3	杖頭	4		35	22	表垂直物頂部
4	山頭	1	1	4	24	表垂直物頂部
5	竿頭	1	5	11	29	表垂直物頂部

6	樓頭			1		表垂直物頂部
7	塚頭			2		表垂直物頂部
8	道頭	22				表水平物一端
9	街頭		1	19	37	表水平物一端
10	船頭	4			1	表水平物一端
11	架頭				1	表水平物一端
12	肩頭	1		1	1	表水平物一端
13	板頭			14	4	表水平物一端
14	案頭			3	2	表水平物一端
15	鬧市頭			2	1	表水平物一端
16	地頭	2		1	1	表事物源頭
17	水頭				1	表事物源頭
18	蒼頭	1				表特徵
19	飯頭		2	20	9	表職業
20	園頭		2	7	10	表職業
21	茶頭			3	2	表職業
22	堂頭			9	11	表職業
23	浴頭			3	1	表職業
24	庫頭		1		1	表職業
25	火頭			1	3	表職業
26	淨頭			1	1	表職業
27	里頭	2				表空間方位
28	莊頭		4			表空間方位
29	糞堆頭			1	1	表空間方位
30	狼藉堆頭				1	表空間方位
31	上頭	17	8	7	2	表空間方位
32	下頭	5	2		2	表空間方位
33	前頭	2	5	11	7	表空間方位
34	後頭			1	2	表空間方位
35	來頭			1	1	表空間方位
36	南頭				2	表空間方位
37	北頭				3	表空間方位

38	西頭				1	表空間方位
39	明頭		1	14	9	表空間方位
40	暗頭		1	7	5	表空間方位
41	心頭		2	6	5	表空間方位
42	渡頭			4	4	表空間方位
43	夜頭				1	表時間
44	前頭	2	5			表時間
45	後頭		2		1	表時間
46	舌頭	1	13	33	47	表具體物
47	日頭		2	5	9	表具體物
48	拳頭		5	5	16	表具體物
49	饅頭			12	2	表具體物
50	白雲頭				1	表具體物
51	骨頭		1	1	4	表具體物
52	額頭			1	6	表具體物
53	石頭		13	2	13	表具體物
54	門頭		1	18	11	表抽象事物
55	問頭		7	6	8	表抽象事物
56	話頭		1	16	24	表抽象事物
57	虛頭		1	7	6	表抽象事物
58	風頭			2	1	表抽象事物
59	路頭		2	17	10	表抽象事物
60	極頭				1	表抽象事物
總計		98	89	328	385	

　　就五十部的漢譯佛典來說，「～頭」的類型絕大多數是屬「表具體物前端」，其次，是「表水平物一端」和「表空間方位」。「具體物前端」和「水平物一端」的「頭」還不是真正的詞綴，只能看成是類詞綴。

　　在三部語錄中，九種「～頭」均具備，其中「表職業或特徵」和「表抽象事物」是其特點。另外，「表空間方位」的「頭」常是一組的概念，如「上下」、「前後」、「四方」，一般都會一起出現在語境中。

　　語錄中「頭」，可以表「具體物」，也可以表「抽象物」，無論詞根的詞性，加上後綴「頭」，會變成帶離散性的名詞「～頭」，這是後綴「頭」的重要特徵。

　　如果三部語錄的「～頭」一併比較，筆者發現時代愈晚的語錄，「～頭」出現的頻率愈高，反映出「～頭」的普及性。

二、中土語料的觀察

　　現在，再來看看非佛典資料「～頭」的情形。

　　《論衡》沒有帶後綴「頭」的派生詞。

　　《世說》有表物體前端的「厚頭」〔註67〕、「階頭」〔註68〕、「床頭」、「蓋頭」；表垂直物體頂部的「矛頭」〔註69〕、「劍頭」、「杖頭」，還有「齋頭」等詞。其中，「齋頭」見於〈文學〉：「支道林、許掾諸人共在會稽王齋頭。」「齋頭」指「精舍」，「頭」表處所。以上這些「頭」帶有〔端點〕義素，不是眞正的後綴，眞正的派生詞出現在〈賞譽〉：「士龍住東頭，士衡住西頭。」僅此一例。

　　唐代王梵志詩有表水平物體一端的「街頭」〔註70〕；表空間方爲的「上頭」〔註71〕、「前頭」。〔註72〕「上頭」、「前頭」是派生詞。變文的派生詞數量更多了，以表空間方位居多，例如，「上頭」、「下頭」、「前頭」〔註73〕、「東頭」、「西頭」、「南頭」；還有表時間的「夜頭」，表具體物的「拳頭」、「骨頭」，表抽象事

〔註67〕「厚頭」見於〈政事〉：「官用竹皆令錄厚頭，積之如山。」「厚頭」指「粗厚的竹頭」，在《世說新語》出現1次。若解爲「粗的一頭」，則爲偏正式。

〔註68〕「階頭」見於〈方正〉：「周、王既入，始至階頭，帝逆遣傳詔，過使就東廂。」「階頭」，「階」爲台階，根據語義，「頭」表示台階初始處，「階頭」在《世說新語》出現1次。

〔註69〕「矛頭」見於〈排調〉：「矛頭淅米劍頭炊。」「頭」表示矛的前端，「矛頭」在《世說新語》出現1次。

〔註70〕「街頭」見於〈世間慵懶人〉：「朝庭數十人，平章共博戲。菜粥喫一柸，街頭闊立地。」「街頭」指「街道的一頭」。

〔註71〕「上頭」見於〈古來服丹石〉：「有生即有死，何後復何先。人人惣色活，拄著上頭天。」「上頭天」的「上頭」，即「上面」之意。

〔註72〕「前頭」見於〈尊人共客語〉：「尊人共客語，側立在傍聽，莫向前頭鬧。」「莫向前頭鬧」意即「不要在前面鬧」，「前頭」表示空間概念。

〔註73〕「前頭」見於〈佛說阿彌陀經講經文（二）〉：「莫同大石縱愚癡，不揀前頭及後面。」依照語境判斷，「前頭」表示空間概念。

物的「問頭」〔註74〕、「心頭」、「手頭」〔註75〕、「定頭」。〔註76〕「頭」還可當動詞後綴，如〈鷰子賦〉乙本：「轉急且抽頭。」「抽頭」為「抽身」之意；〈鷰子賦〉甲本：「雀兒已愁……望得脫頭。」「脫頭」即「脫身」之意。

　　《朱子語類》有表物體前端的「指頭」、「岸頭」；表空間方位的「前頭」、「虛頭」；表垂直物體頂部的「山頭」〔註77〕；表水平物體一端的「船頭」，「盡頭」；表事物源頭的「原頭（源頭）」、「地頭」、「事頭」；表人的「猾頭」〔註78〕、「保頭」〔註79〕、「詞頭」〔註80〕、「樸實頭（朴實頭）」；表空間方位的「裏頭」、「下頭」、「外頭」、「東頭」、「西頭」、「南頭」、「北頭」、「角頭」〔註81〕、「盡頭」〔註82〕；表時間的「晚頭」、「初頭」、「起頭」、「尾頭」；表具體物的「日頭」、「石頭」、「籠頭」、「饅頭」、「枕頭」、「藥頭」〔註83〕；表抽象事物的「話頭」、「心

〔註74〕「問頭」見於〈鷰子賦〉甲本：「雀兒被嚇，更害氣咽，把得問頭，特地更悶。」「問頭」指「審問時寫於書面的問題」。

〔註75〕「手頭」見於〈韓擒虎話本〉：「皇后聞言，緣二人權縮總在手頭，何憂大事不成？」「手頭」意即「手上」。

〔註76〕程湘清（1992c：85）提到「定頭」指「諭旨」。

〔註77〕「山頭」見於〈陸氏〉：「象山聞說是君開，雲木參天爆響雷，好去山頭且堅坐，等閑莫要下山來！」在《朱子語類》出現2次。

〔註78〕「猾頭」見於〈春秋‧綱領〉：「左氏之病，是以成敗論是非，而不本於義理之正，嘗謂左氏是箇猾頭熟事，趨炎附勢之人。」「猾頭」猶今日之「滑頭」，在《朱子語類》出現1次。

〔註79〕「保頭」見於〈外任‧漳州〉：「鄭湜補之問戢盜，曰：「只是嚴保伍之法。」鄭云：「保伍之中，其弊自難關防，如保頭等，易得挾勢爲援。」「保頭」爲職業名，在《朱子語類》出現2次。

〔註80〕「詞頭」見於〈本朝‧法制〉：「舊制：遷謫人詞頭，當日命下，當日便要，不許隔宿，便與詞頭報行。而今緣有信箚，故詞頭有一兩月不下者，中書以此覺得事多。此皆軍興後事多，故如此。」「詞頭」爲職業名，在《朱子語類》出現3次。

〔註81〕「角頭」見於〈中庸‧第一章〉：「如卓子有四角頭，一齊用著工夫，更無空缺處。」「角頭」即「邊角」之意，在《朱子語類》出現4次。

〔註82〕「盡頭」見於〈中庸‧第一章〉：「慎恐懼乎其所不睹不聞，是從見聞處戒慎恐懼到那不睹不聞處‧這不睹不聞處是工夫盡頭。」此處的「盡頭」指「抽象事務的盡頭」，這種用法在《朱子語類》出現5次，表具體的「盡頭」則出現1次。

〔註83〕「藥頭」見於〈朱子‧問夫子加齊之卿相章〉：「要緊未必在此。藥頭只在那『以直養而無害』及『集義』上。」「藥頭」有「藥」之意，在《朱子語類》出現2次。

頭」、「路頭」、「口頭」、〔註84〕、「手頭」〔註85〕、「實頭」。〔註86〕其中,「初頭」用來表時間,〔註87〕例如,《朱子語類・學而・有子曰其爲人也孝弟章》:「孝弟也是仁,仁民愛物也是仁。只孝弟是初頭事,從這裏做起。」孝弟和仁民愛物比起來,前者是初頭事,即孝弟較爲優先(時間和次序上較前)。

　　筆者發現,中土文獻的「〜頭」少有特殊之處,大部分在中土文獻裡出現的詞,佛典也能找到,而且收集得更豐富。除了語料字數、涵蓋時代的影響外,佛典個別的語言色彩也是因素之一。

　　隨著時間的推移,「頭」的派生現象更多了。在現代方言中,「頭」是重要的後綴,許多地方都有這類的構詞(如上海、嘉定、山東、重慶、潮汕、澄海、台灣閩語、客語等等)。〔註88〕上海方言有些後綴「頭」受到普通話影響,漸漸改爲「子」,例如,「柱頭」→「柱子」,「籃頭」→「籃子」。〔註89〕另外,「頭」有個套語格式,即「有(沒)〜頭」,表示「值得(不值得)」,如「有(沒)看頭」、「有(沒)搞頭」、「有(沒)吃頭」。王力(1955:277)提到「頭」和「兒」連用,做動詞後附成分,表示某種行爲的價值,如「逛頭兒」略等於值得逛的,「用頭兒」略等於可用的。可見直到今日,後綴「頭」仍具有高度能產力。

〔註84〕《朱子語類・學・總論爲學之方》:「今人只憑一己私意,瞥見些子說話,便立箇主張,硬要去說,便要聖賢從我言語路頭去,如何會有益。」「路頭」不是字面之意,引申爲「事理之源」。

〔註85〕《朱子語類・論語・太宰問於子貢章》:「聖人事事從手頭更歷過來,所以都曉得,而今人事事都不會。」「手頭」有「親自」之意。

〔註86〕「實頭」見於〈朱子・訓門人〉:「謂某學問實頭,但不須與人說。」「實頭」有「紮實」之意,在《朱子語類》出現2次。

〔註87〕在本文選取的漢文佛典中,沒有「初頭」,不過,該詞在東漢佛典已經出現,如支婁迦讖譯《道行般若經》p0457a:「須菩提白佛言:「菩薩持初頭意,近阿耨多羅三耶三菩,若持後頭意近之。」佛言:「初頭意後來意,是兩意無有對。」「初頭」和「後頭」相對,表示「時間的先後」。又,「後頭」和「後來」互文,後綴「頭」和「來」在表時間的範疇上可以相通。另,西晉無羅叉譯的《放光般若經》、姚秦鳩摩羅什譯《坐禪三昧經》也有表時間的「初頭」。

〔註88〕相關的方言詞例,參見錢乃榮(2003:157-158)、湯珍珠與陳忠敏(1993:15-17)、錢曾怡主編(2001:229)、呂春華(2002:44-46)、林倫倫(1991:221-222)、林倫倫(1996:223)、盧廣誠(1999:28-29)、何耿庸(1965:492-493)。

〔註89〕參見錢乃榮(2003:158)(同前註)。

三、詞法分析

　　嚴格而言，前五類的「～頭」還不是純粹的派生詞，但它們已經走在語法化的路上了。按照詞綴的語法和意義，將派生詞「～頭」分成兩種類型。

（一）功能性派生

　　「～頭₅」的詞根加上「頭₅」之後，詞義改變，語義格也不同，例如，「飯頭」和「飯」意義完全不同，「飯」是食物，加「頭」之後，表負責做飯的人員，新詞仍是名詞，但詞義轉變了，可擔任「施事格」或「受事格」。「淨頭」是負責打掃的人，和「飯頭」、「菜頭」比較起來，還多了詞類轉變，由形容詞變爲名詞。何耿庸（1965：492-493）指出粵語「火頭」一類的詞，帶有鄙視之意，不過，依語境判斷，佛典裡表職業的「頭 5」似乎無不尊重之意。

（二）純造詞派生

　　有部分的「頭 ₇」隱含〔端點〕義素，有些則看不出含〔端點〕義素，後者的語法化程度較高，可視爲純造詞的空語素。「頭 ₈」、「頭 ₉」亦是純造詞的空語素。「頭 ₉」的情況較複雜，這種派生詞不能只看字面義，有時還另有其義（如門頭、路頭）。這個言外之意和「頭」沒有關連，而是某種特殊情況、場合下的意義。因此筆者還是將「頭 ₉」劃歸爲空語素。

四、語義分析

　　「頭₁」～「頭₃」及「頭₆」對整個詞彙有辨義的作用，［註90］蘊含著〔端點〕義素，強調該事物的某一端點，例如，「以物裹杖頭」若變成「以物裹杖」，意義可差很多。比較「有時掛向肩頭上」和「有時掛向肩上」，兩句的意義差不多，前者帶有掛在肩膀「端點」的意思。

　　「～頭 ₆」的詞根有的是普通名詞（如里、莊、糞堆、狼籍堆），「頭」所

［註90］　「頭 ₃」c 例「船頭」以及「頭 ₄」（表事物源頭），或許有人將它們當成實語素，整個詞是偏正複詞。這裡顯示出語法化是個連續統，在演變過程中有些模糊的地帶，或可作 A 解，或作 B 解，很難篤定必爲某義。譬如，「頭 ₄」的 a 例「地頭」是很抽象的概念，土地何曾有源頭呢？可是根據該句的語境，說話者顯然將地表上較高的地方當成是地頭，所以如果將語義中心放在「地」，「頭」可看成詞內成分：語義中心放在「頭」，「地」就成了修飾成分，整個詞劃作偏正式了。因此關於「頭 ₄」詞法分析的部分，只好暫時保留。

蘊含的方向性較強；有的詞根本身是方位詞（如上、下、前、後、東、南、西、北），這裡的「頭」和「里頭」、「莊頭」的「頭」相比，方向性較弱，因爲派生詞語義中心在詞根，詞綴有附加意義，既然詞根已經表示方位，詞綴起的僅是強調的作用。〔註91〕

基本上，綴加「頭」的派生詞帶有離散性，但「頭6」和「頭7」例外，因爲，表空間的詞很難說是有界的，而表時間的「～頭7」常是個模糊量。

五、語法化歷程

Hopper & Traugott（2003：7）揭櫫語法化的程序是：實詞＞語法詞（虛詞）＞附著成分＞屈折詞綴，這條脈絡在漢語中似乎有了空缺，因爲筆者看到了「頭」作實詞、附著成分、詞綴，但找不到當語法詞的情形。空缺的原因筆者目前還不清楚。世界上有很多的語言存在著共同的現象，假使將觀察的語言種類放寬，也許筆者會發現「頭」確實可當語法詞。

Heine & Kuteva（2002：167-170）收集不同語言的 head 概念，歸納了五種引伸用法，分別如下：

1. head＞front。根據調查，有六種非洲語言的「頭」可當「前面標記」。

2. head＞intensive-refl。Fulfulde、Hausa、Margi 等語言的「頭」，可當「增強語氣的反身代名詞」。

3. head＞middle。Margi 的「頭」可當「中間標記」。Heine 等認爲這個語法化順序是：head＞reflexive＞middle。

4. head＞reflexive。Fulfulde、Hausa、Basque 等語言的「頭」，可當「反身代名詞」。又，Schladt 發現約有 150 種語言名詞的 head 是反身代名詞的主要來源。

5. head＞up。有 56 種非洲語言的「頭」語法化爲「空間標記」。Shona、Zande、Knon、Baka 語的「頭」可當前置詞或後置詞。Kupto 的「頭」還可作處所副詞。

最後，Heine & Kuteva（2002：170）指出，身體器官的語法化往往根據它們的相對位置，反映在語法化的結果裡，就好比 head 和 up，heart 和 in 的關係一樣。

根據上面的語言調查，印證了 Hopper & Traugott（2003）的主張。漢語

〔註91〕英語介詞（preposition）也有這種區別，比較 "inside the house" 與 "in the house"，"inside" 強調了「在裡面」的意思。

「頭」的語法化出現空缺，從其他語言中看到了漢語空缺的部分。漢語的「頭」的語法化雖然有些缺憾，整體上沒有偏離語法化的程序。

　　筆者認為，「頭」的變化牽涉到四種機制，即：「轉喻」、「隱喻」、「泛化」、「類推」。經歷六個階段，第一階段，人頭部；第二階段，物體前端或一端、源頭；第三階段，空間；第四階段，時間；第五階段，某職業或特徵的人；第六階段，表物體或抽象物。

　　「轉喻」機制表現在「頭$_5$」。「頭$_5$」的詞彙是稱呼某種人，大量出現在禪宗語錄，屬後起的語言現象。為何以「～頭」稱呼職事僧呢？通常人們會以突出的特徵轉喻不明顯的部分，頭部是人體裡最明顯、突出的部位，所以「頭$_5$」便用來稱呼某類人。「頭」轉喻為人是很普遍的，例如，潮汕方言「好食頭」，指「好欺負的人」；再如許多語言不用身體其他部位當反身代名詞，而選擇了「頭」（見前文）。另外，漢語還用「頭」作計算動物的量詞，如「兩頭牛」，這也是一種轉喻。

　　「隱喻」的範圍較廣，「頭$_1$」、「頭$_2$」、「頭$_3$」、「頭$_4$」、「頭$_6$」、「頭$_7$」均涉及隱喻機制。Heine ＆ Claudi ＆ Hünnemeyer（1991a）提到認知域的抽象等級：人＞物＞事＞空間＞時間＞性質，本來「頭」是指人的頭部，後來可指「動物」的頭部，再將搭配限制放寬，不限於頭部，泛指「物體」的一端、「事物」的源頭，再進一步映射到「空間」方位、某一段「時間」。從發展時間來看，這也符合抽象等級的變化，「頭$_1$」比較早，東漢佛典出現了「鼻頭」。「頭$_2$」、「頭$_3$」、「頭$_4$」、「頭$_6$」多半在唐以後產生，雖然三國佛典有「道頭」（「頭$_3$」），東漢佛典有「上頭」、西晉有「里頭」（「頭$_6$」），畢竟例證是不多的。

　　「頭$_6$」、「頭$_7$」（不含〔端點〕義素）、「頭$_8$」、「頭$_9$」已是詞綴，不過有些「頭$_6$」附帶強調意味，而且僅限於「非方位名詞＋頭$_6$」。像「頭$_8$」、「頭$_9$」，都是純造詞的空語素。整個語法化的過程，「頭」的語義不斷地磨損，經常的超常搭配，時間一久，語義就「泛化」了。雖然「頭」走上語法化路子，但它原來的「頭部」意義仍然存在，因此，虛語素的「頭」是個「分支」。

　　「頭$_6$」（表空間）的派生詞有個有趣的現象，唐以前佛典出現「上頭」和「下頭」，接著是有「前頭」、「後頭」，禪宗語錄還有「東頭」、「西頭」、「南頭」、「北頭」，但是獨缺「左頭」、「右頭」。「左」和「右」常和具體的實語素組成偏

正詞，例如，「左手」、「右足」、「左腳」、「右膊」，本文佛典中沒有「左方」、「右方」，竺佛念《出曜經》、《語要》、《五燈》各出現一例「左側」，但都沒有「右側」。

根據「左」、「右」的搭配關係，它們通常和身體器官做組合，而且該器官一定成雙，據此，筆者的推測是，佛典沒有「左頭」、「右頭」也許是受到「認知」的制約。頭部只有一個，不成雙的情況下，無法分左邊（頭）或右邊（頭），現實的認知是如此，運用到空間方位，就沒有「左頭」、「右頭」了。人們的認知可能隨著時代進步而變動，根據科學的研究，已知腦部可劃分爲多區，所以產生「左腦」、「右腦」的詞。

「頭$_8$」屬空語素，用來造詞。王力（1955：277）推測「日頭」和頭的形狀多少有些關連。「拳頭」、「饅頭」亦是。但抽象的「門頭」、「問頭」、「話頭」更談不上形狀，爲什麼還用「頭」來構詞呢？唐以前已經出現「鼻頭」、「指頭」、「七日頭」，前兩者是人的器官，後者是以太陽的出現來計算天數。這些都是既有的構詞，又是常用詞，「頭」無義可言，因此，當要表達握拳狀、骨骼、額部，或其他圓形物，進而是抽象物，除了依其形狀和頭相仿來「類推」造詞，亦可能因爲「日頭」可用來計算抽象的時間，才「類推」造出許多抽象詞。

Hopper（1991：22）談到語法化的一個原則是「並存」（Layering），[註92]語法化常有「存古」與「創新」並存現象。像中唐以前的「子」可表職業，禪宗語錄的「頭」也可用來表職業，即新、舊形式共存。

根據前面的分析與解釋將文字的論述轉換成表格，依照語法化的演變過程、代表類型、義素有無、演變機制、語素性質、起點時代六項，展現後綴「頭」的語法化現象。關於「頭」的語義延伸脈絡，則以輻射圖形呈現。

表 3.3-2　後綴「頭」的語法化現象總表

演變過程	第一階段	第二階段	第三階段	第四階段	第五階段	第六階段
代表類型	人頭部	物體前端	空間	時間	某職業、特徵的人	物體或抽象物
義素有無	＋端點	＋端點	－端點	＋or－端點	－端點	－端點

[註92] Layering: Within a broad functional domain, new layers are continually emerging. As this happens, the older layers are not necessarily discarded, but may remain to coexist with and interact with the newer layers（Hopper 1991：22）.

演變機制		隱喻、泛化	隱喻、泛化、類推	隱喻、泛化、類推	轉喻	泛化
語素性質	實語素	實→虛	實→虛	實→虛	實→虛	虛語素 suffix
起點時代	先秦	後漢	西晉	西晉	晚唐	晚唐

圖 3.3-1　「頭」語義延伸的輻射狀結構圖

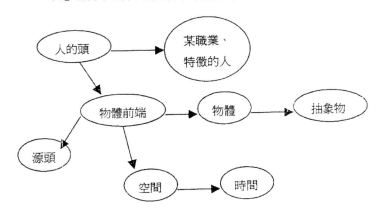

第四節　小　結

在三個後綴的個案分析之後，本節是整合性的觀察，透過詞法、語義、語用、時代、地域、能產力六個角度，釐清「子」、「兒」、「頭」的異同。

（一）「子」、「兒」、「頭」的詞法比較

在第二章中，筆者介紹了五種派生詞構詞法。後綴「子」、「兒」擁有三種構詞法，分別是「功能性派生」、「純造詞派生」、「表達性派生」。其中「表達性派生」內部還可細分，「子」在佛典裡表「小稱」或「貶斥」之意，「兒」則表「小稱」。後綴「頭」僅構成「功能性派生」、「純造詞派生」，不涉及語義和語用的層面，所以沒有「表達性派生」。

再從構詞細部來看，「子」分成六種，即：表植物、動物、職業或特徵、具體物、抽象事物、量詞。前三種視情況判斷爲詞綴或類詞綴，後三種已是詞綴。「兒」分成三種，即：表特徵或職業、動物、具體物，第一種爲類詞綴，後兩種屬詞綴。「頭」分成九種，即：表物體前端、垂直物體頂部、水平物體一端、事物源頭、特徵或職業、空間方位、時間、具體物、抽象事物，前五種爲類詞綴，後四種爲詞綴。和「子」、「兒」不同地是，「～頭」的詞根沒有動物或植物。

一般而言，動植物加上「頭」，會成「合義詞」，表示「頭部」或「根部」，筆者沒有發現動植物加上「頭」之後，成為派生詞的狀況。

本文發現，三個名詞後綴都是「詞法」層面的語法化，它們形成之後是直接黏著在詞根，形成新的派生詞。

（二）「子」、「兒」、「頭」的語義比較

眾所周知，漢語的「子」、「兒」、「頭」是典型詞綴，一般而言，大家只說到這裡，如果從語義範疇來論，三個詞綴的共通性是—「離散性」（徐通鏘 1997：495-497）。通常詞根附加了這三個詞綴，便有了具體、獨立的數量。徐通鏘（1997：495-497）還指出，這類型的詞根亦具有離散性，離散性特徵愈強，綴加「子」、「兒」、「頭」的機率愈高。舉例來說，「拂」、「刷」屬動詞，加後綴「子」，成為離散性的名詞；「健」屬形容詞，加後綴「兒」，成為離散性的名詞；「問」屬動詞，加後綴「頭」，成為離散性的名詞。

後綴的離散性使派生詞帶有具體明確的邊界，分出獨立個體的數量特徵，受副詞「沒」的否定，例如，「路上沒車子」、「渡頭沒船兒」、「他像個沒骨頭的人」。不過，有極少數表時間的「頭」（夜頭、後頭），是不具離散性的。

正因為「子」、「兒」、「頭」具有離散性，所以動作性較強的動詞如果要變成名詞，得透過離散性後綴的幫忙，才能改變詞性。〔註93〕就「組配規律性」來看，「子」、「兒」、「頭」搭配的詞根若是「名詞」，則可能造成「功能性派生」、「純造詞派生」、「表達性派生」，詞根和詞綴都是名詞，形成的新詞也是名詞，換言之，不涉及新詞詞性的改變。然而若搭配的詞根是「非名詞」，情形則不一樣了。這種情況可能形成「功能性派生」，當詞根和詞綴性質不一致時，詞綴的性質會影響新詞的詞性，讓新詞變成「名詞」。

從義項基模的角度來看，「子」和「小」都具有〔＋繁衍，＋小〕義素，而「頭」則具備〔＋端點〕的義素。因此前兩者的相似度較高。

另外，在表示職業或特徵方面，「子」、「兒」有個傾向，即搭配的詞根帶有低下、負面義的性質，甚少見到有較高層或正面的詞根。換句話說，綴加這兩個後綴的職業，通常社經地位偏低；所表示的特徵常是殘障、笨拙、肥胖等，

〔註93〕董秀芳（2002：176-177）提到，動作性較強的動詞很少能通過零派生（zero derivation）變為名詞，而要採用外顯的構詞方式，比如加上名詞性後綴，如「畫」→「畫兒」。

較不受歡迎、不被喜歡的身心障礙。

　　當派生詞「～子」、「～兒」、「～頭」表達的意義相當時，有時可以換用，例如，狗可叫成「狗子」、「狗兒」，園丁可喚作「園子」、「園頭」等等。要注意地是，有些乍看可通用的詞，其實是有時代的差別。〔註94〕例如，表職業「～子」、「～兒」通常出現在漢譯佛典階段，「～頭」則多出現在禪宗語錄，時間較晚了。

（三）「子」、「兒」、「頭」的語用比較

　　Kiefer（1998：275-277）論派生構詞和語用的關係，提到詞綴的使用和說話者的態度相關，例如，小稱詞綴最大的作用是，緩和較強的言語行為，在這一點上，「子」和「兒」表現得較明顯。佛典有許多「～子」、「～兒」，帶有說話者的主觀判斷，例如，「狗子」表小稱或喜愛義，「殼漏子」帶有諷刺義，「貓兒」有小稱義。反觀後綴「頭」，不涉及說話者的主觀層面，缺乏「表達性派生」。

（四）「子」、「兒」、「頭」的形成時代

　　根據筆者的查索，在中唐以前五十部佛典裡，「～子」語法化的程度不高，多帶有〔繁衍〕義素，然而，在晚唐以後的三部禪宗語錄裡，情況改變了，質、量上都豐富許多，具體表現是，「子」搭配的詞根範疇擴大到無生、抽象語素。換句話說，後綴「子」的形成是在唐代左右。

　　後綴「兒」在漢譯佛典裡用來表示職業或特徵，這種情形的「兒」還在語

〔註94〕除了時代的差別以外，方言、語體、表義、構詞自由度均會有影響。方緒軍（2000：122-123）說現代漢語有些帶後綴「子」和帶後綴「兒」可以互通，例如，「蓋兒」──「蓋子」，「棗兒」──「棗子」，究竟選擇哪一個後綴，視方言而定。

劉倩（2004：258）考察《現代漢語詞典》的「×子」和「×兒」，發現當「×子」和「×兒」指稱相同時（較常見），都指稱同一事物，其差別主要在語體，前者的書面色彩重，後者顯示口語色彩。另外，有的「×子」和「×兒」有地域差別，例如，杏子是方言詞，杏兒是普通話。劉倩（2004：266）並指出當「×子」和「×兒」指稱不同時，不能互換。

趙元任（1980：129）提到龍果夫觀察「子」和「兒」的區別，前者表示整體、具體、特稱（specific），後者表示部分、抽象、通稱（generic），事實上，還有許多反例。

陳森（1959b：25）認為一般「子」、「兒」可以任意替換，例如，「身兒」──「身子」，「心子」──「心兒」，「船子」──「船兒」，「些子」──「些兒」。但是「兒」字的用法比較自由、比較普遍，這跟現代的情形頗為相似。

法化途中，可算「類詞綴」，一直到了《五燈》裡，多用來表示動物（如「木羊兒」）和具體物（如「船兒」），這類的「兒」喪失〔繁衍〕、〔小〕義素，成爲眞正的詞綴。也就是說，後綴「兒」可能是在晚唐左右形成的。由於它多半出現在《五燈》，不像「子」在《祖堂集》已確定當詞綴，因此，後綴「子」的形成早於「兒」。

漢譯佛典的「頭」絕大多數表「具體物前端」，其次，表「水平物一端」和「空間方位」。「具體物前端」和「水平物一端」的「頭」還不是詞綴，而是由實變虛的「類詞綴」。到了禪宗語錄，「頭」才變成後綴，大量的派生新詞。從分佈的情況判斷，後綴「頭」在王梵志詩和《祖堂集》中，已經有不少的數量，推估它形成於唐代左右，時間上早於「兒」，也許和「子」相差不多。

（五）「子」、「兒」、「頭」的通行地域

「子」、「兒」、「頭」成爲詞綴時間較晚，成熟地使用是在唐以後的禪宗語錄裡。其中，「子」較常出現在漢譯佛典，如安世高、支讖、竺大力、支謙、康僧會、佛陀跋陀羅、弗若多羅等人的譯品，東漢譯經以洛陽地區爲主，東吳譯經在建業一帶，東晉偏安江左，後秦屬北方政權，換言之，南、北方的譯經都使用後綴「子」。至於「兒」和「頭」多見於禪宗語錄、變文、《朱子語類》當中，並沒有很明顯的區域色彩。

三個後綴的興起時間是在近代漢語階段，「子」分佈通行的地域最大，到了禪宗語錄，「子」、「兒」、「頭」各有擅場，彼此之間的區域性不明顯。這點發展到現代漢語時有所轉變。

現代漢語「子」、「兒」似無明顯的分界區。王力（1955：276）研究「子」和「兒」，提出「子」比「兒」的來源早了許多，通行地域也大了許多。他舉的例子是現代吳語及南方官話，後附號「子」字特別多，往往是「子」字替代北平的「兒」字。王力（1955：276）認爲，名詞後綴的「兒」只通行於北方官話，南方官話有用有不用，吳語、粵語、閩語、客語完全不用（杭州話受官話影響很深，用「兒」，是例外）。不過，根據莫景西（1992）、劉新中（2003）的研究，南方話（吳語中的溫州話、贛語、徽語）亦有名詞後綴「兒」。

至於現代漢語的「頭」，可算是流行很廣的後綴，因爲不僅普通話常用，亦活躍於各方言中，例如，閩語、粵語、重慶語等。

（六）「子」、「兒」、「頭」的能產力

Aronoff & Anshen（1998：242-245）主張能產力是一個連續統（continuum），一個特定的詞綴可創造出許多可能的詞，如"-ness"、"-ation"，介於中間的如"-ity"，連續統的另一端是不能產的詞綴，甚至是死詞綴，如"-th"（as in truth or growth）。

能產力可分為質產力和量產力。就第一、二節提到表「具體物」為例，「子」構成「身子」、「刀子」、「盞子」、「隔子」、「拂子」、「疊子」等 10 多個詞，〔註95〕出現頻率平均接近 10 次；「兒」僅構成「船兒」、「叉兒」、「瞳兒」、「冠兒」，平均出現 1 次。

再以「表動物」為例，「子」構成「蟆子」、「象子」、「蚊子」、「狗子」等詞，「兒」構成「野狐兒」、「小貓兒」、「雀兒」、「鳳凰兒」等詞，種類相差不多，在這點上，質產力分別不大，不過，量產力上相差懸殊了，「兒」所形成的詞條出現頻率不到 10 次；反之，「子」的頻率在 10 次以上，最高還可達 450 次（師子）。〔註96〕

「頭」可分為九類，屬詞綴者有四種，筆者一樣以表「具體物」為例，「頭」形成了「日頭」、「拳頭」、「饅頭」、「白雲頭」等詞，出現頻率在 10 次以下。「表空間方位」的詞條，如「里頭」、「糞堆頭」、「上頭」、「前頭」、「南頭」等十多個詞，出現頻率約有 10 次。表「抽象事物」的詞條，如「門頭」、「問頭」、「話頭」、「虛頭」、「風頭」等詞，出現頻率在 10 次以上。

總之，無論是質產力或量產力，「兒」皆弱於「子」，因為「兒」出現頻率低。「頭」和「子」各有特色，在不同的種類中，能產力的表現不太一樣，不過，兩者的能產力均優於「兒」。

〔註95〕筆者在第一節「佛典語料的觀察」，曾說明本文羅列的詞條並非全面性列出，為了節省篇幅的資源，改用局部羅列的方式。在局部羅列的情況下，「～子」的種類和數量便遠多「～兒」了。

〔註96〕董秀芳（2004：40）研究現代漢語，認為「子」具有構詞力，但生成新詞力弱。如果將時間提早到中古、近代階段，根據筆者的觀察，後綴「子」的構詞能力和生成新詞是很強的，使用範圍逐漸擴大。

第四章　時間後綴的語法化

　　所謂「時間後綴」，指該詞綴和詞根結合後，共同表示「時間」的意義。時間後綴數量很少，本文僅發現「來」和「頭_7」兩種。

　　本章第一節討論後綴「來」，派生詞「～來」表示「某段時間」，也就是說，「來」和詞根結合後，共同表示「時間」的意義。「來」本是動詞，經過「重新分析」和「隱喻」機制，逐漸從表空間的範疇，語法化爲表時間的詞綴，由「來」所構成的派生詞，表示某一個「時段」。

　　第二節是表時間的「來」和「頭_7」的對比分析，從時代、地域、意義、能產力四方面進行討論。另外，「來」和「頭_7」的競爭，亦凸顯了「擇一」（specialization）〔註1〕原則。本章的結構安排如下：

　　第一節　後綴「來」的歷時發展

　　第二節　小結

第一節　後綴「來」的歷時發展

　　「來」，本義是「小麥」，《詞典》收有 28 個義項，例如，由彼及此或由遠

〔註1〕Specialization: within a functional domain, at one stage a variety of forms with different semantic nuances may be possible; as grammaticalization takes place, this variety of formal choices narrows and the smaller number of forms selected assume more general grammatical meanings (Hopper 1991: 22).

到近、回來、歸服、招致、產生、未來、往昔、以來（表示時間從過去某時持續到現在）等等，第 20 義項是「用作詞尾，表示一段時間」。依照相關程度，筆者將義項分為三大類，一是空間上的「來」，二是時間上的「來」，三是其他類，指當比況義或產生、開始義的「來」。本文主要談第一類和第二類。這兩類的「來」均具備〔位移〕義素。

一般，「來」當動詞使用，「來」當後綴的情形討論不多。趙元任（1980：121）認為「來」可構成副詞，例如，「本來」、「原來」、「近來」、「後來」、「向來」、「從來」、「素來」、「自來」、「歷來」、「生來」，這些「來」是後綴。

志村良治（1995：74）說「～來」，從動詞「來」逐漸演變為副詞詞尾，大部分詞還保留著原義。「～來」從六朝初期開始顯示出慣用的傾向，甚至連「悲來」、「憂來」等副詞用法也已出現。志村（1995：78）指出中古時期「～自」、「～為」、「～在」、「～地」、「～來」、「～然」、「～經」、「～復」、「～是」等詞尾化的現象極為明顯。志村（1995：94）提到「頃來」、「朝來」是從「已來」（以來）產生的。

陳秀蘭（2002：226-229）在構詞構形語素 〔註2〕 一章中，探討變文的「～來」，他認為中古的「～來」可以附在一些單音節詞的後面表示時間，構成該詞的雙音節形式，例如，「比來」、「前來」、「從來」、「病來」、「看來」、「長來」等等。

根據上述，「來」從動詞逐漸語法化為詞綴，後綴「來」的興起時代，推測是在中古時期（約是六朝時）。

本節從當「句法成分」的「來」談起，隨著語法化程度加深，「～來」逐漸成「詞」（word），成為派生詞的「～來」才訂為標題。

一、佛典語料的觀察

動詞「來」十分常見，它是語法化的起點。先秦兩漢時，動詞「來」前面常搭配介詞「自」或「從」，並出現「以」或「已」連詞，構成「～以來」、「從～以來」、「自～以來」結構，表過去的一段時間（江藍生〔1984〕2000：1-18，王錦慧 2004：124-125）。佛典的例子有：

　　1a 復有婆羅門名頻眞提，白佛：「生以來不久，便聞怛薩阿竭署。」（後

〔註2〕陳秀蘭（2002：211）對構詞構形語素的定義為：一些單音節詞語義虛化，附在其他單音節詞之後只起構成音節的作用。

漢支婁迦讖譯・文殊師利問菩薩署經 p0438a）

b 聞佛說人心有三態，有婬態，有怒態，有癡態，我從聞以來常著意。
（吳支謙譯・佛說釋摩男本四子經 p0848b）

c 時王太子語戲人言：「若彼不與，我當代償。」時輔相子自恃力勢，
後竟不償。從是以來無量世中，常爲戲人，從我債索。（吳支謙譯・
撰集百緣經 p0220c）

d 我從聖生以來未曾憶殺害眾生。（西晉法炬譯・佛說鴦崛髻經 p0511c）

e 從往古以來，常喜好布施。（西晉竺法護譯・佛說普曜經 p0484c）

f 「自古以來頗有國王、太子、大臣、長者之子，捨國吏民，恩愛榮樂，
行作沙門者不？」（西晉法炬共法立譯・法句譬喻經 p0608a）

g 令群臣不知，惡法不起，復更思惟自昔以來，始有一愚癡人，是愚癡
人不能滿千。（東晉佛陀跋陀羅共法顯譯・摩訶僧祇律 p0243a）

h 瓶沙王先世以來常畏罪報，今既爲王，續亦畏罪。（東晉佛陀跋陀羅
共法顯譯・摩訶僧祇律 p0243b）

i 馬將報曰：「自涉路已來，不憶馬產駒。」（姚秦竺佛念譯・出曜經
p0713a）

j 我從初發心已來，發勤精進。（姚秦鳩摩羅什譯・思益梵天所問經
p0046b）

k 梵天！如過去、未來、現在法，從本以來常不生，不生故不可說。（姚
秦鳩摩羅什譯・思益梵天所問經 p0054c）

l 我出家以來不作婬欲。（後秦弗若多羅譯・十誦律 p0326b）

m 爾時大王即語樹神：「我過去已來，於此樹下，曾以九百九十九頭以
用布施。」（元魏慧覺等譯・賢愚經 p0390a）

n 相師問言：「此兒受胎已來，有何瑞應？」（元魏慧覺等譯・賢愚經
p0416b）

　　這類的「～來」是句法上的結構（劉丹青 2003：92-94、312-313），用來
表示某段時間，「～以來」（或「～已來」）、「從～以來」、「自～以來」的中間成
分通常是某件事情，三個結構用於「該事發生之後」，強調「之後所做的改變」。
它們是以某個「事件」做參考點，屬於內在的定位標準（李向農 2003：158-160）。

　　上面例子有個共通性：事件發生的起始點（inchoative）不用確切的時點（如年、月、日）表示，而是模糊的參照點，如 b 例「我從聞以來常著意」的「從聞以來」，指「聽聞某事以來」，從語境裡無法推斷「聽聞」的確切時間。e 例「從往古以來」的「往古」，無法指出某個起始時點。j 例「從初發心已來」，「初發心」的起始時點不明朗。這類的參照事件只提供一個模糊起始點，終點是說話的此刻，「～以來」、「從～以來」、「自～以來」的功用是截取某一「時段」（period）。「～以來」、「從～以來」、「自～以來」的語法功用相同，只不過後兩者借用了介詞「從」、「自」，更明確地標示出參照事件。

　　「從（自）＋事件＋以＋來」的結構應是「從＋事件」當介賓短語，在句中充當狀語，指出時間的起始點。「以」當連詞，連接狀語和述語。「來」是動詞當述語，表時間從起始點移動到終點的過程，是一種「隱喻」。這種結構所表示的時間是「過去」的。

　　江藍生（〔1984〕2000：1-18）將「以來」和「來」分爲兩種：表時間範圍（以來₁、來₁）和表概數範圍（以來₂、來₂）。江氏說「以來₁」在唐以前只限於表一段時間的範圍，唐以後才表時間以外的事物、人，例如，「京洛已來」、「百姓以來」。回到佛典來看，上述的「以來」屬江氏的「以來₁」，參照事件不是時間，多爲某個事件（如生、涉路、出發心、出家、受胎等等），而且這些語料均是唐以前的佛典，因此「以來₁」和事物、人結合使用的時代，可再上溯到東漢。

　　這類結構往往可進一步凝縮。方法是省略介詞或連詞，如 f 例「自古以來」，《出曜經》作「古來」，g 例「自昔以來」出自《摩訶僧祇律》，該經又見「昔來」。n 例「受胎已來」出自《賢愚經》，該經又見「受胎來」。「自～以來」可作「自～來」，吳支謙譯《梵摩渝經》p0885b：「吾自無數劫〔註3〕來。行四等心布施持戒忍辱精進禪定智慧。」「無數劫」強調數不清的漫漫長時，符合「自無數劫」是介賓結構當狀語。「從～以來」縮略爲「從～來」的例子豐富，譬如：

　　2a 譬阪頭泉水池，亦不從上來，亦不從東，亦不從南，亦不從西，亦不
　　　　從北，但從泉多水潤生遍泉水。（後漢安世高譯・長阿含十報法經
　　　　p0234c）

〔註3〕依據丁福保（2005）記載，「劫」爲佛教的時間單位，又譯作「大時」，表一段很長的時間。

　　b 惟昔先佛名曰定光，拜吾佛名：「汝於來世九十一劫當得作佛。」……
　　　吾從是來，修治本心，六度無極，積功累行，四等不倦，高行殊異，
　　　忍苦無量，功報無遺，大願果成。（後漢曇果共康孟詳譯・中本起經
　　　p0147c）

　　c 東方極遠不可計佛剎有佛，佛名阿逝墮，其剎名訖連桓。文殊師利菩
　　　薩從是剎來，與諸菩薩俱。（後漢支婁迦讖譯・佛說兜沙經 p0445b）

　　d 法意菩薩……各從十方，與無數上人俱來。（吳支謙譯・佛說菩薩本
　　　業經 p0449c）

　　e 若有人從暑熱中來，飢渴極人，入浴池中，洗浴飲其水，彼人意念無
　　　央數歡喜。（西晉法立共法炬譯・大樓炭經 p0306a）

　　「從～來」是句法上的結構，[註4] 據前面的分析，「從～來」由「從～以
來」縮略而成，其特點是：第一，中間成分表示「空間」（地點或方位）；第二，
「來」當動詞。如 a 例「亦不從上來」的「上」表示方位，「來」是句子的動詞。
c 例「從是剎來」，「是剎」指「這個佛寺」，表地點，「來」是動詞。d 例「各從
十方，與無數上人俱來」的「十方」有「四處」、「全面」之意，佛教將八方位
和上、下合稱十方。

　　b 例和 e 例較為特殊。b 例大意是，定光佛跟釋迦摩尼說，他將在九十一劫
過後成佛，釋迦摩尼聽到以後，便修持本心、六度[註5] 等等，最後證道。此例
和上述他例有些不同，「吾從是來」的「是」為指示代詞，指代「定光佛受記的
這件事」，意味「我從聽到受記（這件事之後），就做了某些修行」，因此，具備
「時點」的特徵（參考 1c「從是以來」）。e 例「從暑熱中來」，「暑熱」是一種
天氣狀況，具抽象性。此句語有模稜，或可理解為「從某個炎熱之處而來」，「暑
熱中」表示某個空間（地點）。故 e 例依然符合本類的特點，b 例的中間成分是
「事件」（具時點特徵），而非「某地點」。

〔註 4〕劉丹青（2003：92-94、312-313）說 Greenberg（1980、1995）提出框式介詞
　　　（circumposition），例如，「在……裡」、「在……上」、「自……起」、「到……為
　　　止」等等，劉氏認為框式介詞大多並非固定詞項，主要是句法現象，而不是一
　　　種詞項。

〔註 5〕依據丁福保（2005）記載，「六度」又稱「六波羅蜜」、「六度無極」，分別指：布
　　　施、持戒、忍辱、精進、禪定、般若。

佛典中還有「～從來」，但例子不多：

3a 一者，先觀念身本何從來，但從五陰〔註6〕行有，斷五陰不復生。（後
漢安世高譯・佛說大安般守意經 p0169b）

b 六知，一神足、二徹聽、三知人意、四知本從來、五知往生何所、六
知結盡。（後漢安世高譯・長阿含十報法經 p0236b）

c 路相逢者問所從來，答言：「從毘羅然國來。」（後秦弗若多羅譯・十
誦律 p0188a）

「～從來」和「從～來」相比，形式上「從」、「來」相連，整個結構是「從
何處來」之意，「來」是動詞，表示空間有所移動。用法上和「從～來」相似。

3a「何從」修飾「來」。b 例「往生何所」問地點，「本從來」即「根本、
本源從哪裡來」。c 例「所從來」和「從～來」相對，「所」和「毘羅然國」表
地點，「所從」是賓語前置的介賓結構，修飾動詞「來」，「問所從來」，意即「問
從哪裡來？」答句（肯定句）恢復介賓結構修飾「來」的語序。

「～從來」的動詞是表空間移動的「來」，此式數量不多，而且「從」、「來」
結合不緊，又，「～從來」和「從～來」在同一文本內互見（見 3c），可見「～
從來」還不是詞。這種用法在現代已不通行。

以上所述的「從～來」和「～從來」，都會伴隨著「某地點」，不過，在康
僧會和竺法護譯品裡，有不出現地點「從來」。如：

4a 「吾有異力能降伏鬼，汝等能行詣彼者，不及有大利。」眾人自共議：
「二國不通從來大久，若得達者所得不訾，便相可適進道而去。」（吳
康僧會・舊雜譬喻經 p0510b）

b 世尊時問之　朱利般特〔註7〕說　從來善惡事　於阿耨達池。〔註8〕

〔註6〕依據丁福保（2005）記載，「五陰」即「五蘊」舊譯，指：色、受、想、行、識。
「陰」有「障蔽」之意，五陰能陰覆真如法性，起諸煩惱。

〔註7〕《佛五百弟子自說本起經》朱利般特品第二十一，敘述朱利般特原先是屠夫，經
先人開釋修行。

〔註8〕丁福保（2005）記載：「阿耨達池，地名，在贍部洲之中心，香山之南，大雪山之
北。周八百里，金銀琉璃。頗黎飾其岸，金沙彌漫，清波皎鏡，八地菩薩以願力
之故，化為龍王，中有潛宅，出清泠水供給贍部洲。見西域記一。按喜馬拉亞山
之佛母嶺，高出海岸一萬五千五百尺處，有一湖名瑪那薩羅華，即阿耨達池也。」

（西晉竺法護譯・佛五百弟子自說本起經 p0198a）

4a「二國不通從來大久」，意即「兩國不交流，歷來已很久了」，「從來」隱含有「從過去到（說話的）現在」之意，表一段相當長的時間，屬時間副詞，修飾「久」。b 例大意是，當佛陀問朱利般特修行的情況，他回答說過去的善惡之事，都已經丟到阿耨達池了。「從來善惡事」的「從來」，表過去的一段時間。

表過去時段的用法在禪宗語錄出現更多：

5a 出家頌：從來求出家，未詳出家稱。起坐只尋常，更無小殊勝。（祖堂集・香嚴和尚）

 b 憲原守貧志不移，顏回安命更誰知。嘉禾未必春前熟，君子從來用有時。（祖堂集・雪峰和尚）

 c 從來不說今朝事，暗裏埋頭隱玄暢。（祖堂集・香嚴和尚）

 d 蒙師一拂太多端，打破從來滿肚憨。（語要・舒州法華山舉和尚語要）

 e 吾頂從來似月圓，雖冠其髮不成仙。今朝拋下無遮障，放出神光透碧天。（五燈・大梅法英禪師）

 f 問：「渭水正東流時如何？」師曰：「從來無間斷。」（五燈・紫閣端己禪師）

 g 師嘗與南泉同行，後忽一日相別，煎茶次，南泉問曰：「從來與師兄商量語句，彼此已知。此後或有人問，畢竟事作麼生？」（五燈・歸宗智常禪師）

5a-g「從來」解作「歷來」、「向來」，表示從過去到說話的當時，經歷一段長時間。「從來」結合緊密，不能插入任何成分，有成詞的傾向，「來」發生了「隱喻」，從「空間移動」映射到「時間移動」。

就發展的時間而言，「～從來」早於「從來」，中唐以前的漢譯佛典多出現「～從來」，晚唐以後的禪宗語錄多出現「從來」。「從來」在現代還通行，用於否定語境。根據上述諸例判斷，「從來」沒有特別的語境要求，僅有兩例出現在否定句（如 5c、5f）。

「從來」有凝固成詞的現象，「將來」和「後來」也有相似的情形。先看「將來」的例子。

6a 沙竭國王欲得善柔鹿王肉而食噉之，獵者亦募而行求之，捕之將來。

（西晉竺法護譯・生經 p0102b）

b 「此比丘誘我婦去。」斷事人言：「一一將來，撿問事實。」即問比丘：「汝出家人，云何將他婦走？」（東晉佛陀跋陀羅共法顯譯・摩訶僧祇律 p0381b）

c 行者遙見明上座，便知來奪我衣缽，則云：「和尚分付衣缽，某甲苦辭不受。再三請傳持，不可不受。雖則將來，現在嶺頭。上座若要，便請將去。」（祖堂集・弘忍和尚）

以上這些「將來」當動補結構，「將」是主要動詞。

6a「捕之將來」，「捕之」和「將來」是並列結構，前者是動賓結構，後者的「將」是動詞，即「拿」之意，「來」語義指向「之」（鹿王），表示動作的方向，「將來」爲動補結構。b 例「一一將來撿問事實」，意指「一一抓來，審問事情的經過」，本例還有「將他婦走」，「將」都作動詞。c 例「雖則將來」與「便請將去」相對，「將」是動詞，「來」、「去」是動作的方向。

有些「將來」逐漸語法化，透露出成詞（合義詞）的跡象。

7a 當以大慈原赦我罪，莫使我將來受此重殃。（後漢康孟詳譯・佛說興起行經 p0165b）

b 故復惜著縱毒螫人，爲惡滋甚，於將來世必受大苦。（吳支謙譯・撰集百緣經 p0228b）

c 阿難白佛言：「母之至教，莫能大焉！」佛言：「至哉！」復問佛言：「將來之世皆承此教乎？」（西晉竺法護譯・生經 p0097c）

d 「此婦不良與是人通，願王苦治以肅將來。」時王大怒，敕其有司令兀其手足，棄於塚間。（東晉佛陀跋陀羅共法顯譯・摩訶僧祇律 p0235a）

e 是衣施此住處，將來一年二年乃至十年，是中安居僧。（後秦弗若多羅譯・十誦律 p0406a）

這種「將來」和前者最大的不同是：語義上是時間範疇，詞法上是偏正式合義詞。

7a「莫使我將來受此重殃」，「將來」是時間詞，表「未來」、「以後」之意。b 例「於將來世必受大苦」，指「在未來之世必定受到大苦難」，「將來」爲時間名詞，作定語修飾「世」，「來」無空間的位移義，而表時間上的進行，

因為「將要來的時間」就是「『未』來」，從結構來看，「將」修飾「來」。c例「將來之世」，表「未來世」，與 b 例相同。d 例「願王苦治以肅將來」，即「祈求大王以苦刑處置，以整肅將來之風」，「肅」是及物動詞，「將來」是賓語。e 例「將來」後接時間詞，表示未來。〔註9〕

綜言之，「將來」可當動補結構，或表「未來」的時間名詞，兩式並行於六朝佛典中。當「將」作動詞，「來」作補語時，「來」的動詞性削弱了，整個結構帶有空間移動的意味。倘若「將來」凝固成名詞，意指「未來」的時間，語義重心在「將」，「來」只是抽象時間的進行，「將來」變成時間詞（偏正式）。

在禪宗語錄中，「將來」主要當動補結構，表「未來」的詞不多。

現在，再來看「後來」的演變。

8a 於是如來便現火光，烔然槩天。……五百弟子同聲責師。……後來弟子謂火害佛，悲喚哀慟。（後漢曇果共康孟詳譯・中本起經 p0150b）

b 先已行棄重患，亦不著後來願。（吳支謙譯・佛說義足經 p0187c）

c 若比丘在房內先臥，未受具足人後來入臥，一一波夜提。〔註10〕（東晉佛陀跋陀羅共法顯譯・摩訶僧祇律 p0366a）

d 若有舉稱，試對眾舉看。若舉得，免辜負上祖，亦免埋沒後來。（祖堂集・福先招慶和尚）

「後來」分兩類，第一，當狀動結構，「來」表示空間的位移，如 a 例。第二，當偏正式合義詞，表示時間的稍後，如 b-d 例。

先看第一種情形。8a 大意是，佛陀現火光時（其實是佛光），有許多的弟子在場，晚來的弟子不明究竟，傷心地以為大火燒死了佛陀。「後來」，即「晚

〔註9〕和偏正式「將來」類似的還有「未來」、「當來」。後漢安世高譯《長阿含十報法經》p0241b：「二者，佛為過去、未來、現在行罪處本種映如有知，是為二力。」「未來」和「過去」、「現在」並列，表「未到的時間」，「未來」是佛典常用詞。後漢支婁迦讖譯《佛說兜沙經》p0445a：「一切諸佛威神恩，諸過去、當來、今現在亦爾。」「當來」即「未來」之意，《詞典》記載「當」在古漢語裡有「將」之意，「當來」作「未來」解，屬佛典常用詞。

〔註10〕丁福保（2005）記載：「波夜提，六聚罪之第四，譯為墮，犯戒律之罪名，由此罪墮落於地獄，故名墮罪。」

來」、「晚到」，「後」修飾動詞「來」，「來」表示空間上發生位移。〔註11〕

再看第二種情形。b例「亦不著後來願」，主要動詞是「著」，「後來願」是偏正短語，「後來」是「之後」的意思，不具空間位移性。c例「未受具足人後來入臥——波夜提」的動詞是「入臥」，「後來」強調時間稍晚的意思。〔註12〕d例「亦免埋沒後來」的「後來」，除了有時間較晚的意味以外，還發生「轉指」，指「後來的人、子孫」。

根據筆者的觀察表時間的「後來」有條件限制。即：句中定有主要動詞，因前一個動作導致後一個情境的發生。「來」因為不是主要動詞了，才有可能發生語法化，轉表時間範疇。

以上，是筆者對「來」語法化的初步語料分析。較可能劃歸為表時間派生詞的「～來」，條列如下：

（一）表時間的派生詞「～來」〔註13〕

9a 王曰：「古來未聞！無設狂言自招恥也。」（吳康僧會譯・六度集經 p0030c）

〔註11〕 佛典還有「後～來」、「尋後來至」、「隨後來」、「隨後來至」，例如，東晉佛陀跋陀羅共法顯譯《摩訶僧祇律》p0541c：「佛住王舍城。爾時樹提比丘尼隱處生癰，諸比丘尼入聚落乞食。後有治癰師來，比丘尼言：「長壽！與我破癰。」同經 p0489a：「比丘即度出家，父母尋後來至精舍門。」後秦弗若多羅譯《十誦律》p0050a：「是估客在一面立，愁憂守是車物，諸比丘隨後來。」同經 p0085b：「時居士隨後來至。」這些例子的「後來」都是時間副詞修飾動詞「來」。「來」和「來至」同義，但後者強調「抵達」的動作。根據這幾例，筆者推測，「後來」是「尋後來至」、「隨後來（至）」凝縮而成，因為，除了意義上等同之外，語法環境也類似（句中的「來」是主要動詞）。

〔註12〕 「後來入臥」的「後來」，或可能是「在較晚的時間來到」，不過該例尚有「在房內先臥」，可見「來」在句中並非最重要的詞，可省略不說。本例出現於東晉譯品，或許可當成是過渡階段之例。

〔註13〕 本類不包括「V來」。「～來」意指「詞根＋來」。關於「V來」，陳秀蘭（2002：226-229）將變文中的「看來」、「悶來」、「死來」等的「來」當作詞綴，根據陳前瑞（2003：43-58）「來」一文，這些「來」性質接近完成體，換言之，「來」不是詞的一個成分，而是句法成分（體標記）。佛典的「V來」在數量和類型都很少，倘若「V來」是派生詞，應該有相當的能產力，因此，筆者暫不將「V來」看成派生詞。

b 古來眾生日用而不知，如今內侍亦日用而不知。（祖堂集・長生和尚）

c 和尚浮樞識，近來不知寧也未？（祖堂集・仰山和尚）

d 我曹技能不減瞿曇，緣前一辱，眾心離散。比來眾師神術顯變，今察奇妙，足任伏彼。（元魏慧覺等譯・賢愚經 p0361b）

e 主事又向和尚曰：「比來昨日無端打鼓，要伊勘責，爲什摩卻打他童子頭？」（祖堂集・道吾和尚）

f 「我今和上既已無事，我寧可問向來事不？」念已白言：「唯願和上爲我解說向所見事。」（元魏慧覺等譯・賢愚經 p0378b）

g 道吾具三衣，白二師兄曰：「向來所議，於我三人甚適本志，然莫埋沒石頭宗枝也無？」（祖堂集・華亭和尚）

h 時弟長瓜而作是言：「我姐先來共我論議常不如我。」（吳支謙譯・撰集百緣經 p0255a）〔註14〕

i 愚人答曰：「我父小來斷絕婬欲，初無染污。」（蕭齊求那毗地譯・百喻經 p0544b）

j 王怒曰：「何敢面欺乎？」對曰：「少來治生，凡有私財宅中之寶，五家之分，非吾有也。」（吳康僧會譯・六度集經 p0003b）

k 買者諍前，即自念曰：「少來所學自以具足，邂逅自輕不學作弓，若彼鬥技，吾則不如矣。」（西晉法炬共法立譯・法句譬喻經 p0587b）

l 金果朝來猿摘去，玉花晚後鳳銜歸。（五燈・同安丕禪師）

m 設我今日沒在淤泥，不自拔出，與王進鬥者，則我失由來之名，亦使一國被其毀辱。（姚秦竺佛念譯・出曜經 p0646b）

n 王得食之，覺美倍常，即問廚監：「由來食肉，未有斯美。此是何肉？」（元魏慧覺等譯・賢愚經 p0425c）

這類「～來」有些已經成詞，有些尚處在過渡階段，大抵上，時代愈晚，成詞的可能性愈高。

〔註14〕《撰集百緣經》除了有「先來」（h 例），還有「從先來」，吳支謙譯《撰集百緣經》p0255b：「時舍利弗見其威儀詳序可觀，作是念言：「斯是何人福德乃爾？我從先來未見此比丘。」「我從先來未見此比丘」有兩解：其一，解爲「我從前來時，沒看過這個比丘」，「來」當動詞，「從先」是修飾成分，「從先來」是句法成分，不是一個詞。其二，解爲「我從來沒看過這個比丘」，「從先來」即「從來」之意。

　　上述 a、b 例「古來」，即「從古以來」之意。b 例還有「如今」（「現在」之意）互文，可見「古來」表時間，語義重心在「古」，應是從「自古以來」凝縮而成（參見 1f 例西晉《法句譬喻經》）。在《六度集經》裡，同時有「古來」和「自古來然」，「來」都沒有實際的空間位移之意，「來」語法化了。由此可知，在三國、晉時，詞和句法成分並存，到了晚唐以後的三部語錄均作「古來」，而無「自古以來」，此時可視爲是「詞」。

　　c 例「近來不知寧也未」的「近來」是詞，即「最近」之意，此詞較晚出。d 例「比來眾師」、e 例「比來昨日無端打鼓」的「比來」，《詞典》解作「近來、近時，或從前、原來」。f 例「我寧可問向來事不」、g 例「向來所議」的「向來」，即「過去」之意，而 f 例還有「爲我解說向所說事」，這個「向」（表「過去」）與前面的「向來」呼應。

　　h 例「我姐先來」、i 例「我從先來」的「先來」，同出於一經，結構卻不同。h 例敘述姐姐舍利和弟弟長瓜常常議論，弟常勝姐，但姐姐懷孕以後，再與長瓜議論，弟不如姐，h 例的引文是弟弟揣測的詞，「先來」即「從前」之意，「來」不當動詞。

　　i 例「我父小來斷絕淫欲，初無染污」、j 例「少來治生」、k 例「少來所學自以具足」，「小來」和「少來」均表「年幼時」，語義重心在前，「來」不表義。

　　l 例「金果朝來猿摘去」。「朝來」是時間詞，即「早晨」之意，本例還有「晚後」相對，顯示「朝來」是表時間的派生詞。m 例「則我失由來之名」、n 例「由來食肉」的「由來」，強調「過去一段時間」，有「歷來」之意。

　　以下，筆者統計了「從來」（不含「從～以來」、「～從來」）、「將來」、「後來」和派生詞「～來」的數量，並附記表義特徵。製表如後：

表 4.1-1　佛典「～來」一覽表

序號	範例	漢譯佛典	祖堂集	古尊宿語要	五燈會元	表義特徵
1	從來	63	1	3	6	來爲動詞
2	從來	13	11	18	38	時間詞
3	將來	63	21	43	53	來爲補語
4	將來	43	1	2	5	時間詞
5	後來	49	2	5	3	來爲動詞

6	後來	10	3	7	11	時間詞
7	古來	3	2	4	4	時間詞
8	近來		1	3	8	時間詞
9	比來	1	6	5	7	時間詞
10	向來	1	1	3	2	時間詞
11	先來	15	1	2		時間詞
12	小來	1				時間詞
13	少來	1				時間詞
14	朝來			1	1	時間詞
15	由來	19	2	7	10	時間詞
總計		282	52	103	148	

　　從上表中反映了一件事實，五十部佛典的「～來」雖然有些有語法化跡象，但是還不夠普及，例如，「從來」的非詞結構及成詞的次數比為 63：13，相差近 5 倍；「將來」的非詞結構及成詞的次數比為 63：43；「後來」的非詞結構及成詞的次數比為 49：10，相差近 5 倍。

　　在三部禪宗語錄中，當時間詞「～來」的詞條增多（質產力提高），但個別的單詞出現次數不多（量產力不高），這表示動詞「～來」花了很久的時間語法化為後綴。

二、中土語料的觀察

　　接著，來看看中土文獻的「～來」。

　　上古漢語的「～來」通常不是一個詞，如《禮記・檀弓下》：「自上世以來。」《莊子・知北遊》：「神將來舍。」《呂覽・仲夏紀》：「以來陰氣，以定群生。」前兩個「來」是慣用的句法形式，後兩個「來」則是動詞。再看本文的語料。《論衡・狀留》：「後來者居上。」「後來」是狀動結構，「來」具有動詞性。不過，「～來」在漢代有凝固為詞的傾向，如揚雄〈上書諫勿許單于朝〉：「消往昔之恩，開將來之隙。」「往昔」和「將來」相對，「將來」已經是時間詞了。劉向〈九嘆〉：「垂文揚采，遺將來兮。」「將來」表示「未來」、「後世」。話說回來，漢朝成詞的「～來」為數並不多。

　　《世說》有「後來」、「朝來」、「向來」、「由來」。「後來」見於〈雅量〉：「謝萬石後來，坐小遠。」「後來」不是詞，〈簡傲〉：「西山朝來，致有爽氣。」「朝

來」指清晨時候。「向來」見於〈文學〉:「上人當是逆風家,向來何以都不言?」「由來」見於〈德行〉:「(道家)問子敬:『由來有何異同得失?』」「向來」和「由來」都是時間詞。

在唐代王梵志詩、變文裡,成詞的「～來」更多了,如〈可惜千金身〉:「從來不畏罪。」〈无常元不避〉:「古來皆有死,何必得如生。」「從來」、「古來」都是時間詞。〈維摩詰經講經文(二)〉:「舊日神情威似虎,今來體骨瘦如柴。」「舊日」與「今來」相對,「今來」指「現今」。〈醜女緣起〉:「比來醜陋前生種,今日端嚴遇釋迦。」「比來」、「今日」相對,「比來」為「過去」之意,屬時間詞。

宋代《朱子語類》的派生詞「～來」更加豐富,如「夜來」、「先來」、「近來」、「向來」、「本來」、「從來」、「古來」、「元來」等等。這些詞都可以表示時間,種類上也比前代的中土文獻豐富。

大體上,佛典和中土文獻都有派生詞「～來」,兩類語料可互相補充,例如,根據佛典的資料,禪宗語錄出現了表時間的「從來」,佐以中土的文獻,王梵志詩也有同樣情形,證實表時間的「從來」較為晚出。

三、詞法分析

派生詞「～來」有兩種類型。

(一)純造詞派生

「～來」從句法成分轉變為詞法成分,成為一個派生詞,如「從來」、「今來」、「夜來」等。派生詞「～來」絕大多數是「純造詞」,「來」只有造詞功能,沒有附加意義。

(二)功能性派生

還有少量的「功能性派生」。如 8d「後來」詞化程度更高,除了有晚來者之意,還轉指為「後代子孫」,亦屬「功能性派生」。

四、語法化歷程

在本節一開始提到,《詞典》列舉的「來」共有 27 個義項,本義以外,其餘的多半有關連。筆者將這些義項略分為兩大類:一是空間範疇的「來」,二是時間範疇的「來」。這兩類的「來」均含有〔位移〕義素。

1. 空間上的「來」的義項

  a. 由彼及此，由遠而近。

  b. 回來、返回。

  c. 歸服、歸順。

  d. 招致、招攬。

  e. 用在動詞後面，表示動作的趨向。

  f. 用在動詞後面，表示動作的結果。

  g. 用在形容詞後面，表示程度。

前四個義項是動詞，後三個義項具補語功能，步入語法化了。「來」作動詞時，是以說話者為基準點，對方朝著自己的方向前進，叫做「來」。因此，a 義項才會解為由遠而近，由那到這。b、c、d 義項，也是以說話者方位為準的一個動作。若以圖表示，為：

圖 4.1-1　表空間的動詞「來」

2. 時間上的「來」的義項

  a. 本來、將來。

  b. 往昔、過去。

  c. 以來，表示時間從過去某時持續到現在。

  d. 來孫。

  e. 由來：a）從發生到現在。b）事物發生的原因。

  f. 用作詞尾，表示一段時間，相當於「的時候」（如「小來」、「今來」）。

乍看之下，b 和 a 正巧相反，是訓詁所謂的「反訓」。清儒的研究（如朱駿聲、郝懿行）證明了歷史上的「相反為訓」，其實大有疑問（胡楚生 1999：110-124），筆者亦不認為 b 例真是「反訓」，如果，換從以觀察者為參照點，就不難理解 a 和 b 的現象。說話者以自身為參照點，當我面向未來，未到的時間是朝著我前進的，因此，產生 a 義項。當我回頭看過去，已逝時間也是朝著我的方向前進，因此，產生了 b 義項。a、c 義項仍然是以說話者為基準點，時間

朝著說話者前進，所以可說是「『將』來」，時間朝說話者前進，並且到達說話的此刻，所以可說是「以來」。e 下的 a 義項情況亦同。d 是名詞，指後幾代的子孫，f 是詞綴，是高度語法化後的結果，派生詞「～來」的詞根通常是「某段時間」。表時間的「來」若以圖表現，當為：

圖 4.1-2　表時間的「來」

　　筆者認為動詞「來」變為詞綴「來」的語法化，需要句法位置、語義條件的配合，並且，運用了「重新分析」、「隱喻」、「泛化」機制。

　　「從～來」是句法結構，中間的成分往往是方位或地點，「從＋地點＋來」中，「從＋地點」是介賓結構作修飾語，句意是「從何處而『來』」？在這種情況下，「來」只能是動詞。

　　「從來」用來表時間時，其句法環境是：句中有主要動詞，通常一個句子只會有一個主要動詞，「從來」的「來」不是主要動詞，句法特徵逐漸減弱，變成次要動詞。

　　除了句法環境的限制外，還需要語義的配合。由於「來」本身就具有〔位移〕義素，藉由「隱喻」，可從空間位移映射到不同範疇的位移（且「來」很早就構成「從～以來」、「～從來」格式，表時間）。句法和語義提供「來」語法化的有利條件，「來」和相鄰成分（如「古」、「近」、「比」、「從」等）的界線漸趨模糊，最後凝固成一個時間詞。由此可見，「來」是通過「隱喻」後，再發生「重新分析」。舉例來說，3b「四知本從來」的結構是「四／知／本從來」，「來」是小句中的動詞。5d「蒙師一拂太多端。打破從來滿肚憨。」後句主語（說話者）承前省，「打破／從來滿肚憨」，內部再分成「從來／滿肚憨」，「打破」是動詞，後面的成分是受事賓語，「來」的動詞性減弱了，「從」和「來」的關係不那麼請處，一同修飾「滿肚憨」。三國佛典裡，「從來」的「來」動詞性減弱，用來表時間的位移，當「從來」的共現率提高，句法環境允許之下，「從來」發生「重新分析」。以竺法護譯的《生經》為例，「從來」被「重新分析」為一個單位僅一例，竺法護另一譯品《普曜經》出現五例「從

來」，有兩例是詞。西晉時，被視爲是時間詞的「從來」還不多見，到了《祖堂集》，有三例是句法的「從來」，十五例已成爲詞。「從來」不但重新分析爲一個單位，而且使用頻率更高了。

同樣的情況也發生在偏正式合義詞「將來」和「後來」。

以「將來」爲例。首先，「來」要語法化的句法環境是：句子有其他的動詞（當主要動詞）。於是，「來」的動詞性逐漸減低。例如，《祖堂集・保福和尚》：「招慶因舉佛陀婆梨尊者從西天來，禮拜文殊，逢文殊化人，問：『還將得尊勝經來否？』云：『不將來。』」動詞「來」是句子的語義重心，不可能發生語法化。尊者來了以後，問道「還將得尊勝經來否？云：『不將來。』」句子的動詞是「將」（「拿」之意），「來」雖還有意義，但不是主要動詞，表空間移動的意義削弱了，表示「將」這個動作的附帶結果，根據前後文的對照，這裡的「將來」結構尚未穩定，還不是一個單位。

其次，「來」總和前面的鄰近成分「將」一同出現，當兩語素黏結緊固、共現率增高之後，「將來」發生「重新分析」，變成一個「詞」，換個角度說，「來」逐漸喪失了動詞性質，進入語法化程序了。而且它的語法化方向會隨著搭配對象有所不同。第一種可能是，「將來」在 V 之後，根據劉承慧（2002）的研究，動補複合是在唐代發生的，佛典的「V 將來」年代偏早，「V 將來」不是動補複合，「將來」自成一個短語，「將」還是動詞，「來」是補充說明的成分。第二，假若是在 V 之前，可能發展爲表時間的偏正式合義詞，如「縱毒螫人。爲惡滋甚。於將來世。必受大苦。」此句預言了「受大苦」的時間是在「將來世」，「將來世」是賓語，「將來」的語義重心在前，「來」喪失了表空間的理性意義。「將來」語法化爲一個單位（詞），表示「未來」。

更嚴格地說，偏正式合義詞「將來」表示「未到」的時間或許還有一點點的時間移動的味道，如果再看派生詞「～來」，如「近來」（最近）、「向來」（過去）、「朝來」（早晨）、「小來」（年少）等，詞義由詞根肩負，後綴「來」表時間移動的意味已經很低，可以說它只有造詞（構成雙音節詞、韻律詞）的作用而已。另外，這些詞出現的時間點差距很大，可見「來」的語法化過程經歷了漫長歲月，相同的「～來」在同一部經典內，並非都當派生詞用，大抵愈晚期的佛典，「～來」當派生詞的情況愈加普及。

當「～來」發生「隱喻」的時候，隨之而來的是「重新分析」作用。Heine & Claudi & Hünnemeyer（1991a）指出從具體到抽象的認知順序：

人＞物＞事＞空間＞時間＞性質

抽象度較高的認知域，是從抽象度較低的認知域語法化而來的。「來」本是空間位移上的動詞，通過「重新分析」之後，「來」語法化了，不再表示具體上的空間移動，而進入時間的認知域，「～來」表示時間範疇的意義。從空間到時間，隱喻憑據的「相似點」是「位移」。甲從 A 地行進到 B 地，甲的位置變動了，這段路程就是距離；乙從 X 時點行進到 Y 時點，位置發生移動，這也是種距離。如果從意義的角度看，隱喻的同時也是意義的「泛化」。

這裡，反映了中國人的思考模式——從己身出發，不論空間上的來，或時間上的來，它們的共通點都是：著眼於說話人的角度。只要行為者的動作方向是朝著自己前進，那就是「來」。是故，《詞典》義項群中，回到我這邊叫「來」、敵人歸順我方叫「來」，招攬生意可叫「來」。這個行為者不限制是具體的人，也可以是抽象事物，如時間，未到的時間可稱「將來」，過去的一段時間可叫「以來」、「由來」。

語法化是一個連續性的過程，當「來」已經變成表時間的詞綴後，還可以在更深一層的語法化（或詞彙化），例如，表示後代子孫的「後來」，就比表示時間較晚的「後來」的詞化程度還高。

由於「來」的本質是：標識「一段」空間的位移。因此當它語法化為詞綴時，這個性質依然存在（即「保存」原則 persistence），所接的詞根不能是「某個時點」，通常也得是「某段時間」（時段）。而且詞根常是有起點、終點的時段（起點不一定是具體明確的時間），所謂「起點」，指時間開始的端點，所謂「有終點」，指時間停止點就在說話者言談的當下。所以派生詞「～來」可能是一天的某一時段「朝來」，或者是一天「今來」，或者是人生的一個階段「少來」，甚至長久的歲月「古來」。

從本文所舉的例證中，發現派生詞「～來」是從「句法」單位凝固為「詞法」單位。也就是說，原先的兩成分（時間＋來）是「非詞單位」（處於句法層面），後來逐漸凝固為「詞」。

至於後綴「來」的形成時間，在三國譯作中它已有語法化的傾向，宋代還

保有這個用法，只不過質、量沒有六朝時那麼的多，語錄所見的派生詞「～來」，僅有「比來」、「向來」、「朝來」等少量的詞。後綴「來」的能產力逐漸下降，在現代漢語中，它已經不再產生新詞，舊有的派生詞（如「近來」、「向來」等）更進一步詞彙化爲單純詞了。

　　第二章曾提到詞綴具有「能產力」（productivity）特徵，就後綴「來」而言，與它配合的詞根並不是任意的，一定得是「時間名詞」，而且還要是表「時段」的名詞。倘若把「來」和「子」相比，「子」可和人、動植物、量詞等結合，受限較少，質的能產力遠高於「來」（參見表 4.2-1）。佛典的派生詞「～來」具有一定數量，但是，和其他派生詞（如「～子」）相比較，「～來」的量產力就不那麼高，這和它的質產力相關，因爲它只能和時間名詞結合，形成新派生詞的量自然比開放的「～子」來的少。

　　另外，「來」雖然語法化當後綴使用，但動詞用法依舊通行，以現代漢語來說，動詞「來」反而比後綴「來」還要常見。可見後綴用法是有時代性的。在佛典裡（中古、近代漢語），有許多的「近來」、「今來」、「古來」等派生詞，可是，當派生詞內部的結構關係模糊以後，會被「重新分析」爲「單純詞」。派生詞本身已經是「詞」，然而「詞」還有可能再進一步詞彙化，董秀芳（2004：37-38）指出，詞彙化的演變方向是「派生詞→單純詞」，現代的「近來」應視爲「單純詞」。一旦將「～來」看成「單純詞」，那「來」也不是詞綴，不帶能產性了。

　　根據前面的分析與解釋將文字的論述轉換成表格，依照語法化的演變過程、代表類型、義素有無、演變機制、語素性質、起點時代六項，展現後綴「來」的語法化現象。

表 4.1-2　後綴「來」的語法化現象總表

演變過程	第一階段	第二階段	第三階段	第四階段
代表類型	動詞「來」	時間「來」	後綴「來」	後綴「來」
義素有無	＋位移（空間）	＋位移（時間）	＋位移（時間）	＋位移（時間）
演變機制		隱喻、泛化	重新分析、泛化	轉指
語素性質	實語素	實→虛	虛語素	虛語素
起點時代	先秦	後漢	魏晉南北朝	晚唐

第二節 小 結

第三章第三節曾討論離散性後綴「頭」的種種用法，其中「頭 7」用來「表時間」，而本章的「來」也是時間後綴，廣義地說，兩者的語法功能相近，析言之，它們在時代、地域、意義、能產力諸面向上是有差異的。以下。是筆者對它們所做的分析。

一、「來」、「頭」的通行時代

根據第三章的研究，後綴「頭 7」出現於禪宗語錄，如《五燈·同安威禪師》：「玉兔不曾知曉意，金烏爭肯夜頭明。」「夜頭」在 1-55 冊《大正藏》出現一次，《五燈》也只有一次，《祖堂集》、《語要》未見該詞，可知，表時間的「夜頭」並不活躍。

除了「夜頭」之外，還有「初頭」。如後漢支婁迦讖譯《道行般若經》p0457a：「須菩提白佛言：「菩薩持初頭意，近阿耨多羅三耶三菩，若持後頭意近之。」佛言：「初頭意、後來意，是兩意無有對。」西晉無羅叉譯《放光般若經》p0091b：「須菩提言：『世尊！亦不用初頭焰得然，亦不離初焰因緣得然，亦不用後焰得然，亦不離後焰因緣。』」兩個例子中的「初」和「後」相對，表示時間上的先後。而且，支讖的例句同時出現「後頭意」和「後來意」，透露出後綴「頭」和「來」似乎是相通的。又，支讖譯品曾出現五次「初頭」，也許該詞在後漢時已是個「詞」。

根據上述，「後頭」和「後來」似乎可通，佛典曾用「初頭」、「後頭」表時間，那麼，是否有「初來」或「夜來」呢？《大正藏》1-55 冊的「初來」幾乎都是句法單位，〔註15〕尚無肯定成詞的「初來」。《大正藏》1-55 冊的「夜來」，宋以前的佛典裡幾乎都不是詞，宋之後才可能成詞。如果換成是禪宗語錄，「夜來」可是常見詞，〔註16〕就時間點而論，禪宗語錄和《大正藏》是一致的。

〔註15〕元魏吉迦夜共曇曜譯《雜寶藏經》p0466a：「昔佛在世於夜分中，忽有八天次第而來，至世尊所。其初來者容貌端政。」「初來者」指早先來的人，「來」的動作性強，「初」是修飾成分。倘若是東晉瞿曇僧伽提婆譯《中阿含經》p0652：「目揵連！我於此法、律漸次作至成就訖。目揵連！若年少比丘初來學道，始入法、律者，如來先教。」此句的「來」動作意味降低。但「初來」還不能視為詞。

〔註16〕東晉佛陀跋陀羅共法顯譯《摩訶僧祇律》p0328c：「汝是丈夫，晨去夜來，共我從

後綴「頭7」構成的派生詞數量不多，因爲樣本十分有限，筆者不敢貿然遽下判斷「頭7」的形成時代，就目前所得資料來看，它的形成可能早於後綴「來」。之後，「頭7」逐漸隱沒，「來」則在六朝逐漸盛行開來。

二、「來」、「頭」的通行地域

就地域而言，表時間的「～來」使用範圍較廣，三國東吳、西晉、東晉，北方的元魏、南方的蕭齊諸朝佛典，都出現時間「～來」的派生詞。《祖堂集》和《五燈》裡，這些詞也還流行著，可見得無論是南方，還是北方，都使用時間後綴「來」構成新詞。參照中土文獻，《世說》、王梵志詩、變文、《朱子語類》都有表時間的「來」，佐證了「來」流行的區域廣泛。

因爲「頭7」的數量少，相對下，流通地域也狹窄。除了在北方的支讖曾用過它，《五燈》亦出現了幾次，中土、南方的《朱子語類》曾出現「初頭」。如果將表空間、具體物、抽象物等後綴「頭」一併納入考慮，筆者認爲後綴「頭7」是中原地區、南北方都接受的詞綴，只是用它來表時間的情況並不多見。

三、「來」、「頭」的意義

表時間的派生詞「～頭7」並不普遍，有時「～頭7」和「～來」通用，若細分的話，兩者的意義仍有別。第一，「～來」的參照點在說話的時機，某個時段的發生、出現，是以說話當下爲準的。「～頭7」不牽涉說話時機，所以它們不是在任何情況都對當，如 9j「王怒曰：『何敢面欺乎？』對曰：『少來治生，凡有私財宅中之寶，五家之分，非吾有也。』」答話者以說話的時間爲參考點，敘述自己年少之事，此處的「少來」不能以「少頭」替換。第二，「來」與「頭7」表示的時間長短不同，前者表「過去的時段」，但有些「頭7」只表「時間的開端」，不論是表「時段」或「開端」，所指涉的時間往往是模糊量。〔註17〕因爲溝通的過程不一定要精確指出時間，說話人給一個大概的時間訊息，聽話者在不影響理

事。」「夜來」是主謂結構。宋惠泉集《黃龍慧南禪師語錄》p0638a：「夜來風起滿庭香，吹落桃花三五樹。」「夜來」即「夜晚」、「晚上」，屬時間詞。《五燈‧眞如方禪師》：「夜來床薦暖，一覺到天明。」「夜來」即「夜晚」，屬時間詞。

〔註17〕例如，「夜頭」指「夜晚的開端」，「年頭」指「一年的開端」，究竟多少的時間算「開端」的範圍，並沒有一定的答案。「古來」、「近來」所限定的時段也是一個大概量。

解的限度下，都是有效的溝通。

四、「來」、「頭」的能產力

　　後綴「來」派生的新詞有「古來」、「比來」、「向來」、「小來」等，舉例來說，禪宗語錄「由來」出現 19 次，「近來」12 次；漢譯佛典及禪宗語錄的「古來」共 13 次。整體而言，後綴「來」量產力和質產力都很高。

　　「頭7」的能產力遠不如「來」，論其質產力，「頭7」所派生的詞極少，如「夜頭」，本文的漢譯佛典不曾出現，《祖堂集》、《語要》亦無，《五燈》僅有一例；再如表時間的「後頭」，漢譯佛典未見，禪宗語錄僅出現三次。「頭7」的結合能力不強，即便構成派生詞，量產力也很弱。

五、「來」、「頭」的擇一（Specialization）

　　前面曾說「頭7」和「來」的發展情況大不相同，「頭7」走向沒落，「來」逐漸盛行。它們之間的消長過程，即是 Hopper（1991：25）「擇一性」（specialization）的表現。相同語法功能的形式在競爭後，會留一、兩種形式作表達。[註18]「頭7」和「來」便是如此。開始時也許它們表時間的功能有別，不過，它們表示的時間均是模糊量，統而言之，它們的功能重疊了。競爭之下「來」勝出了，六朝後的「頭7」數量快速下降，「來」的數量攀升。雖然如此，佛典的派生詞「～頭」仍然活躍，只不過這些「頭」不是時間後綴「頭7」，而是其他類的「頭」了。

　　總結上述，時間後綴「頭7」的形成可能早於「來」，通行區域以「來」較廣闊，因為它們的語法功能相似，在競爭之後「來」取得勝利，六朝後，派生詞「～頭7」急遽減少，幾乎是消失了，派生詞「～來」數量持續增加。這個現象不只限於佛典裡頭，中土文獻亦是如此，譬如，在《世說》、變文、《朱子語類》等語料中，「頭7」均很罕見。一般而言，質產力和量產力是一致的，後綴「來」具有較高的質產力和量產力，「頭7」質產力和量產力偏低，按照連續統的觀點，時間後綴「頭7」是活力很低的詞綴，甚至可說是死詞綴了。

〔註18〕關於 Hopper 的原文，請參見註 1。

第五章　虛詞後綴的語法化

　　一般而言，詞根和詞綴組成的派生詞通常是實詞（名詞、動詞、形容詞），如 happiness、encase、manly。但漢語的情況不限於此，有可能形成虛詞性的派生詞。例如，佛典有三個虛詞後綴──「復」、「自」、「當」，它們常常綴於虛詞（副詞〔註1〕、連詞等）之後，形成新的派生詞。

　　以佛典文獻來論，後綴「復」最為活躍，「自」其次，「當」最少，因此，筆者將分節討論三種後綴。大抵而言，它們的共通性是：多半與副詞詞根綴合，形成雙音節的副詞性派生詞，「復」、「自」、「當」除了當副詞後綴之外，「復」可當連詞後綴，甚至「當」還可充當實詞範疇（動詞）的後綴。

　　本章前三節是後綴的個案研究，最後一節是小結，將從性質、詞法、語義、

〔註1〕 副詞的虛實歸屬，歷來有許多的討論，齊滬揚、張誼生、陳昌來（2002：21-23）談到呂叔湘、朱德熙贊同劃歸虛詞，宋衛華認為是實詞，還有稱為半實詞或半虛詞的。齊氏等人依照「意義虛化」、「數量封閉」、「功能統一」、「位置固定」四項標準，將副詞劃為虛詞。馬真（2004：1-5）認為虛詞有四個作用：「幫助表達實詞之間某種語法或語義關係」、「幫助實詞添加某種語法意義」、「幫助改變詞語的表述功能」、「幫助表達某種語氣」，副詞具備這四個作用，並且，它的個性很強，跟公認的其他類虛詞是完全一樣的。

副詞的定性並非本文的論題，而且詞類之間本來就不能截然二分。本文採用齊氏等人、馬氏的主張，將副詞劃歸為「虛詞」。

地域、時代、能產力六個方面，對三綴作整體的對比分析。本章的結構安排如
下：

第一節　後綴「復」的歷時發展

第二節　後綴「自」的歷時發展

第三節　後綴「當」的歷時發展

第四節　小結

第一節　後綴「復」的歷時發展

「復」，《說文》：「往來也。」本爲動詞，亦可當副詞，《詞典》收錄了 17
個義項，例如，返、抵償、恢復、收復、重複、告訴或回答、又（或更或再）、
報復等等，其中，「又」（或「更」、「再」）屬副詞用法。〔註2〕事實上這些義項有
個共同點：只要是第一次動作之後，有再次重複動作的意思就是「復」。倘若，
再考慮動作重複的方向性，義項「返」、「抵償」、「恢復」、「收復」、「回答」蘊含
的重複動作是朝著起始點的，換言之，第二次動作是逆方向的（與第一次動作呈
反方向）。大抵上，動詞「復」的義素可提取作〔＋再次，＋逆方向〕。〔註3〕

　　蔣宗許（1990、1994、1995、1999、2004a）曾屬文研究詞綴「自」及「復」，
提到清代劉淇《助字辨略》最早談「復」作語助詞，其次是呂叔湘《開明文言
讀本》導言，後來，王鍈、江藍生、蔣紹愚等亦有論說。

　　關於派生詞「～復」的詞類問題，劉瑞明（1987：46-48）指出「復」可當
副詞、形容詞、連詞詞尾，例如，「已復」、「眞復」、「乃復」等等。江藍生（1988：
68-69）研究魏晉南北朝小說詞語時，補充了「復」可作否定詞詞綴，如「非復」。
蔣宗許（1990：298-299）考察陸雲的書柬，發現「復」可作副詞、助動詞、動
詞、連詞、介詞、形容詞、代詞詞尾。朱慶之（1992：148-155）從佛典和中古
文獻出發，認爲「復」是當時的自由構詞語素，用在單音節副詞、助動詞、連

〔註2〕許長謨老師在本文第一次口考時，曾提出「復」在《廣韻》中有兩個音，是否可
　　　能表示不同的來源？根據筆者的查證，「復」的本字是「复」，本義是洞穴出來。《廣
　　　韻》記載的兩個音，可能是後來才發展出來的。

〔註3〕義項「重複」的第二次動作，不一定和第一次動作方向相反，可以是延續第一動
　　　作的方向。此時的「復」記作〔＋再次〕。

詞之後，構成該詞的雙音節形式，例如，「倍復」、「便復」、「並復」、「不復」等，共五十種。張萬起（1993：208）的詞典裡記載《世說》的後綴「復」，多置於形容詞或副詞等後，構成新副詞。

對於「復」的演變問題，蔣宗許（1990）指出「復」是從動詞（往來，去後又來）變為副詞，當副詞的頻率變高後，再進一步語法化，配合雙音節化，成為後綴。楊榮祥（2003：409）主張副詞詞尾「復」由頻率副詞虛化而來，副詞是由動詞虛化而來。

關於後綴「復」的形成時代，劉瑞明（1989）、柳士鎮（1992：236）主張詞尾「復」在東漢已經出現，六朝才普遍使用。唐代以後沒落。蔣宗許（1990：299-300）補充了一些書證（樂府詩、古詩十九首），證明漢代已有不少的詞尾「復」。

儘管有許多學者認為古漢語的「復」曾經是詞綴，然而仍有反對的聲音。姚振武（1993、1997）以「對意義和構詞能力認識不足」、「語法分析失當」為由，提出不同的看法，主張「～復」的「復」有意義，屬於既能單用，又能廣泛參與構詞的語素。姚氏反對蔣宗許、劉瑞明詞綴的說法，蔣、劉先後撰文辯駁。關於這次的筆戰，此處不擬詳述。大抵上，筆者傾向蔣、劉的說法，即：「復」可當詞綴。

本文贊同「復」在中古、近代階段，已從動詞語法化為詞綴，並且，充當「副詞後綴」居多。從學者的研究成果中，初步掌握了「復」從「動詞→副詞→後綴」的演變脈絡，接下來，要將這個脈絡描述得更清楚，找出其間的語法化機制。

一、佛典語料的觀察

雖然「復」本是動詞，不過當副詞使用的頻率很高，以西晉竺法護譯的《生經》為例，經文共出現 149 次「復」，當動詞（恢復義）僅兩例（即「得復前寵」、「復其寵位」），其餘幾乎是副詞。

從詞典的記載亦可看出「復」常常作虛詞用。中國社科院語言所（1999：163-164）的詞典，列出「復」當副詞用的八種情形；江藍生、曹廣順（1997：129）研究唐五代的「復」，所列的義項僅有三個，兩個當連詞，一個當後綴。由此可見，在古漢語裡，「復」當虛詞是普遍的情形。

「復」除了本身作虛詞之外，也能與其他的虛詞（或虛語素）組合成「～復」結構，依舊當虛詞用。前面談過，朱慶之（1992）曾舉出五十種範例，不過，僅止於陳列書證、簡單釋義，並未逐一地從語法、語義等方面作詮釋。所以筆者將在朱氏的基礎上，將佛典的「～復」分門別類，再進一步解釋該詞的意義及用法。

名詞後綴（第三章）和時間後綴（第四章）歷經「實詞→詞綴」的過程，其理性意義的磨損、泛化較易掌握、描述；本章的虛詞後綴經歷「實詞→虛詞→更虛的成分」過程，「復」在先秦時期虛詞用法已是主流，所以筆者偏重其後半段的觀察。副詞（虛詞）的理性意義薄弱，主要是語法意義，因此本章從「詞類」來分類。

「～復」可分為七類，副詞用法占了兩類，關於副詞的分類筆者以張誼生（2000b：21-23）的說法為準。﹝註4﹞這兩類均為限制性副詞，分別是時間副詞、評注副詞（evaluative）。﹝註5﹞第三～七類是連詞，連詞的分類筆者以程祥徽、田小琳（1992：274）的說法為標準，本文採用他們的分類法，分別是選擇連詞、假設連詞、轉折連詞、承接連詞、遞進連詞。﹝註6﹞

（一）作時間副詞的「～復₁」﹝註7﹞

1a 佛教授舍衛人民，生意欲到迦維羅衛國，便從諸比丘即到釋國，於尼拘類園中教授。久頃，舍衛國王便復問傍臣左右言：「若有不淨惡國

﹝註4﹞ 關於副詞的分類，許多語言學書籍都有一套分法，大抵上是大同小異。據筆者所知，張誼生對現代漢語副詞進行了深入研究，他主要從語法功能將副詞分為三大類：評注性副詞、描摹性副詞、限制性副詞。限制性副詞下分：關聯副詞、否定副詞、時間副詞、頻率副詞、程度副詞、協同副詞、範圍副詞。

﹝註5﹞ 張氏的評注性副詞（evaluative），是語法功能的分類。該類涵蓋一般所謂的「情態副詞」、「判斷副詞」、「語氣副詞」的「交集」（交集，數學名詞，指某些範疇交會的部分）。一般的副詞分類，可參見錢乃榮主編（2002：594-596）的表格。

所謂「評注性副詞」，用來表示說話者對事件、命題的主觀評價和態度，在句法上可充當高層謂語。張氏（2000b：46-74）又從分佈與組合、傳信與情態、語用與篇章三角度分析評注副詞的功能。

﹝註6﹞ 程祥徽、田小琳（1992：274）依照邏輯事理的標準將連詞分為九類：並列、承接、遞進、選擇、轉折、因果、條件、假設、目的連詞。本文採用他們的分類法。

﹝註7﹞ 作時間副詞的「～復」，意指「詞根＋復」用來表示時間副詞。以下幾類以此類推。

王者，其罪何至？」（吳支謙譯・佛說義足經 p0188b）

b 時，世尊遂便前行，無退轉意。……時，鴦崛髻即拔腰劍，往至世尊
　所。時，世尊遙見鴦崛髻來，便復道還。時，鴦崛髻走逐世尊，盡其
　力勢欲及世尊，然不能及。（西晉法炬譯・佛說鴦崛髻經 p0510c）

　　根據 a 例的語境，佛來舍衛國教授佛法，舍衛國王聽了以後才心生疑問，「便
復問傍臣左右」是聞法後第一次發問，上下文都未談到國王先前即有此問，因
之，「復」不具〔再次〕的義素，「便復」猶言「即便」，〔註8〕為表示緊接著前
一動作後立即出現另一動作的短時副詞。

　　b 例說世尊遠遠地看到鴦崛髻要來殺他，即便折道返還，鴦崛髻拼命地追
世尊，卻追不到，所以「便復道還」的「便復」是強調前後兩動作相繼出現的
短時副詞，「復」無〔再次〕的義素，不具理性意義。

（二）作評注副詞的「～復₂」

2a 佛告比丘：「爾時五通比丘，則吾身是，時四禽者，今汝四人是也。
　前世已聞苦本之義，如何今日方復云爾？」比丘聞之，慚愧自責，即
　於佛前得羅漢道。（西晉法炬共法立譯・法句譬喻經 p0595b）

b 天神報曰：「比丘不自責，方復責我。」（姚秦竺佛念譯・出曜經 p0659a）

c 于時父母憐念此兒，愛著傷懷，絕而復甦。其兒福德，竟復不死，至
　河水中，隨水沈浮。（元魏慧覺譯・賢愚經 p0385b）

d 世尊出世，實復奇特。所為善事，不可思議。（元魏慧覺等譯・賢愚
　經 p0393b）

e 「大王！我唯能調象身，不能調心。」王即問言：「頗復有人亦能調
　身，兼調心不？」（元魏慧覺等譯・賢愚經 p0372c）

f 時，婆羅門又語王曰：「汝身盛壯，力士之力，若遭研痛，儻復還悔，
　取汝頭髮堅繫在樹。」（元魏慧覺等譯・賢愚經 p0389c）

上述 a 例記載佛陀告訴四位比丘前世因緣的事情。由於比丘當畜生時已經

〔註8〕依照中國社科院語言所的虛詞詞典（2001：263）的記載，「即便」的意義古今有
　　別。表示「立即」、「立刻」的「即便」在魏晉時已產生，作副詞，現代漢語已不
　　用。表示「儘管」、「即使」的「即便」出現很晚，作讓步連詞，現代漢語仍使用。
　　本文佛典所見的「即便」，屬副詞性質。

開解，而今日仍然如此，比丘聽到之後深感慚愧、自責，即在佛陀前邊證得羅漢。該例的「方復」即「仍然、依舊」之意，從語境推測，「復」似可作「又」、「再」解。稍晚（姚秦）的 b 例大意是，天神回答多聞比丘說：「你（比丘）不自責卻來責備我」，「方復」有「卻」之意，「復」沒有理性意義。「方復」表達主觀的情態範疇（modality）〔註9〕（張誼生 2000b：58-61），是一種逆轉態。

受限於「方復」出現頻率不高，姑從這兩個例子來看，「方復」在西晉時可能不是派生詞，「復」還帶有理性意義，具〔再次〕的義素，在姚秦時代「方復」有成詞的跡象，「復」沒有理性意義。

c 例是某故事的一段情節。大意是父母親在歡喜之餘，不小心將擔中小兒掉入水中，父母遍尋不著，後來小兒竟大難不死。換言之，小兒落水是父母親的疏失，語境中並沒有交代小兒曾經瀕臨死亡，因此，「竟復不死」的「竟復」，只有「竟然」之意，表示說話者的主觀情感（出乎意料），是一種深究情態。此處的「復」沒有理性意義。

d 例「實復奇特」即「實在特別」，根據語境，整句話是在評斷世尊出生的特殊情形，「實復」是評注副詞，表示說話人對命題的強調，屬斷言態的傳信範疇（evidentiality），〔註10〕此處的「復」沒有理性意義。「實復」在五十部漢譯佛典出現兩次，並且是同一部經。

e 例的大意是，象師敘述自己調象的功力，大王聽了之後，產生疑問：「可有人能調象身和象心嗎？」「頗復……否」是疑問格式，「頗」相當於「可」。「頗復」，朱慶之（1992：151）說是疑問語氣副詞，猶言「豈」。筆者認為不管是解作「可」或「豈」，都表示說話者的懷疑態度，屬深究態，因此，筆者將「頗復」劃歸為評注副詞，「復」是後綴，沒有理性意義。

〔註9〕「情態」是一種語法範疇，張誼生（2000b：55）提到：「情態範疇主要表達說話人對相關命題和情景的主觀感受和態度。……情態範疇具有一定的主觀性。」張誼生（2000b：59）再將評注副詞的情態功能分為十種：強調與婉轉、深究與比附、意外與僥倖、逆轉與契合、意願與將就。

〔註10〕「傳信」是一種語法範疇，張誼生（2000b：55）提到：「傳信範疇所關注的是客觀信息來源的可靠性和真實性，其典型的語義表現反映了人們對相關命題的現實依據的關心。……傳信範疇更具有客觀性。」張誼生（2000b：56）再將評注副詞的傳信功能分成四種：斷言功能、釋因功能、推測功能、總結功能。

　　f 例主要在敘述婆羅門取大王頭的事件，「儻復」表示一種測度，當「也許」、「或許」之意，「儻復還悔」意即「也許你後悔了」。「儻復」表達的是揣度性的推測。同經還有一例「儻復」：「不從我言，言既不用，儻復見殺，當就除之。」朱慶之（1992：153）解作「或者」，義近「也許」、「或許」。「儻復」可當「假如」使用，不過必須置於複句的前一分句，《賢愚經》的用法不合規定（置於後一分句），所以不宜解作「假如」，再者，「儻復還悔」前已有「若……」，表示假設語境，「儻復」則不應再解為「假如」。當「也許」的「儻復」，表示說話者對結果的揣度性推測。

（三）作選擇連詞的「～復₃」

　　3a　或風起，令目鼻口開已開入，或復風塵起，令髮毛爪生端正亦不端正，或復風起盛肌色，或白、或黑、或黃、或赤好不好。（後漢安世高譯‧道地經 p0234b）

　　上述 a 例「或」、「或復」相繼出現，「或復」僅是「或」、「或者」之意，屬選擇連詞，在此，「復」沒有理性意義。「或」和「或復」交替使用的情況，在南北朝仍然常見，例如，元魏慧覺等譯《賢愚經》p0390a：「或有悲結吐血死者，或有愕住無所識者，或自剪拔其頭髮者，或復𭢘裂其衣裳者，或有兩手𭢘壞面者。」此例共五句，句式相當，三個「或」中間穿插「或復」，可見這兩個詞沒有太大的區別，可以互用，「或」、「或復」均表「或者」，「復」是後綴。另外，該例同樣的句法位置還出現「或自」，顯示「或」、「或自」、「或復」可通用，「復」和「自」的語法地位是相同的。

（四）作假設連詞的「～復₄」

　　4a　佛言：「若復有比丘菩薩摩訶薩以是色像僧那求無上正真道者，皆當成無上正真道最正覺也。」（後漢支婁迦讖譯‧阿閦佛國經 p0752c）

　　b　佛即為說瞋恚過惡，愚癡煩惱，燒滅善根，增長眾惡，後受果報，墮在地獄，備受苦痛，不可稱計。設復得脫，或作龍蛇、羅剎、鬼神，心常含毒。（吳支謙譯‧撰集百緣經 p0250b）

　　c　若行放捨止調縮　設復發捨失護法　譬如病人宜將養　若復放捨無得活。（姚秦鳩摩羅什譯‧坐禪三昧經 p0285c）

　　上述 a 例是佛陀提出的假設句「假如有……，皆當成……」，因此「若復有

比丘菩薩摩訶薩」的「若復」，即「假若」之意，表示複句的前面分句是假設條件，「若復」為假設連詞。

b 例「設復得脫」是假設語境，有「假設得以脫逃（地獄）」之意，「設復」表複句的前一分句為後句的假設條件，故「設復」為假設連詞，詞義在「設」不在「復」，「復」為詞綴。「若復」（a 例）和「設復」都是假設連詞，但出現率頗為懸殊，以本文的漢文佛典來計算，分別是 129：16，而且「若復」在《五燈》中還出現了兩次，「設復」則不見於三部語錄。這表示「若復」的使用比較普遍，原因是「若」在上古漢語即當成假設連詞，﹝註 11﹞而且是常見詞，所以當「若」派生為「若復」時，依舊保持著高頻使用率。

c 例「設復發捨失護法」為假設語氣，「設復」有「假設」之意。「若」、「設復」、「若復」同現，三者意義相仿。加上第三句以「譬如」為喻，此四句全是假設語境。史書中還有「設若」，《宋書・劉義慶傳》：「設若天必降災，寧可千里逃避邪？」「設」、「若」在複句中表示假設條件。準此，「設復」為假設連詞。

（五）作轉折連詞的「～復₅」

5a 佛告長者：「宿命善行，乃得見佛。雖復尊豪，然不信道者，譬如狂華，落不成實。」（後漢曇果共康孟詳譯・中本起經 p0162c）

上述 a 例大意是，佛告訴長者過去作了許多善行，乃得以看見佛陀，雖然擁有尊貴地位，若不相信佛法，就如狂華，凋零後不結實。「雖復尊豪」的「雖復」，即「雖然」，屬轉折連詞，「復」不影響整個詞的表義。

（六）作承接連詞的「～復₆」

6a 太子得離俗，踊躍欣喜，安徐步行入城。……帝釋持刀來，天神受髮去。遂復前行，國中人民隨而觀之。於是出國，小復前行。（後漢竺大力共康孟詳譯・修行本起經 p0468b）

上述 a 例敘述天子走出城後，天神為其落髮後，他就往前走的情形。「遂復前行」可有兩解，一是「於是（就）往前行走」，「遂復」即「於是」、「就」，通常用於複句的後段，表示前後事理的順承關係，有連貫語氣的作用，屬承接連詞。二是「遂復」的「復」還有「又」、「再」的意思，意為「於是又……」（胡

﹝註 11﹞ 如《左傳・僖公四年》：「君若以德綏諸侯，誰敢不服？」《國語・魯語下》：「有御楚之術而有守國之備，則可也；若未有，不如往也。」

敕瑞 2002：257）。表示東漢的「遂復」還具有模稜性，必須視語境決定意義。

（七）作遞進連詞的「～復 7」

　　7a 當爾之時，乃至無有佛法之名，況復八關齋文，叵復得耶？（吳支謙
　　　　譯・撰集百緣經 p0233b）

　　b 其人家富，既復豪貴，婦家貧俠，且復不貴。（西晉竺法護譯・生經
　　　　p0096c）

上述 a 例「況復八關齋文」，意即「何況是八關齋文」，「況復」表達句子的
遞進關係，後句比前句還要更深一層次，屬遞進連詞，「復」爲後綴。

　　b 例對比兩種人，「既復豪貴」即「既然已富有地位尊貴」，「既復」是表因
果的連詞，通常放於複句的前一分句，表示某狀況的原因。「且復不貴」，即「並
且地位不尊」，「且復」爲遞進連詞。兩個「復」都不具有理性意義，具後綴性質。

　　以下，將佛典中的詞條「～復」整理成表，從歷時角度計算出現次數，附
記詞類歸屬，以利讀者閱讀瞭解。

表 5.1-1　佛典「～復」一覽表

序號	範例	漢譯佛典	祖堂集	古尊宿語要	五燈會元	詞類歸屬
1	便復	28	2			時間副詞
2	方復	2				評注副詞
3	竟復	1				評注副詞
4	實復	2				評注副詞
5	頗復	1				評注副詞
6	儻復	2				評注副詞
7	或復	78				選擇連詞
8	若復	129			2	假設連詞
9	設復	16				假設連詞
10	雖復	75				轉折連詞
11	遂復	4			2	承接連詞
12	況復	68		3	3	遞進連詞
13	既復	2				遞進連詞
14	且復	5				遞進連詞
15	並復				2	遞進連詞
總計		413	2	3	9	

從表中，發現不管是哪一類的「～復」，都有一個傾向：幾乎分佈在漢譯佛典，少見於晚唐以後的禪宗語錄，換句話說，「～復」在晚唐以後質、量上均大幅下降。

據統計，假設連詞「若復」的頻率最高，但在《五燈》只出現兩次。其次是「或復」、「雖復」、「況復」，都是連詞。換言之，連詞「～復」的種類和數量都比當副詞者多。

二、中土語料的觀察

劉瑞明（1987：46-48）研究「～復」，曾找出漢～唐（魏晉南北朝為主）的書證共廿五種。劉瑞明（1989：211-215）在《世說》中找到十九種「～復」。接著，蔣宗許（1990：298-299）從陸雲書牘中尋得卅種「～復」。朱慶之（1992：148-155）則在中古的佛典和中土文獻內發現五十種「～復」。可見在中土「～復」的搜尋這一方面，學界已有具體的成果。而且本文設定的中土語料，如《論衡》、《世說》，有些學者已投注過心力了。因之，前人所述完備者便不再多著筆墨，前人所引的例子經筆者查證無誤後，將引之作說明，並補充一些拙見。本節最主要的目的是：澄清後綴「復」產生的時代。

劉瑞明（1989：211-215）、柳士鎮（1992：236）、蔣宗許（1990：299-300）主張東漢的「復」可作詞綴。先來看看《論衡》的例子。

胡敕瑞（2002：255-259）認為《論衡》的「～復」絕大多數還具有「再」、「還」等義，如〈語增〉：「夫飲食既不以禮，臨池牛飲，則其啖肴不復用杯，亦宜就魚肉而虎食。」〈案書〉：「左氏傳經，辭語尚略，故復還錄《國語》之辭以實。」〈是應〉：「太平更有景星，可復更有日月乎？」

事實上，東漢「不復」一類的組合是派生詞的可能性很低。例如《論衡‧初稟》：「上天壹命，王者乃興，不復更命也。」此處的「不復」後接「更命」，「更」即「更改」，而「復」隱含〔再次〕的義素，在上下文的要求下，「復」可解作「又」、「再」。筆者認為，「不復更命」的「不復」是副詞連用，〔註12〕「不」的轄域較廣（scope），管轄了「復更命」，換句話說，「復」修飾謂語「更

〔註12〕本文的「副詞連用」指兩個副詞在線性序列上接連使用，共同修飾謂語，結構是「副詞＋副詞」，為兩個詞的組合。楊榮祥（2005：286）舉例說變文的「不復」、「不再」、「不全」等等皆是副詞連用。

命」，「不」在更高的位置上否定「復更命」，意爲「不再更改天命」。

對於劉氏等三人的說法，應該要重新考慮。

依照前面的分析（參見表 5.1-1），「復」不只當副詞後綴而已，還可當連詞後綴，而且後者爲主流用法。在此，以連詞「雖復」的發展爲例。

8a 十二聖相不同，前聖之相，難以照後聖也。骨法不同，姓名不等，身形殊狀，生出異土，雖復有聖，何如知之？（《論衡・講瑞》）

b 夏侯玄既被桎梏，時鍾毓爲廷尉，鍾會先不與玄相知，因便狎之。玄曰：「雖復刑餘之人，未敢聞命！」（《世說・方正》）

c 王丞相見衛洗馬曰：「居然有羸形，雖復終日調暢，若不堪羅綺。」（《世說・容止》）

上述 a 例出自《論衡》，整段大意是聖人之貌不同，加上骨法、姓名、身形、出生地有別，故難以辨別何者爲聖人。「雖復有聖，何如知之」意爲「雖然又有聖人，如何能知道呢？」文中強調「前聖」、「後聖」，無法透過「前聖」之相辨識「後聖」，因此「雖復有聖」的「復」宜當「又」、「再」解，「雖」是連詞，「復」是副詞作狀語，修飾「有聖」。簡言之，「雖／復」是跨層次的結構（不屬同一層次，不是一個詞）。

b 例出自《世說》。「雖復刑餘之人，未敢聞命」意爲「雖然是受刑犯人，也不能受人侮辱。」「雖復」不能解爲「雖又……」，只能是一個單位（雙音詞）。c 例亦出自《世說》。「居然有羸形，雖復終日調暢，若不堪羅綺」意爲「看起來他確實有過於瘦弱的病容，雖然全天精氣調和通暢，卻好像承受不起身上的羅衣」，此處的「雖復」指「雖然」，不是「雖又……」，是「雖」的雙音形式。由例證可知，同樣是「雖復」，在《論衡》中當作不同層次的兩個語法成分，在《世說》裡已是一個詞了。

從「雖復」的例子可知，說後綴「復」產生於東漢並不正確。保守地說，「復」是在魏晉南北朝才形成。

筆者搜尋了王梵志詩、變文、《朱子語類》，發現王梵志詩、《朱子語類》沒有「～復」，變文的「～復」極少。變文裡確定是派生詞的有「遂復」，〈韓擒虎話本〉：「說其中有一僧，名號法華和尚，家住邢州，知主上無道，遂復裹經題，眞(直)至□州山內隱藏。」

蔣宗許（1995：32）還提到唐代時詞尾「復」明顯開始萎縮。這點在中土文獻裡確實看到派生詞「～復」數量銳減。準此，詞綴「復」大約通行於中唐以前。

三、詞法分析

派生詞「～復」的構詞只有一種類型，即「純造詞派生」。

（一）純造詞派生

蔣宗許（1990：298-301）主張詞尾「復」有口語性，「～復」多出現在《世說》和六朝小說雜著，較少出現在正式文體（如賦、書論等）。同樣是陸雲的作品，賦頌論表類的正統文言有四十餘篇，書信類作品有七十餘篇，前者當後綴的「復」僅出現三次，後者則出現 57 次。隨著作者與對方的親密程度愈高，詞尾「復」出現頻率也提高。證明「～復」是口語詞，愈是親近、隨便的對象或場合，使用愈頻繁。

筆者對蔣氏的結論頗為懷疑。因為他的舉例中有許多根本不是「派生詞」。因此不能說「詞尾『復』帶有口語性」，頂多只能確定「虛詞『復』帶有口語性質」。〔註13〕

所謂「派生詞帶有口語性」，無法證明是「口語性」是後綴所帶來的，因為「～復」不只出現在私人書束、具對話性質的雜著中，像佛典的「～復」就不一定涉及說話人的態度。倘若「～復」是「表達性派生」，應該在任何情況下都帶有說話人的主觀態度，而不是只在書束、雜著中才傳達說話人的態度。再者，根據本文的考察，所謂帶有說話人主觀態度的「～復」，都屬「評注副詞」，這些「～復」的主觀色彩不是後綴「復」賦予的，而是「詞根」本身的特色。

對於單音節「復」而言，「～復」是雙音節的新詞，兩者的意義和語法功能幾乎是相同的，因此「～復」應劃歸為「純造詞派生」。

四、語法化歷程

Traugott（1996）主張實際語篇裡的一個成分發生語法化的條件主要有：語

〔註13〕本文受限於事前所設定的語料，導致後綴「復」出現的數量、表示的親密程度並不特出。據有限的語料論斷某一語言現象是不科學的，蔣氏的討論從另一面向做觀察，讓筆者多方瞭解中土「復」的使用狀況。

義相宜（semantic suitability）、結構鄰接（constructional contiguity）、頻率因素（frequency）。「語義相宜」影響副詞「復」與其他副詞連用的情況，「結構鄰接」和「高頻使用」加速「復」的定位，最後發生「重新分析」。

在本節一開始，筆者引《說文》的紀錄，得知動詞「復」爲「往來」之意，「往來」是相反方向的兩個動作，例如，《穀梁傳・宣公八年》：「公子遂如齊，至黃乃復。」「復」即「返回」。「復」可作「恢復」解，《史記・孟嘗君列傳》：「王召孟嘗君而復其相位。」「復相位」猶言「恢復相位」，既言「恢復」，表示經歷「擁有→失去→再擁有」過程，先後擁有的標的物一樣，即回復到擁有相位的起點。「復」有「收復」義，《周書・文帝紀下》：「企子元禮尋復洛州，斬東魏刺史杜密。」「收復」意味失而復得，所得之物與原失物相同。基本上，動詞「復」的義素可記作〔＋再次，＋逆方向〕。

先秦時期「復」發生了語法化，可當副詞使用，例如，《孫子兵法・勢》：「終而復始，日月是也。」《戰國策・趙策》：「有復言今長安君爲質者，老婦必唾其面。」這兩例的「復」置於動詞（「始」、「言」）之前，充當狀語修飾動詞謂語，表示同一動作重複，可譯爲「又」、「再」。仔細來看，這兩例的方向性不太一樣，前例的「復」強調動作的循環，是多次性的，是一種「隱喻」作用，含抽象的逆方向性。後例「復言」指「再說」、「又說」，是同一方向的重述（第一次說→再說→……），因此副詞「復」的義素可記作〔＋再次，＋or－逆方向〕。

比較動詞「復」和副詞「復」的義素，有差別的是「方向性」，動詞定具〔逆方向〕義素。換句話說，「復」語義泛化的過程，表現在義素〔方向〕的存有上（從有到無）。

義素的消失是依賴於「句法位置」的改變，動詞「復」若進入了狀位，不再是句子的焦點時，就可能發生語法化。例如，漢荀悅《漢紀》：「宣王修文武之業，周道燦然復至矣，非天降命不可復反也。」「復至」的「至」是謂語，「復」是處狀位，修飾謂語。「不可復反」意即「不可再返回」，「復反」的「復」處狀位，修飾謂語「反」。

從上可知，「句法位置」（定位）是導致「復」從動詞變爲副詞的因素，筆者認爲，「復」是在「復Ｖ」式的情況下，轉化爲狀動式。但是並非只要在ＶＶ下都會造成語法化，還得語義條件的配合。當「復Ｖ」個別表義時，若語義偏

重第二動詞時（「復」不是表義重心時），「復」可能發生語法化，由於它處於狀位，狀位是修飾謂語的位置，所以「復」有可能語法化爲副詞。

成爲副詞的「復」表「又」、「再」之意，歸爲「重複副詞」。此種副詞和其他副詞連用時，常規序位在其他副詞之後（只領先於描摹性副詞）（張誼生2000b：217），也就是說，常理下「復」與其他副詞連用會構成「～復」。

行文時使用副詞「復」的條件，當是語境中曾出現某一動作行爲或情況，然後，再度重複出現該動作或情況。曾經出現是一種背景（background），之後再現則屬前景（foreground）。假若在語境沒有提供背景條件下，便出現新訊息，聽者或讀者的理解可能產生障礙，此時「～復」的「復」語義上更加模糊了，促成它從虛詞性的副詞身份，朝更虛的成分（後綴）語法化。

副詞連用的「～復」演變爲「詞根＋詞綴」，在結構鄰接的情況下發生了「重新分析」，即「～復」的表層結構沒有改變，但深層結構必須重新理解。演變爲後綴的「復」，所蘊含的義素記作〔－再次，－逆方向〕，東漢時，產生副詞性的派生詞「～復」，助動詞性的「～復」萌芽，魏晉南北朝又產生連詞性派生詞「～復」。眾所周知，魏晉階段漢語詞彙雙音化的速度增快，在雙音化的潮流下，派生詞「～復」的發展衍生有了助力，所以「復」在魏晉～唐代時，充分展現了能產力，派生出很多口語化的新雙音節詞。

在中唐以前的漢譯佛典裡，「復」可當副詞後綴、連詞後綴，按理而言，後綴「復」從「重複副詞」語法化而來，所以當「副詞後綴」的時間應早於當連詞後綴。以副詞後綴和連詞後綴相較，後者的質和量均優於前者。可見當連詞後綴是主流用法。

「復」可當副詞，但不當連詞，那麼爲何「復」亦作連詞後綴呢？而且爲何這種用法比較普遍？是否和副詞的篇章連接作用有關，抑或像「子」一樣（從同樣是體詞範疇的名詞後綴，「類推」爲量詞後綴），從同樣是虛詞範疇的副詞後綴，「類推」爲連詞後綴？筆者沒有比照「子」的推論，是因爲後綴「子」是從名詞語法化而來，它當名詞後綴的數量遠多於當量詞後綴。但是「復」就不同了，後綴「復」是從副詞語法化而來的，卻反而多綴在連詞後面。本文還無法解答這些疑問，暫時存疑。

整體上，「復」的語法化過程是：

> 動詞「復」〔＋再次，＋逆方向〕→副詞「復」〔＋再次，＋or－逆
> 方向〕→後綴「復」〔－再次，－逆方向〕

根據前面的分析與解釋文字的論述轉換成表格，依照語法化的演變過程、代表類型、義素有無、演變機制、語素性質、起點時代六項，展現後綴「復」的語法化現象。

表 5.1-2　後綴「復」的語法化現象總表

演變過程	第一階段	第二階段	第三階段	第四階段
代表類型	動詞	副詞	副詞連用	後綴
義素有無	＋再次 ＋逆方向	＋再次 ＋or－逆方向	＋再次 ＋or－逆方向	－再次 －逆方向
演變機制		隱喻、泛化	泛化	重新分析、泛化
語素性質	實語素	實→虛	實→虛	虛語素 suffix
起點時代	先秦	先秦	魏晉南北朝	魏晉南北朝

第二節　後綴「自」的歷時發展

「自」，《詞典》收了 9 個義項，分別是：自己或親自、由來或緣由、開始、用、自然或當然、本來、介詞、連詞、姓。排除後三個義項，「自」當副詞居多，偶爾可當名詞（如「其來有自」）。又，「自」也可當代詞（反身代詞），代詞「自」的義素可記作〔＋己身〕。

《詞典》並未收錄中古時期「自」當後綴的用法，語言學界對此已有不少的討論。清代劉淇《助字辨略》曾有簡短的敘述，提到「自」是語助，不表義。呂叔湘在《開明文言讀本》的導言裡，談到「自」多附在副詞後面，本身無明顯意義。蔣紹愚（1980）指出唐詩的「自」可當副詞或助動詞後綴。志村良治（1984）說六朝至唐代，出現了大量的副詞「～自」。

事實上，中古「自」的後綴性質是很多變的。王鍈（1986：339-341）研究詩詞曲的詞彙時，指出「自」可當詞綴，多綴於單音副詞之後，「自」在其中不為義。例如，王勃〈秋夜長〉有「徒自」、〈滕王閣〉有「空自」等等。偶可綴於單音節形容詞、助動詞之後，構成雙音複詞，例如，「速自」、「要自」、「應自」。這種用法在六朝時已極普遍，《世說》中有「便自」、「既自」、「故自」等等，使

用頻率很高。劉瑞明（1989b：16-19）增爲五種類型，分別是當副詞、助動詞、動詞、形容詞、連詞詞尾，其中，連詞的例子如「卻自」、「尚自」、「即自」、「故自」等等。張萬起（1993：177）的詞典裡，記載《世說》的後綴「自」，多置於單音節形容詞或副詞等後，構成雙音節副詞。

關於後綴「自」出現的時代，江藍生、曹廣順（1997：462）上溯至六朝時期。劉瑞明（1989b：16）則向前推進到漢代，甚至是先秦時期。葛佳才（2005：64）主張東漢時期。

後綴「自」的語法化過程，中國社科院編的詞典（1999：868-869）提到「自」在副詞、介詞用法基礎上，再進一步虛化成表連接的連詞，大約從漢代開始，「自」還虛化爲無義的副詞後綴。楊榮祥（2003：406-409）認爲副詞詞綴「自」是由表肯定的語氣副詞虛化的。副詞「自」又是從代詞「自」變成。

雖然「自」的詞綴現象已是共識，但仍有不同的意見。姚振武（1993、1997）主張「～自」的「自」有意義，屬於既能單用，又能廣泛參與構詞的語素。對於姚氏的質疑，蔣宗許、劉瑞明先後撰文辯駁。姚氏之說在蔣、劉的反覆辨明後，大多數不成立。筆者贊同「自」當後綴的說法。

綜合學者的研究成果，東漢或六朝的「自」可當副詞、形容詞、助動詞後綴，以副詞後綴居多數。後綴「自」大抵是從副詞語法化而來。接著，筆者從佛典派生詞「～自」的分析展開本文的論述。

一、佛典語料的觀察

經過窮盡式地檢索後，本文將「～自」分爲三類，副詞的分類以張誼生（2000b：21-23）爲準。前兩類屬於限制性副詞，分別是程度副詞、評注副詞、最後一類爲描摹性副詞。

（一）作程度副詞的「～自₁」[註14]

9a 「我今欲到王所解王憂」……子言：「母勿愁憂。我力自能淹王偈義，當得重謝，可以極自娛樂。」（吳支謙譯・佛說義足經 p0175b）

b 難陀、難陀波羅二女以蘇麻油塗菩薩身，諸女天身極自柔軟，狀如天女。（姚秦竺佛念・出曜經 p0686b）

[註14] 作程度副詞的「～自」，意指「詞根＋自」當程度副詞使用。以下各類以此類推。

c　猶彼火爐赫焰熾然者，猶若彼匠火燒鐵丸，極自熾然，甚難可近。（姚
　　秦竺佛念譯·出曜經 p0757c）

上述 a 例講少年鬱多有辦法使化解大王的憂愁，因此「可以極自娛樂」，應解作「可以（讓大王）非常愉悅」，「極自」是表程度深的雙音節副詞，「自」不能當代詞解，根據語境，大王未解經偈而感到憂愁，所以才下詔令找尋解偈者。所以，娛樂的對象是「大王」，而非說話者自己。b 例「極自柔軟」的「自」也不是代詞或副詞，它沒有獨立的語法功能，是附著於「極」的語素。c 例「極自熾然」的「極自」亦作程度深的副詞。

派生詞「極自」出現於東吳時期，在五十部佛典裡僅有七次，晚唐以後的三部語錄則無，顯示「極自」不是很普及的詞。

（二）作評注副詞的「～自₂」

10a　今我身者定自可得，願屬道人供給使令。（吳康僧會譯·六度集經
　　　p0007b）

b　這童子養來二三年了，幸自可憐生，〔註15〕誰教上座教壞伊，快束
　　裝起去。（語要·亡名古宿）

c　師入浴院，見僧踏水輪。僧下問訊，師曰：「幸自轆轆地轉，何須恁
　　麼？」（五燈·欽山文邃禪師）

上述 a 例「定自」有「必定」之意，因為「定自」位於句中，屬於評注副詞，「定自」表達的是客觀的傳信範疇（確定性推測），表示對事情的確信程度（張誼生 2000b：55-57）。「定自」即「定」，「自」是後綴，沒有理性意義。

b 例在敘述童子的遭遇，「幸自可憐生」意即「本來（就）可憐」。「幸自」即「幸」，表示「原本」之意，例如，《戰國縱橫家書》：「今有（又）走孟卯，入北宅，以攻大梁（梁），是以天幸自為常也。」「幸自為常」即「本為常事」。秦韜玉〈鸚鵡〉：「幸自有禰衡人未識，賺他作賦被時輕。」「幸自」也是「原先」、「本來」之意。禪宗語錄常見「～幸自可憐生」，有慣用語性質。

c 例「幸自轆轆地轉」意為「（水輪）本來就轆轆轉動」。「自」沒有理性意義，當後綴使用。「幸自」表達的也是客觀的傳信範疇（溯源性釋因）。

〔註15〕江藍生、曹廣順（1997：207）記載「可憐生」即「可憐」，「生」為語助詞。

（三）作描摹副詞[註16]的「～自₃」

11a 若亦不從人聞，亦不事師，若空自困苦為？寧可棄若所為，來事佛道。（吳支謙譯・佛說釋摩男本四子經 p0849a）

b 時有山神語須菩提言：「汝今何故捨家，來此山林之中，既不修善則無利益，唐自疲苦？」（吳支謙譯・撰集百緣經 p0250a）

c 五百力士同心議曰：「吾等膂力世稱希有，徒自畜養無益時用，當共徙之，立功後代。（西晉竺法護譯・佛說力士移山經 p0857c）

上述 a 例「空自」的「空」是「白白地」之意，用來否定謂語。「若空自困苦」意即「假若白白地受困苦」。佛典中還有「空自讚歎」、「空自疲勞」、「空自往來」，「空自」屬全部否定，表為某事物付出的心力全部白費了。「空自」所否定的不限於負面消極詞，也可以是積極詞或中性詞。

b 例大意是山神責備為回須菩提捨棄家庭來山林，卻不修行，只是徒然疲累而已。「唐自疲苦」指「白白地疲累」、「徒然疲累」，「唐」本身即是帶「白白地」意的否定詞，可見得「自」在派生詞中不表義。佛典中還有「唐自捐棄」、「唐自艱苦」、「唐自困苦」等，「唐自」否定的謂語多半是負面、消極詞。

c 例大意是五百位大力士們雲集，將要齊力搬移大石山的過程，所謂「徒自畜養無益時用」，指「白白地護養，對世間無益處」，「徒自」即「徒然」，「自」是後綴。「徒自」是對「畜養」的全部否定，佛典中還有「徒自辛苦」、「徒自受苦」、「徒自疲勞」、「徒自傷損」、「徒自虛喪」、「徒自困餓」等詞，可知「徒自」否定的通常是負面、消極詞。

行文若用到「～自」的否定詞，有時會連續出現類似的否定詞，具有加強語氣的作用，例如，「無……唐自」、「徒自……無益」、「徒自……空無」、「徒

[註16] 張誼生（2000b：34）比較描摹副詞和限制副詞的差別，描副充當修飾性狀語，限副充當限定性狀語，而且描副可以修飾介賓結構。以描副「快自」和限副「非常」為例：

1 大王快自縱恣，所以國政敗壞了。

2 在大王的快自縱恣下，所以國政敗壞了。

3 大王非常縱恣，所以國政敗壞了。

4 *在大王的非常縱恣下，所以國家敗壞了。

第一、二例可成立，第三例也能成立，但第四例則不通了。

自……不能」。比較「徒自」、「唐自」、「空自」，就流傳時間來看，「徒自」使用最久，見於五十部佛典和三部禪宗語錄。就頻率來說，「徒自」最多，「空自」和「唐自」少見，「空自」在《語要》中還出現過三次，「唐自」則不見於三部禪宗語錄。再從否定的對象來看，「空自」所否定的對象比「唐自」、「徒自」還廣泛，不僅只於負面消極詞。

按例，筆者將討論過的詞條「～自」，從歷時角度估算出現次數，附記詞類歸屬，以利讀者閱讀瞭解。

表 5.2-1　佛典「～自」一覽表

序號	範例	漢譯佛典	祖堂集	古尊宿語要	五燈會元	詞類歸屬
1	極自	7				程度副詞
2	定自	2				評注副詞
3	幸自		1	4	10	評注副詞
4	空自	4		3		描摹副詞
5	唐自	7				描摹副詞
6	徒自	16		3	12	描摹副詞
總計		36	1	10	22	

上表反映了「～自」多出現在中唐以前的漢譯佛典，晚唐的《祖堂集》僅出現一次「幸自」，其他的詞在《祖堂集》中完全消失，可見派生詞「～自」具有明顯的時代性，爾後的《語要》和《五燈》還保留了少數的「～自」，被保留下來的「幸自」和「徒自」，使用次數多。

二、中土語料的觀察

本文考察的中土語料共有五種，其中《論衡》的部分，胡敕瑞（2002：253-255）曾做過調查，確認為後綴的詞條，有「更自」、「固自」、「皆自」、「偶自」四種。但有六種「～自」的「自」，含有「自己」的意思，如〈道虛〉：「凡人稟性，身本自輕，氣本自長。」〈感虛〉：「或時燕王好用刑，寒氣應至；而衍囚居而嘆，嘆時霜適自下。」〈明雩〉：「試使人君恬居安處不求己過，天猶自雨，雨猶自暘。」

胡氏未說明判斷依據，就其引文來看，「身本自輕，氣本自長」的「本自」應是「本」、「本來」之意，「自」可能是副詞，原文意為「身本來（就）輕，氣本來（就）長」。若依胡氏之說，「自」即「自己」是有問題的。因為把「自」

當反身代詞作賓語，則是「身輕自己，氣長自己」，語義不通。「嘆時霜適自下」應是「嘆息時霜剛好落下」，若解作「嘆息時霜剛好自己落下」，除語義不順以外，「自」的語法定位也是一個問題。而「天猶自雨，雨猶自暘」的毛病和「適自」是類似的。

在《世說》部分，王鍈（1986）和劉瑞明（1989a）曾做過研究。大抵上，《世說》有「每自」、「既自」、「故自」、「乃自」、「正自」、「殊自」、「方自」、「本自」等等。舉例來說，〈夙慧〉：「桓宣武薨，桓南郡年五歲，服始除，……玄應聲慟哭，酸感傍人。車騎每自目己坐曰：『靈寶成人，當以此坐還之。』」此故事紀錄桓溫死後，其弟桓沖和其子桓玄的互動，顯現出桓玄的聰慧和真情。「車騎每自目己坐曰」即「桓沖每每看著自己的座位說……」，「每自」似乎是一個詞（頻率副詞）。

王梵志詩的派生詞「～自」較少，有「徒自」，如〈道士頭側方〉：「道士頭側方，渾身惣著黃。无心禮拜佛，恒貴天尊堂。三教同一體，徒自浪褒揚。」有「猶自」，如〈玉髓長生術〉：「精魂歸寂滅，骨肉化灰塵。釋老猶自去，何況迷愚人。」此處的「猶自」的「自」意義泛化，似無語法功能，可能是後綴。

變文的派生詞「～自」，有「尋自」、「猶自」、「雖自」、「尚自」等等，其中，「雖自」、「尚自」當連詞用，有些「猶自」也當連詞。舉例來說，〈无常經講經文〉：「耳聾眼闇腰疼，猶自憂家憂計。」前句表示身體的不良狀況，後句表在前分句的條件下，心理狀態仍然不變，因此「猶自」當作「依然」、「依舊」，屬副詞，此處的「自」沒有語法功能，和王梵志詩「猶自」相比，這個「自」已是後綴。

當連詞者，如〈伍子胥變文〉：「王見怒蝸，猶自下馬抱之，我等亦須努力，身強力健，王見我等，還如怒蝸相似。」此段話的背景是越王用計（抱怒蛙）激勵士氣，士兵見狀後，彼此之間的談話。「王見怒蝸，猶自下馬抱之」意指「大王看見怒蛙，尚且下馬抱牠」，語境透露了青蛙的地位低微（動物），卻因勇猛之氣受到大王一抱，因此，「猶自」有「尚且」之意，引進後句更進一層的情況，屬遞進連詞。「自」無語法功能可說，應是後綴。〈廬山遠公話〉：「此箇老人前後聽法來一年，尚自不會涅槃經中之義理，何況卒悟眾生，聞者如何得會。」文中出現「尚自……何況……」，因此「尚自」即「尚且」，「自」只是後綴。〈韓

擒虎話本〉：「但某雖自年幼，也覽亡父兵書。」「雖自」即「雖」、「雖然」，屬轉折連詞。

南宋《朱子語類》的派生詞「～自」，有「即自」、「若自」、「空自」、「每自」、「徒自」、「便自」、「定自」。舉例來說，〈學・總論爲學之方〉：「如人要起屋，須是先築教基址堅牢，上面方可架屋。若自無好基址，空自今日買得多少木去起屋，少間只起在別人地上，自家身己自沒頓放處。」按照語境判斷，「若自」的「自」並不強調「自己」的意思，因此「若自」即是「假若」，屬假設連詞，「空自」即「白白地」、「白費地」，爲描摹副詞，否定「買木起屋」的行爲（對己無益）。

雖然，《朱子語類》「～自」在質、量上有限，不過它可以跟漢文佛典互爲補充，表 5.2-1 顯示「徒自」、「空自」還保存在《語要》、《五燈》中，同樣是宋代的《朱子語類》也有保存。禪宗語錄未出現的「即自」、「定自」，從《朱子語類》中得知宋代還在使用。另外，宋代《朱子語類》的連詞「若自」，是佛典所缺的。〔註17〕

現代漢語還有「～自」，蔣宗許（1994：30）調查了梁雨生《萍蹤俠影》，找到了「竟自」、「正自」、「兀自」、「強自」、「尚自」、「好自」等派生詞，顯見後綴「自」流通了很長的時間，不過現代所用的詞條是之前已經形成的，換言之，現代所用的「～自」是古語的殘留，沒有再派生新詞來。

三、詞法分析

派生詞「～自」的構詞只有一種類型，即「純造詞派生」。

（一）純造詞派生

新生的派生詞「～自」在意義、語法功能、詞類方面，和「詞根」幾乎是完全吻合，所以「～自」不屬換類派生、功能派生、特徵值轉換派生。

和後綴「復」一樣，蔣宗許（1999：33）主張後綴「自」具有鮮明的口語性。從上面的分析來看，「～自」的使用與否，和說話者主觀意識沒有很大的關

〔註17〕《語要》和《五燈》是否有連詞「～自」呢？劉瑞明（1989：19）舉《五燈・雲峰文悅禪師》：「便自端然拱手。」「便自」當連詞，筆者認爲該說有誤，應是副詞。此外，劉氏舉《搜神記・孫策》：「天旱不雨，道路艱澀，不時得過，故自早出。」「故自」是因果連詞，筆者認爲是可信的。

係。派生詞「～自」只有當評注副詞時，涉及說話人的態度，〔註18〕事實上，派生詞的主觀色彩來自於「詞根」而非來自「後綴」。

很多時候「自」出現在四字格的經文中，似乎是爲了完成詞根的雙音化，這種「～自」是「純造詞派生」。雖然如此，「～自」也可以用在非四字格經文，因爲一旦成爲大家所接受的派生詞，自然能以「詞」的角色進入其他的句式。

據此，筆者將「～自」劃歸爲「純造詞派生」。

四、語法化歷程

在本節一開始時，曾簡單敘述了「自」的語法化經過。楊榮祥（2003：406-409）說副詞詞綴「自」由表肯定的語氣副詞虛化的，副詞「自」又是從代詞「自」變成。楊氏將帶「親自」義的「自」視爲「情狀方式副詞」，帶「自然」、「本來」義的「自」視爲「肯定的語氣副詞」。他所主張的順序是：代詞→（語氣）副詞→副詞詞綴。

基本上，本文同意楊氏的看法，但筆者不認爲「語氣副詞」是「後綴」的來源，本文修正爲「描摹副詞」→「副詞後綴」。〔註19〕

「自」的語法化過程深受「句法位置」和「語義指向」的影響，最後，又經過「重新分析」的作用，「～自」凝固爲派生詞。

「自」初始的本義是「鼻子」，進入了語言層面時，該字義並沒有流傳開來，盛行的反而是引申義「自己」，當「反身代詞」使用。如《論語・里仁》：「見賢思齊焉，見不賢而內自省也。」《孟子・離婁上》：「人必自侮，而後人侮之。」「自省」和「自侮」都是「代詞＋V」結構，在此結構裡，「自」的語義特點是：「自」同時是施事者和受事者，施事者發出動作，動作的施及對象也是施事者自己。換言之，「V」的語義指向在前（自）。「自 V」可譯爲「（自己）V 自己」。所以「自省」即「反省自己」之意，「自侮」即「自己侮辱自己」之意。

在「自 V」的句式下，「自」將進一步語法化爲描摹性副詞，用來表「親自」、「自己（動手）」之意。例如，《詩經・小雅・節南山》：「不自爲政，卒勞百姓。」《史記・殷本紀》：「湯自把鉞以伐昆吾，遂伐桀。」此二例的「自」位於動詞

〔註18〕筆者發現「～自」當評注副詞數量不多，而且主要表達「客觀的傳信範疇」。

〔註19〕本文同意「自」可當表「親自」和表「自然」、「本來」兩種副詞。按張誼生（2000b）的系統，前者改稱爲「描摹副詞」，後者稱爲「評注副詞」。

之前的狀位，屬於表狀態的描摹副詞（張誼生 2000b：27），其語義特點是：強調施事者自己發出動作，動作的施及對象不是施事者自己。換言之，「V」的語義指向在後。「自 V」可譯爲「親自 V……」，「不自爲政」即「不親自主政」之意，「湯自把鉞……」即「商湯親身拿鉞（兵器）……」。

「自」還可用來表強調語氣，作「自然」、「本來」解，這種用法是從表狀態的描摹副詞語法化而來的，而且促成語法化的句法環境依然是「自 V」。例如。《老子》：「我無爲而民自化，我好靜而民自正。」《史記·扁鵲倉公列傳》：「此自當生者，越人能使之起耳。」此二例的「自」居於狀位，屬於評注性副詞（相當於「語氣副詞」），﹝註 20﹞說明已然事實發生的原因，其語義特點是：施事者並未施以動作，動作的施及對象也不是施事者。謂語所陳述的狀況一切是合常理、本然如此。評注副詞「自」還可用在「自 N」結構，例如，《漢書·司馬遷傳》：「自奇士也。」

從語義的角度來看，評注副詞「自」是從描摹副詞「自」語法化的，因爲後者可解釋爲「親自」、「親身」，很顯然和代詞的意義有關，而前者語義泛化程度較高，已看不出和代詞的關係。張誼生（2000b：367）從共時角度觀察就描摹性、限制性、評注性副詞在各方面的差異，發現它們正好構成一個由實到虛的連續統（即：描摹—限制—評注）。所以雖然同爲副詞範疇，若仔細來論，描摹副詞「自」的語法化程度低於評注副詞「自」。

我們知道「自」後來語法化爲後綴，可見，造成語法化的環境也是「～自」，然而，副詞「自」有兩種身份，一種是評注副詞，一種是描摹副詞，按照張誼生（2000b：217）副詞連用的常規順序，評注副詞高居第一，描摹副詞位居最後，由此推測副詞連用「～自」的「自」較可能是描摹副詞。以下，筆者舉幾個佛典例證說明「自」的演變：

12a 提無離菩薩自念，欲作交露車，縱廣四百里。（後漢支婁迦讖譯·佛說伅眞陀羅所問如來三昧經 p0356a）

　b 我入海浴，適有是念，便見萬佛，皆言：「不當如子之意欲度海。」便自念：「其餘有浴者亦在是聞，當有此異，其意欲度海浴。」（後漢支婁迦讖譯·文殊師利問菩薩署經 p0441a）

﹝註 20﹞ 張誼生（2000b）的評注副詞範圍較廣，涵蓋了語氣副詞。詳見本章註 5。

c 今我身者定自可得，願屬道人供給使令。（吳康僧會譯・六度集經
　　p0007b）〔註21〕

　　上述 a 例是支讖譯品，「提無離菩薩自念……」意為「提無離菩薩想……」，
此處的「自」不是代詞（因為它不是動詞的賓語），隱含有「親自」之意，表示
說話者自己在想某事，「自」是描摹副詞。b 例也是支讖譯品，但 a 例是「自念」，
b 例是「便自念」，「便」是時間副詞，「自」仍是描摹副詞，兩詞連用時，時間
副詞的位置在前。

　　雖然 b 例「便自」僅是副詞連用（分屬不同層次），還不是一個詞，不過表
示「親自」的「自」語義更加泛化，很少譯出。「便自」的語義重心偏向「便」。
語義重心偏向前一副詞，促成第二副詞的「自」進一步語法化。

　　c 例「定自可得」的「自」已經徹底泛化，沒有語法功能和語義可言。「定」
是評注副詞，「自」和「定」結合後，只有「必定」之意，是一個派生詞。由副
詞連用演變為派生詞是「重新分析」的作用。

　　後綴「自」形成的時代，保守估計在東吳時期，從表 5.2-1 可知，「自」的
能產力和量產力很有限，不是活潑的後綴。整體而言，「自」的語法化歷程為：

　　　　反身代詞「自」〔＋己身〕→描摹、評注副詞〔＋or－己身〕

　　　　描摹副詞「自」〔＋or－己身〕→後綴「自」〔－己身〕

根據前面的分析與解釋，現在將文字的論述轉換成表格，依照語法化的演變過
程、代表類型、義素有無、演變機制、語素性質、起點時代六項，展現後綴「自」
的語法化現象。

表 5.2-2　後綴「自」的語法化現象總表

演變過程	第一階段	第二階段	第三階段	第四階段
代表類型	代詞	副詞	副詞連用	後綴
義素有無	＋己身	＋or－己身	＋or－己身	－己身
演變機制		泛化	泛化	泛化、重新分析
語素性質	實語素	實→虛	實→虛	虛語素 suffix
起點時代	先秦	先秦	魏晉南北朝	魏晉南北朝（吳）

〔註21〕此例亦見於 11a，為了方便讀者閱讀，故再次徵引。

第三節　後綴「當」的歷時發展

　　「當」，《說文》：「田相值也。」段《注》：「值者，持也，田與田相持也。引申之，凡相持相抵皆曰當。」換言之，「當」本爲動詞。

　　《詞典》的「當」有三個，即：「當₁」、「當₂」、「當₃」，「當₁」（dang⁵⁵）〔註22〕收有 27 個義項，例如，對等（相當）、對著（向著）、擔任（充當）、承受（承當）、主持（執掌）、抵敵（抵當）等等。「當1」還可作量詞、副詞、介詞、連詞、助詞。「當₂」（dang51）〔註23〕有 16 個義項，例如，適宜（適當）、適合（符合）、順應、當做（算是）、以爲（認爲）等等。「當₃」（dang）〔註24〕當後綴用，引白樸《梧桐雨》：「卻是吾當有幸，一箇太眞妃傾國傾城。」龍潛庵《宋元語詞集釋・題記》：「當，作爲人稱的附綴，如『吾當』、『卿當』、『爾當』之類。」這種用法比較晚出，本文的語料沒有「當₃」。

　　《詞典》的「當₃」僅限於人稱後綴，和本節談的虛詞性派生詞「～當」不同，本節的「當」是虛詞後綴，而且通行的時代比人稱後綴「當₃」要早很多。這是《詞典》未收錄的用法。根據《詞典》的記載，筆者將動詞「當」的義素記作〔＋雙方，＋力量接近〕。

　　在語言學的研究裡，後綴「當」較少被提及。通常雙音節「～當」的「當」被視爲是語助，持此說者，如清代劉淇《助字辨略》（1954）、張相（1955）。劉氏解釋「何當」爲「何乃」，「當」乃語助，不爲義。張相的書採條例式說解，討論到許多種「～當」，在「當」、「吾當」、「誰當」之下指明「當」是語助辭。另外，丁聲樹〈何當〉解〉一文認爲「何當」是問時之詞。

　　後來，蔣紹愚（1990：326-327）探討唐詩的「當」，將「當」分爲兩種：一是「應當」，「事理之當然」；一是「將」，「時間之將然」。這樣的說明稍微簡略，也未交代「當」的性質。較仔細地談論此題的是蔣宗許（2004：72-76），

〔註22〕dang⁵⁵是依《漢語大詞典》的標音，以漢語拼音方式標明，聲調部分改用數字代之，55 表普通話一聲。

〔註23〕dang⁵¹是依《漢語大詞典》的標音，以漢語拼音方式標明，聲調部分改用數字代之，51 表普通話四聲。

〔註24〕dang 是依《漢語大詞典》的標音，以漢語拼音方式標明，後綴「當」在普通話中發輕聲。

他提到張永言 1964 年發表的〈讀《敦煌變文字義通釋》偶記〉，〔註25〕曾說過「當」可作詞尾，蔣氏繼承此說，舉了許多例證，並試圖描寫「當」的淵源和發展軌跡。

關於「當」語法化的原因，蔣宗許（2004：73-74）認爲有內因和外因，內因是「當」本有動詞、形容詞、介詞、助動詞用法，漢代之時，助動詞日漸普遍，進而演變爲副詞，使用逐漸普遍（《世說》的「當」有55%都當副詞）。副詞「當」又進一步變爲無義的墊音助詞，再發展爲詞尾（後綴）。

外因和雙音化、結構式有關，詞彙雙音化是漢語發展必然趨向，在漢魏六朝時，附加式構詞法得到空前發展，此時「當」爲習語詞彙，而且又有墊音用法，於是正好充當詞尾。

筆者將立基於蔣宗許的研究上展開本節的論述。由於蔣氏的書證引自六朝中土文獻（包括《世說》、詩文、史書），並未涉及佛典資料，本節的材料正足以補充其說。蔣氏初步分析了「當」語法化的過程，尚未深入探討此題。筆者將試著找出影響「當」語法化的機制，將其語法化歷程描繪得更清晰。

一、佛典語料的觀察

當「當」進入語言交際的時候，詞類的變化是多樣的，其中虛詞用法在先秦時代已經產生，而且有普遍化的趨勢。可以想見，動詞「當」在先秦時代已經語法化爲虛詞了。關於副詞、連詞、介詞等的「當」，《詞典》已有詳細的說明，筆者不擬重申或複述。此處主要觀察後綴「當」和詞根組合後，派生的新詞詞類。

經過窮盡式檢索之後，筆者按照「詞類」的標準，將「～當」分爲五類，副詞的分類以張誼生（2000b：21-23）爲準。前四類爲時間副詞、範圍副詞、評注副詞、重複副詞，以上屬虛詞範疇。第五類爲動詞，屬實詞範疇，這種用法在佛典中比較少見。〔註26〕

〔註25〕蔣宗許引述的篇名有誤，經查證後，更正爲張永言（1964）：〈讀《敦煌變文字義通釋》偶記〉，《中國語文》3 期，頁 238-239。

〔註26〕筆者在佛典中發現了當連詞的「尚當」，例如，吳支謙譯《佛說月明菩薩經》p0411a：「若比丘疾病窮厄勤苦當憂。令得安隱給與醫藥。何但醫藥。尚當不惜肌肉。當供養之趣令得愈。」本利敘述若比丘生病困頓時，將盡力照顧至痊癒爲

（一）作時間副詞的「～當」[註27]

13a 汝今若能作一大坑，令深十丈，盛滿中火，自投其身，乃當與法。（吳支謙譯・撰集百緣經 p0220a）

　b 有大姓家子端正，以金作女像，語父母：「有女如此者，乃當娶也。」（吳康僧會譯・舊雜譬喻經 p0513c）

　c 迦葉！又如劫盡燒時，諸小陂池、江河、泉源在前枯竭，然後大海乃當消盡。正法滅時亦復如是，諸行小道正法先盡，然後菩薩大海之心正法乃滅。（姚秦鳩摩羅什譯・思益梵天所問經 p0058a）

　d 若有善男子善女人，於是世界、他方世界終亡，往生阿閦佛刹者，甫當生者，即當得住弟子緣一覺地。（後漢支婁迦讖譯・阿閦佛國經 p0758b）

　e 三老曰：「國是王許，故當如前，食飲所須當相差次。」（西晉法炬共法立譯・法句譬喻經 p0607c）

　f 時，尸婆離便作是念：「阿闍梨常日日來，今何故不來？將不病耶？不爲惡蟲所傷？」即往看之。見樹下臥作是念，阿闍梨故當眠，默然立聽，不聞喘息，以手摩心，身體已冷。（東晉佛陀跋陀羅共法顯譯・摩訶僧祇律 p0479a）

　　上述 a 例是東吳譯品，屬假設的情境。大意是若能挖一個深十丈的火坑，投身其中，就能得法，「乃當」意即「這才」、「就」，表示以前一動作爲條件，才會有後一動作的發生，兩個動作有時間先後的差距。「乃當」的「當」沒有理性意義，有後綴性質。b 例也是東吳譯品，「有女如此者，乃當娶也」意即「有這樣的女子，這才娶她」，或解爲「有這樣的女子，這才要娶她」。此例顯示「乃當」的「當」在三國時，還沒有全然語法化爲後綴。c 例「然後大海乃當消盡」意即「然後大海才消竭」，本例後有「正法乃滅」，推測「乃」才是語義重心，「當」可能是後綴，「乃當」是「才」之意，屬時間副詞。

止。「何但醫藥，尚當不惜肌肉」猶言「何止是……，尚且……」，「尚當」即「尚」，「當」無義可說，「尚當」用來表示後一分句陳述的情況較前一分句更進一層，屬遞進連詞。當連詞的「～當」很少見，筆者僅找到「尚當」一詞，而且也只出現一次。

〔註27〕作時間副詞的「～當」意指「詞根＋當」當時間副詞使用。以下諸類以此類推。

　　d 例「甫當生者」意為「剛剛出生者」。「甫當」即「甫」,「剛剛」之意,時間副詞;「當」沒有理性意義,屬後綴。在五十部佛典中,「甫當」只出現於《阿閦佛國經》。

　　e 例描述三長老弒王,王死後變成羅剎報復國人,三老於是請罪,告訴羅剎「國是王許,故當如前」,意即「國家是大王的,和以前一樣」,「故當」即「仍然」,「當」無義可說,應為後綴。「故當」強調動作施行時間的持續,意即「國家的治理權持續不變」。

　　f 例是尸婆離猜想阿闍梨為何沒來,於是前往關心,發現「阿闍梨故當眠」,意即「阿闍梨依然在睡覺」,「故當」解作「依舊」、「依然」,表示「睡覺的狀態持續進行,並未改變」。「當」除了無義之外,也沒有修飾作用,失去副詞的功用,變成後綴。

(二)作範圍副詞的「～當₂」

　　14a 此室中鬼常啖人,自相與語言:「正當啖彼一人,是一人畏我,餘四人惡,不可犯。」(吳康僧會譯・舊雜譬喻經 p0518b)

　　　b (須達)問舍利弗:「是六欲天〔註28〕何處最樂?」……須達言曰:「我正當生第四天上。」出言已竟,餘宮悉滅,唯第四天宮殿湛然。(元魏慧覺等譯・賢愚經 p0421a)

　　　c 阿闍世語摩訶迦葉:「我從佛聞仁特尊,今以衣奉上,唯當受之。」摩訶迦葉而不肯受。「所以者何?」「我婬怒癡未盡索,故不可受。」(後漢支婁迦讖譯・佛說阿闍世王經 p0402a)

　　　d 「斯梵志道德之靈,吾等當以何方致天女乎?唯當以蠱道,結草祝禰,投之于水,令梵志體重,天女靈歇耳。」即結草投水,以蠱道祝。(吳康僧會譯・六度集經 p0045a)

　　　e 善惡殊途,恐不相值,唯當大修德,爾乃相遇耳。(西晉竺法護譯・生經 p0108a)

　　　f 拾得打維那,實謂費鹽醬多也,唯當別有道理。(語要・寶峰雲庵眞淨禪師住筠州聖壽語錄)

─────────

〔註28〕佛教認為欲界有六重之天,謂之六欲天,分別為:四王天、忉利天、夜摩天、兜率天、樂變化天、他化自在天(丁福保 2005)。

g 念是釋家子年尚少，學日淺，何能勝我曹？但當與共試道，乃知勝不耳。（吳支謙譯・佛說義足經 p0180c）

h 手足及與頭　五事雖絆羇　但當前就死　跳踉復何爲（吳康僧會譯・舊雜譬喻經 p0510c）

i 波婆伽梨復語眾人：「行來不易，但當多取。」眾人貪寶，取之過度。（元魏慧覺等譯・賢愚經 p0412c）

j 諸比丘但當食果，何故棄地，復持而去與誰？（東晉佛陀跋陀羅共法顯譯・摩訶僧祇律 p0478a）

上述 a 例紀錄啖人鬼考慮要吃誰的事情，所謂「正當啖彼一人，是一人畏我」意即「只能吃那一個人，因這個人會怕我」，「正當」的語義重心在「正」，在此句中當「只有」、「只能」之意，表示限定的範圍，屬範圍副詞。「當」是附著性成分，沒有理性意義，爲後綴。表範圍的「正當」最早出現在東吳譯品，總數不多。b 例須達聽到舍利弗的解釋後，說了「我正當生第四天上」，意即「我只要到第四天上」，「正當」表示「僅要」、「只要」，表示有限定某範圍。

c 例談到阿闍世要奉衣給摩訶迦葉，但摩訶迦葉拒絕了。「今以衣奉上唯當受之」，意爲「現在奉衣給您，唯有接受它吧（請接受它吧）！」「唯當」即「唯」，「唯有」之意，「當」無義，亦無修飾功能，屬後綴。d 例記載兩個道士商討以何物致天女，最後決定「唯當以蠱道結草祝뛻投之于水」，「唯當」即「唯有」之意。e 例的大意是善惡不同道，要相遇恐怕很難，唯有大修德者才能相遇吧！「唯當」即「唯有」、「只有」。f 例的時代較晚，「唯當」依然是派生詞，和唐以前的用法一樣。

g 例記載六個梵志討論國王爲何不用他們，反而承事瞿曇等人，因此想要與瞿曇等人一較高下。其中，「但當與共試道」意即「只管與他們比畫比畫」。「但當」意爲「只管」、「儘管」，表示無所顧忌地實施某一行爲，語義指向在後，是一種無限制的範圍，帶有「只要可以……，就盡量……」的含意。h 例是薩薄降鬼的故事，「但當前就死」有「儘管就赴死」之意，「但當」爲派生性副詞。i 例記載波婆伽梨的言語，波婆伽梨告訴大家「但當多取」，意即「儘管多拿」，此處「當」是無理性意義的，屬後綴性質。j 例「諸比丘但當食果」意即「諸位比丘只管吃果子」，「但當」表示食果子是無限的、盡量去吃，屬範圍副詞。

（三）作評注副詞的「～當₃」

15a 阿難！無有，亦無有受。已無有受，寧當有慳難捨不？（後漢安世
　　高譯・佛說人本欲生經 p0242c）

　b 已等心定意，已行已作已有，寧當有瞋恚耶？無有是，何以故？（後
　　漢安世高譯・長阿含十報法經 p0236a）

　c 時有梵志兄弟四人各得五通，卻後七日皆當命盡，自共議言：「五通
　　之力，反覆天地，手捫日月，移山住流，靡所不能。寧當不能避此
　　死對？」（西晉法炬共法立譯・法句譬喻經 p0576c）

　d 沙彌心念：「我有何罪，遇此惡緣？我今寧當捨此身命，不可毀破三
　　世諸佛所制禁戒。」（元魏慧覺等譯・賢愚經 p0381b）

　e 夫生有死，身爲朽器，猶當棄捐。（吳康僧會譯・六度集經 p0013c）

　f 女子對曰：「我父終沒，家財無量，雖有五女，猶當入王。」（元魏
　　慧覺等譯・賢愚經 p0382b）

上述 a 例是佛陀開示阿難的言語，「已無有受，寧當有慳難捨不」意即「已
沒有「受」，難道還有『慳難捨』嗎？」「寧當」即「寧」，表示反詰語氣，譯作
「難道」，隱含說話者「不希望」的態度，屬主觀情態範疇，是一種深究情態。
此處的「當」沒有理性意義，是爲後綴。

　　b 例節錄自賢者舍利所說的第七六法，「寧當有瞋恚耶」猶言「難道還有瞋
恚嗎？」c 例講到四個梵志兄弟得神通後，想逃避死亡，運用神通之後依舊難
免一死。所謂「寧當不能避此死」，意即「難道不能逃過死亡」。d 例的「寧當」
與前幾例不同，「我今寧當捨此身命」意味「我現在寧願捨棄身命」，「寧當」的
語義重心在「寧」，有「寧願」、「寧可」之意，當事人權宜利害輕重後，選擇利
於己者，屬評注副詞。

　　e 例記載佛陀前身爲兔子，想要供養道士，最後決定以身奉之，「猶當棄捐」
意即「（身軀）仍然要捐棄」，「猶當」即「猶」，有「仍然」之意，「當」無義可
說。「猶當」爲評注副詞，屬推斷性總結的傳信範疇。f 例「猶當入王」意即「（財
物）仍歸大王」，「猶當」即「仍然」之意。

（四）作重複副詞的「～當₄」

16a 賊語婦言：「汝住此岸，我先渡物，還當渡汝。」（後秦弗若多羅譯・

十誦律 p0245c）

上述 a 例「我先渡物還當渡汝」，此句有兩解，一是「還」當「回頭」、「回來」之意，「當」可解作「會」之意，整句意爲「我先運送財物過河，回頭會送你過河」。二是「還當」爲一單位，有「再」之意，整句意爲「我先運送財物過河，再送你過河」。「還」本身即有「再」之意，可見「還當」的語義重心在「還」，「當」無義可說，附著於「還」，作後綴用。若擇第二說，「還當」即重複副詞，筆者認爲，此例應是過渡例子。

筆者發現五十部漢譯佛典裡的「還當」均分佈於《摩訶僧祇律》、《十誦律》、《出曜經》三經，不過，這些「還當」不是詞，即便是 a 例，非詞的可能性仍很高。魏晉南北朝的「還當」處於過渡時期，隋代時有成詞的情況，在此，筆者以隋闍那崛多的譯品爲例子，《佛本行集經》p0086c：「佛過去世時作大苦行，現得諸欲，得諸欲後，勤劬保持，不能守護，還當失落。」《大方等大集經賢護》p0880a：「斯諸善男子、善女人往昔已於諸如來前聞是三昧，讀誦受持，以是義故，如來滅後，於最末世五百年終 —— 法欲滅時，法將壞時 —— 還當得聞如是三昧，聞即生信，無有驚疑。」兩例的「還當」都作「又」、「還」之意，「當」無義，屬後綴。

（五）作動詞的「～當₅」

17a 問：「靈山話月，曹谿指月。去此二途，請師直指。」師曰：「無言不當啞。」曰：「請師定當。」（語要・風穴禪師語綠）

b 師上堂云：「諸和尚上來爲什麼？有什麼苦屈底事？有什麼不了處？還有疑者麼？若有即出來，與兄弟定當。」（語要・鼓山先興聖國師和尚法堂玄要廣集）

「～當₅」是動詞的後綴，屬實詞範疇。

「當」爲動詞（實詞）後綴的情形筆者僅找到「定當」一詞。a 例「請師定當」意即「請師父裁定」。「定當」是動詞謂語，相當於「定」，有「裁定」、「決定」之意，而「當」則無義可說。b 例「與兄弟定當」意即「和兄弟（我）商定、商量」，「定當」也是動詞謂語。

動詞性派生詞「定當」出現於《語要》和《五燈》中，和蔣宗許（2004：75）推論唐宋以後「當」用爲動詞後綴，時間上相差不多。

　　以上兩例出自本文設定的佛典語料。佛教本非中土宗教，許多佛典是翻譯作品，如果將梵文原典列入參考，「當」對應的梵文是 "-isyanti"，屬第三人稱複數，表未來式的詞綴。隋笈多譯的《金剛能斷般若波羅蜜經》有許多「～當」，如「有當」（bhavisyanti）、「生當」（prasavisyanti）、「取當」（pratigrahisyanti）、「持當」（dharayisyanti）、「讀當」（vacayisyanti）、「誦當」（paryavapsyanti）、「廣說當」（saprakaśayisyanti）、「受當」（udgrahisyanti）、「驚當」（uttrasisyanti）、「怖當」（samtrasisyanti）、「盡當」（kaspayisyanti）等。〔註29〕書證如後：

> 18a 善實！若善家子、善家女若此法本，受當、持當、讀當、誦當，為他等及分別廣說當。知彼，善實！如來佛智；見彼，善實！如來佛眼。一切彼，善實！眾生，無量福聚生當取當。（隋笈多譯・金剛能斷般若波羅蜜經 p0769b）
>
> b 命者善實邊如是言：「如是，如是！善實！如是，如是！如言汝。最勝希有具足彼眾生有當，若此經中說中，不驚當，不怖當，不畏當。彼何所因？（隋笈多譯・金剛能斷般若波羅蜜經 p0769a）
>
> c 彼輕賤有當極輕賤。彼何所因？所有彼眾生，前生不善業作已，惡趣轉墮；所有現如是法中，輕賤盡當，佛菩提得當。（隋笈多譯・金剛能斷般若波羅蜜經 p0769b）

　　上述 a 例的七個「當」都是動詞後綴，比較同經 p0769b：「若此法本聞已不謗……何復言若寫已，受持讀誦，為他等及分別廣說。」這段經文和 a 例相似，不過「當」卻不用了，「受持讀誦」、「廣說」和「受當、持當、讀當、誦當」、「廣說當」意思相同，可見漢語的後綴沒有強制性（optional，見表 2.1-1）。

　　b 例派生詞「～當」的詞根「驚」、「怖」、「畏」是表心理狀態的動詞。c 例「輕賤盡當」的「盡」表「極盡」之意，亦是動詞。「佛菩提得當」的「得」表「得到」之意。

　　對於這些對譯的「當」，筆者的看法是，因譯典的特殊性質，譯者翻譯時，態度是很恭謹虔誠的，而且譯經事業在鳩摩羅什時已蔚為大觀，傾國家力量給予支持，參與譯經者都是一時之選（蔡日新 2001：76-77），隋代的譯經亦是如此。在這種情況下，面對梵文 "-isyanti"，不可能隨意找個漢字對應，而是斟

〔註29〕感謝陳淑芬老師提供梵文資料，豐富本文的例證。

酌之後以「當」對譯。就語音來看，《廣韻》「當」是「都郎切」，端母唐韻，不是 "-isyanti" 的音譯，可能是意譯，由於 "-isyanti" 本身是後綴，「當」在當時亦有後綴的用法，故選了「當」對譯。由此可見，「當」除了作副詞後綴以外，還「跨類」作動詞後綴，「跨類使用」是漢語詞綴的一項特色。

以下，將前述的「～當」，轉換爲表格，從歷時的角度呈現其類型、數量，並附註詞類歸屬。

表 5.3-1　佛典「～當」一覽表

序號	範例	漢譯佛典	祖堂集	古尊宿語要	五燈會元	詞類歸屬
1	乃當	16				時間副詞
2	甫當	11	1	1	1	時間副詞
3	故當	2	1			時間副詞
4	正當	6				範圍副詞
5	唯當	14		1		範圍副詞
6	但當	48				範圍副詞
7	寧當	18	1			評注副詞
8	猶當	3				評注副詞
9	還當	1				重複副詞
10	定當			15	10	動詞
總計		129	3	17	11	

就流通時代而言，副詞性派生詞「～當」，主要出現於中唐以前的漢譯佛典，重複副詞「還當」使用頻率低，成詞的時代不確定。大致而言，副詞性派生詞「～當」有較鮮明的通行時代。

作動詞的情況在佛典中很罕見，筆者僅找到「定當」一例，分別出現在《語要》和《五燈》，可見「當」作動詞後綴的時間晚於作副詞後綴。

二、中土語料的觀察

在本節一開始時，筆者曾談到張相（1955）和蔣紹愚（1990）針對詩、詞、曲等文學作品的「當」，做出一些說明，只是所述略簡。因此筆者再以五種中土文獻爲對象，觀察「～當」的使用情形。經檢索過後，發現《論衡》和王梵志詩沒有成詞的「～當」，兩書中的「當」作單詞使用；《世說》的「～當」較多，《變文》、《朱子語類》就減少了。

在《世說》一書中，成詞的「～當」種類豐富，例如，「唯當」、「終當」、「政當」、「還當」、「乃當」、「方當」、「故當」、「固當」、「猶當」等。這些派生詞多半見於佛典中，語義和語法功能沒有差別。其中，佛典無「政當」和「固當」，並且佛典的「正當」和《世說》略有不同。現以「政當」、「固當」、「正當」作說明。

《世說》「政當」出現一次，即〈言語〉：「初，熒惑入太微，尋廢海西。簡文登阼，復入太微，帝惡之。時郗超爲中書在直。引超入曰：『天命脩短，故非所計，政當無復近日事不？』」「政當」，張萬起（1993：111）說同「正當」，作「只是」解。準此，劃歸範圍副詞。

《世說》「固當」出現一次，即〈品藻〉：「謝公問王子敬：『君書何如君家尊？』答曰：『固當不同。』」謝安要王子敬（獻之）比較他和父親的字，子敬回答「固當不同」，意即「本來就不相同」。「固當」即「本來」之意，屬評注副詞。

根據表 5.3-1，佛典的派生詞「正當」作範圍副詞（6 次），而《世說》的派生詞作範圍副詞（4 次），如〈賢媛〉：「妻曰：『君才致殊不如，正當以識度相友耳。』公曰：『伊輩亦常以我度爲勝。』」此段是山濤妻對山濤和嵇、阮的評論，山濤才致不如二人，但識度則有過之。「正當」即「僅」之意，表示有限定的範圍。就「正當」的次數來論，《世說》和佛典相當（總字數是佛典多於《世說》），從類型來看，佛典和《世說》相同。〔註30〕

另外，《世說》出現了「併當」（「屏當」），是「V當」的結構，「當」爲動詞後綴。例如，〈德行〉：「王長豫爲人謹順……恒以慎密爲端。丞相還臺，及行，未嘗不送至車後。恒與曹夫人併當箱篋。」張萬起（1993：208）說「併當」爲「收拾」、「料理」。然而，「併」本有「收拾」之意，此處的「當」應無意義。「併當箱篋」即「收拾整理箱篋」。又，〈雅量〉：「祖士少好財……人有詣祖，見料視財物。客至，屏當未盡，餘兩小簏箸背後，傾身障之，意未能平。」「屏當」義同「併當」，「屏當未盡」猶言「收拾未完」。蔣宗許（2004：75）提到唐宋之後「當」多充當動詞詞尾，《世說》的「併當」和「屏當」各出現一次，表示動詞後綴的用法在當時還不流行，〔註31〕詞綴「當」幾乎都是綴加在副詞詞根之後。

〔註30〕《世說》的「正當」有一次作時間副詞，如〈文學〉：「卿且去，正當取卿共詣撫軍。」「正當」猶言「將」。但這個「正當」可能不是派生詞。

〔註31〕查《晉書‧阮籍傳》亦出現一次「屏當」，文字及內容近於《世說》。

變文有「終當」、「還當」等詞，在語義、語法功能上與佛典相同。蔣宗許（2004：75）找到「V當」的例子，如〈降魔變文〉：「忽見寶樹數千林，花開異色無般當。」「般當」猶言「齊等」。〈大目連冥間救母變文〉：「維摩臥疾於方丈，佛敕文殊專問當。」「問當」猶言「問候」。

《朱子語類》有「定當」、「合當」、「終當」、「還當」、「必當」等詞。其中，「定當」有「確定」之意，當動詞用。如〈春秋‧經〉：「唯伊川以爲『經世之大法』，得其旨矣。然其間極有無定當、難處置處，今不若且存取胡文定本子與後來看，縱未能盡得之，然不中不遠矣。」「合當」有「本來」、「合乎」之意，當副詞用，如〈學‧力行〉：「如人入於水則死，而魚生於水，此皆天然合當如此底道理。」《朱子語類》的「～當」作動詞用者變多了。

綜合上述，中土語料的派生詞「～當」主要是副詞性質，所派生的詞條十分豐富。《世說》出現了派生詞「V當」的例子，較晚的變文、《朱子語類》也有一些「V當」，可見「當」作動詞後綴確實晚出。

三、詞法分析

派生詞「～當」只有一種類型，即「純造詞派生」。

（一）純造詞派生

詞根綴加了「當」，派生出雙音節新詞，新詞並不影響詞根的語義、詞類、語法功能，可見，新詞的中心詞在詞根。一般而言，中心詞由詞綴肩負，具有決定詞類的功用。「當」不是中心詞是一項特色。

蔣宗許（2004：74）提到派生詞「～當」多用在對話、詩歌、書帖等應用文中，可見「當」有口語性質。雖然「～當」似有口語性，但是如何證明詞根加「當」之後，便帶有「小稱」，或「增量」，或「輕蔑」，或「喜愛」，或「尊敬」等情感呢？或者「～當」有什麼其他的附加意義嗎？至少，在佛典的「～當」幾乎不包含附加意義。因此本文把派生詞「～當」看成「純造詞派生」。

有些「～當」作評注副詞，評注副詞具有傳信或情態功能，前者較具客觀性，後者偏向主觀，不過這只是個傾向。嚴格來說，傳信和情態都和說話者的態度有關，並不能截然切開（張誼生 2000b：55）。

經過本文的考察後，除了「寧當」屬情態的語法範疇之外，其他的「～當」均屬於傳信的語法範疇。由於「寧當」的詞根本身就帶有主觀色彩，我們在區

別派生詞類型時，是依照「詞綴」的特色來分類，就「寧當」而言，它的主觀
色彩來自「詞根」，而不是「詞綴」，因此不能算表達性派生。

四、語法化歷程

由於，「當」和「復」、「自」都是虛詞後綴，而且主要是當副詞後綴，它們
所經歷的語法化比較接近。大抵上，「當」的語法化機制和「復」、「自」類似，
和「句位鄰接」、「語義泛化」都有影響，另外還有「重新分析」機制的運作。

根據《說文》的記載，「當」本是動詞，有「田地相抵」之意，不過該本義
並未流行。後來引申爲「對等」、「抵敵」、「阻擋」、「承受」等義，這些引申義
的共同特徵是，施動者或與事者有兩方，例如，敵方來襲，我方才會「抵擋」；
某方施予壓力，另一方「承受」。因此筆者將「當」的義素記作〔＋雙方，＋力
量相等〕。

一般而言，副詞從實詞（動詞或形容詞）語法化而來，「當」也不例外。蔣
宗許（2004：73-74）認爲「當」的動詞性較弱，不一定需要另外的物事作爲動
作行爲的對象，因而先秦時「當」的詞彙意義開始弱化，甚少作動詞。

動詞具有當謂語的語法功能，一旦語法位置改變，「當」不再作謂語，改作
狀語時，便提供了動詞語法化爲副詞的條件。例如，《史記·扁鵲倉公列傳》：「（臣）
以爲肥而蓄精，身體不得搖，骨肉不相任，故喘，不當醫治。」「當」處在狀位，
動詞性減弱，變成副詞，修飾動詞「醫治」，「不當醫治」意即「不必醫治」。

《詞典》將「當」分爲三種，從「當₁」、「當₂」的諸多義項判斷，它們之
間的界線不那麼清楚。副詞用法是記在「當₁」底下，有五種情況：

1. 相當於「將」、「將要」（屬時間副詞）。
2. 相當於「尙」、「還」（屬程度副詞）。
3. 相當於「必」、「必定」（屬評注副詞）。
4. 相當於「即」、「立即」（屬時間副詞）。
5. 相當於「很」、「甚」（屬程度副詞）。

同樣都作副詞，「當」的用法比「復」還多。乍看之下，「當」與其他副詞
搭配時，五類均可進行組合。《詞典》的五類是從語法意義來分的，倘若，將它
轉換爲副詞類型的話，其實只有三種類型，即「時間副詞」、「程度副詞」、「評
注副詞」。

　　筆者發現佛典有許多的「副詞＋當（副詞）」，那麼「副詞＋當」究竟屬於「副詞連用」（見註 13）？或是「副詞並用」？〔註32〕抑或「副詞性並列複合詞」？〔註33〕或屬於「派生詞」呢？此問題的答案涉及「當」的三種副詞用法，因此，筆者逐一檢驗之。

　　首先，筆者認為「副詞＋當」不可能是「副詞連用」。因為副詞連用代表「副詞＋當」不處在同一個結構層次，但是根據前面的分析（見「佛典語料的觀察」），句子中的「副詞＋當」均屬同一個層次，否則語義上便說不通。例如，15d「我今寧當捨此身命」，若斷為「我今寧／當捨此身命」，便窒礙難解。「寧當」是一個詞，對「捨此身命」一事有評斷的意味。

　　再者，「副詞＋當」也不是「副詞並用」。楊榮祥（2005：272-274）概括了副詞並用的特點：

1. 語義疊架，從語義表達來看，並用的兩個副詞是沒必要的，去掉一個對表義沒有影響。
2. 副詞並用必定處在同一結構層次，是並列、等立關係。
3. 兩個副詞先後語序不定。
4. 並用的副詞都是很常用的副詞，單個使用的頻率都很高，至少其中一個很常用。
5. 在同類副詞中使用頻率最高的副詞，往往最容易與同類中的其他副詞並用。

　　其中，第二點是副詞並用的定義，既然筆者在前面已經排除了「副詞連用」的可能，就表示「副詞＋當」處在同一個層次，所以第二點應是「前提」。是故，改以其他特徵進行判斷。

　　由於副詞並用要求「兩個功能和語義相同、相近的副詞並列」，副詞「當」只有三種類型（時間、程度、評注），換言之，「副詞＋當」若是並用，只能有

〔註32〕本文的「副詞並用」，採取楊榮祥（2005：270）的定義：「所謂副詞並用，即兩個（少數三個）功能特徵和語義特徵相同、相近（同屬一個副詞次類甚至次類中的小類）的副詞並列使用。」例如，「皆總」、「總皆」、「遂乃」、「皆悉」等，這些都是並列關係，在句法結構中相當於一個句法單位（處於同一結構層次）。

〔註33〕本文的「副詞性複合詞」是從副詞的同義連文凝固而成的，即兩個副詞性成分構成一個「詞」（word）。

三種情況（時間、程度、評注）。從表 5.3-1 得知「～當」不作「程度副詞」，可作「時間副詞」、「評注副詞」，後兩者才有可能是「副詞並用」。以下，就「時間副詞」和「評注副詞」作分析。

根據《詞典》的記載，時間副詞「當」爲「將」、「即」之意，表 5.3-1 的時間副詞有「乃當」、「甫當」、「故當」，然而「乃」、「甫」、「故」都沒有「將」、「即」之意。也就是說，前一個副詞和「當」雖然都屬時間副詞範疇，具有相同的功能，可它們不是「同義或近義」，不符合「副詞並用」的定義。

根據《詞典》的記載，評注副詞「當」爲「必定」之意，表 5.3-1 的評注副詞有「寧當」、「猶當」，然而「寧」、「猶」不具備「必定」之意。換句話說，前一個副詞和「當」雖然都屬於評注副詞範疇，具有相同的功能，可它們不是「同義或近義」，不符合「副詞並用」的定義。既然所有的可能都不成立，可見佛典的「副詞＋當」不是「副詞並用」。

復次，筆者也不同意「副詞＋當」是「副詞性並列複合詞」。因爲如果是「複合詞」，前面的副詞和「當」，都應有一定的意義和功能。但事實並非如此。從前面的分析可知，佛典的四種副詞「～當」，是由前面的副詞來表義的，而不是後面的「當」。現在，再以 13a 做說明，「汝今若能作一大坑。令深十丈。盛滿中火。自投其身。乃當與法。」該句型之意是「若能……就（才）……」，前面分句表示假設條件，後面分句表示獲得結果，即：達到了條件，便能得到結果。「乃當」是一個詞，但「當」沒有「就」、「才」的意思，「乃當」的中心詞在「乃」，該詞的語法功能和語義由「乃」肩負的。又如 14a「此室中鬼常啖人。自相與語言。正當啖彼一人」，句中表明鬼要吃那個人，「正當」是一個詞，「正」有限定範圍的意義和功能，「當」無義可說，也不肩負語法功能。

「～當」的「當」位置固定，附著於副詞後面，意義已經泛化。「～當」的中心詞居前，「當」只用來輔助單音節副詞雙音化，取消了「當」，對整個詞只有音節的損失，無損於語義或語法功能。因此筆者認爲本節所談的「～當」應歸爲派生詞。

談到這裡就不禁要問：副詞「當」如何演變爲詞綴呢？哪一種副詞才有可能語法化爲詞綴呢？

筆者曾經花了很多篇幅辨明「副詞＋當」的性質，最後主張它是派生詞。

要特別強調地是，這是指本節討論的「～當」。換言之，不是所有的「～當」都是派生詞。例如，西晉竺法護譯《生經》p0093b：「假使悲涕泣，能令死者生，皆當聚憒泣。」「皆」「當」連用，「當」有「將」之意。竺法護譯《普曜經》p0499c：「悉當度脫之，不見魔境界。」「悉」「當」連用，「當」有「將」之意。

副詞主要用來修飾謂語，「副詞連用」依然是要修飾謂語。不過若前一副詞隱含的意義較第二動詞顯著，促使後者發生語法化，變成次要成分。例如，北涼曇無讖譯《佛所行讚》p0014b：「眾人聞出家 驚起奇特想 嗚咽而啼泣 涕淚交流下 各各相告語 我等作何計 眾人咸議言 悉當追隨去」末句的「當」是否表未來時的「將」，是模稜兩可的。因爲，眾人的結論是「都追隨太子去」，強調已然的決定，至於「追隨」的時點（現在追隨或將來追隨），則不那麼重要。「悉」和「當」相比之下，前者隱含的意義較顯著。類似的情況若經常出現，第二副詞便可能發生語法化，朝向更虛的成分邁進，變成虛語素（後綴）。原先兩詞是不同層次的「副詞連用」現象，到最後經過「重新分析」機制，轉變爲詞（派生詞）了。

至於，後綴「當」的來源是哪一種副詞呢？《詞典》列出了五種副詞用法，筆者以詞類標準重新分爲三類，就副詞的排序習慣，評注副詞「當」是高層謂語，較難與其他副詞構成「～當」；作「尙」解的程度副詞「當」，可能是「尙」的假借，作「很」解的程度副詞「當」，屬後起的用法。因此只有時間副詞「當」有可能是後綴「當」的來源。筆者認爲表「將」或「將要」的時間副詞，較有可能語法化爲後綴，試舉「便當」作說明。

19a 吾爲大王臨統四域，汝今至彼道吾敎勅：「信至之日，馳奔來覲，臥聞吾聲，便當起坐，坐聞吾聲，便當起立，立聞吾聲，便當涉路。」（吳支謙譯・撰集百緣經 p0248a）

 b 愛慾失義利 婬心鬱然熾 今日聞王語 便當捨愛慾。（西晉竺法護譯・生經 p0105c）

 c 轉輪王自念言：「若調此馬者，便當即好。」與調馬師使調，即時調好，最如賢善馬。（西晉法立共法炬譯・大樓炭經 p0282a）

 d 「今我家主恐罪至死，故一切資財盡持贖命，錢財若盡便當貧窮，無由自活。」比丘言：「汝莫愁惱，我當語汝夫不令用財。」（東晉佛陀跋陀羅共法顯譯・摩訶僧祇律 p0256b） e 時知房舍比丘與客比丘先有嫌，便作是念：「我今得子便當與破房，令其必死。便與敗房，柱壁危壞，近毘多羅恐怖之處。」（東晉佛陀跋陀羅共法顯譯‧摩訶僧祇律 p0257a）

f 醫便作是念：「是諸沙門聰明智慧，見我治者便當學得，不復求我。」（東晉佛陀跋陀羅共法顯譯‧摩訶僧祇律 p0488b）

g 人之習行不達有漏，便當留滯三界〔註34〕五趣，〔註35〕流轉生死無有出期。（姚秦竺佛念譯‧出曜經 p0725c）

上述 a 例是東吳譯品，記載大王在稱說自己的威嚴。「便當起坐」、「便當起立」、「便當涉路」的「便」爲「即」、「就」之意，「當」有「將」的意思，是時間副詞，修飾動詞謂語。

b 例出自西晉譯品。「今日聞王語，便當捨愛慾」前句點出時間，後句「當」的時間性更加明顯，有「將」之意，表示「捨愛慾」的時間在「聞王語」之後。c 例也是西晉譯品，記載轉輪王調馬的事情。「便當即好」意即「就將變好馬」，同經還有一段類似的記載，《大樓炭經》p0282a：「轉輪王見已念言：『此象若可調者，便當爲賢善。』則與調象師使調適，一反調，便調善，最如調善畜。」「便當爲賢善」相當於「便當即好」，都是未然語境，「當」仍具時間性。

d 例、e 例、f 例均出自東晉《摩訶僧祇律》，彼此有些不同。d 例「錢財若盡便當貧窮」意即「錢財若散盡，就將窮困」，「當」仍有「將」的意思，表示前一個假設條件成立，將會發生某種狀況。e 例「我今得子便當與破房」是未然語境，「便與敗房」是已然語境，此處的「當」似有兩解，一是仍有「將」之意，二是「當」泛化了，「便」的意義較顯著。f 例「見我治者便當學得」，意即「看到我的醫治後，就會學會（如何醫治）」，「便」隱含的意義較「當」顯著。

g 例出自姚秦譯品。「便當留滯三界五趣」意即「就將留在三界五趣之處」，因爲未完成前一分句的條件，所以導致有後面的結果。此處的「當」仍帶有「將」之意，表示未來會面臨的結果。

〔註34〕依據丁福保（2005）記載，三界是凡夫生死往來的境界，即欲界、色界、無色界。

〔註35〕依據丁福保（2005）記載，五趣，又稱五惡趣，五道等。即：一地獄，二餓鬼，三畜生，四人，五天。

表 5.3-1 沒有收錄「便當」，因爲筆者不認爲佛典的「便當」是派生詞。從上面幾個例子來看，「便當」是「副詞連用」，共同修飾謂語，其中「當」是時間副詞。倘若「便」的意義強過「當」，「當」的副詞性會減弱，減弱到最後變成爲無義可說的詞綴了。

簡單地說，時間副詞「當」若要語法化爲後綴應經過三個步驟。

1. 處於「副詞＋當」的環境。

2. 第一副詞的意義較明顯。

3. 該情況相當頻繁（高頻）。時間副詞「當」再度語法化。

對於後綴「當」的流行時代，筆者估計是在中唐以前，從表 5.3-1 可知「當」構詞的限制較多，僅能和少數的時間副詞、範圍副詞、評注副詞、重複副詞，派生出新詞，質產力不高，不是活潑的詞綴。禪宗語錄更少見到派生詞「～當」。在隋代譯經、《語要》和《五燈》中，它曾作動詞後綴（如「定當」），但這種情形不多。

根據前面的分析與解釋將文字的論述轉換成表格，依照語法化的演變過程、代表類型、義素有無、演變機制、語素性質、起點時代六項，展現後綴「當」的語法化現象。

表 5.3-2　後綴「當」的語法化現象總表

演變過程	第一階段	第二階段	第三階段	第四階段
代表類型	動詞	副詞	副詞連用	後綴
義素有無	＋雙方 ＋力量相等	－雙方 －力量相等	－雙方 －力量相等	－雙方 －力量相等
演變機制		泛化	泛化	泛化、重新分析
語素性質	實語素	實→虛	實→虛	虛語素 suffix
起點時代	先秦	先秦	魏晉南北朝	魏晉南北朝

第四節　小　結

根據前面的討論，本節將進行三綴的比較。筆者將從性質、詞法、語義、地域、時代、能產力六個方面，釐清「復」、「自」、「當」的同異。

（一）「復」、「自」、「當」的性質比較

從性質上來看，「復」、「自」、「當」均綴加在虛詞詞根之後，可以歸爲虛詞後綴。虛詞詞根的範圍很廣，它們是附著於「副詞性」詞根之後，所派生的新詞具有「副詞」的性質。換句話說，派生詞「～復」、「～自」、「～當」的中心詞在「詞根」，而不在「詞綴」。詞根決定了新詞的詞類和意義。

雖然這三綴都是副詞後綴，從它們所搭配的詞根來看，沒有明顯的重疊，從功能上看，它們不呈現互補分配，換言之，三綴沒有太大的相關性。

比較特殊地是，「復」作連詞後綴的情況很多，「當」可作動詞後綴，而且數量也不少，可能是梵文對譯的影響。「自」卻只能當副詞後綴。

蔣宗許（1995：29-31）指出「～自」、「～復」、「～當」具有對應性，同一個單音詞後接「自」，或「復」，或「當」，組合而成的雙音詞意義全無差別。例如，「亦自—亦復」、「雖自—雖復」、「皆自—皆復」、「猶自—猶復」、「故自—故復—故當」、「正自—正復—正當」等等，表示三個後綴具有相似的性質，因此可以換用。

根據本文的考察，筆者不認爲三綴具對應性，原因是本文採取的標準較嚴，只要「復」、「自」、「當」在文中還「有義可言」，均排除之。因此很多蔣氏所謂的派生詞都不符本文的標準。

（二）「復」、「自」、「當」的詞法比較

在第二章中，筆者介紹了五種派生詞構詞法。後綴「復」、「自」、「當」是空語素，構成「純造詞派生」。因爲，無論在語義或語法功能上，派生詞「～復」、「～自」、「～當」和單音節的詞根沒有分別，但是對詞根而言，它們確實是新造的詞，合乎「純造詞派生」的定義。

再從構詞細部來看，後綴「復」分爲七類，即：時間副詞、評注副詞、選擇連詞、假設連詞、轉折連詞、承接連詞、遞進連詞。後綴「自」分成三類，即：程度副詞、評注副詞、描摹副詞。後綴「當」構成五種詞，即：時間副詞、範圍副詞、評注副詞、重複副詞、動詞。其中，「復」當「連詞後綴」的比例高於當「副詞後綴」（見表5.1-1）。

（三）「復」、「自」、「當」的語義比較

Klefer（1998：276）認為小稱後綴受語境的影響，可以發展為說話人主觀的評價、判斷。或許是表示戲謔、情感、親密、輕鬆、謙遜、委婉等態度。漢語名詞後綴在這點上是有所表現的（參見第三章），可是像後綴「復」、「自」、「當」原本就無小稱之意，同樣也能表現出親密、輕鬆的語氣。也就是說，這三個虛語素是中性的，本身沒有口語、書面語或主觀態度等問題，但是當它語法化為「後綴」之後，卻常常用在口語化的場合。

蔣宗許（2005：32-33）主張「復」比「自」還口語化，前者在白話系統中較為活躍，後者在書面語系統使用較多。〔註36〕依蔣氏之意，「自」口語的普及程度不如「復」，所以可用在書面系統。反過來說，用於正式場合的書面語是較嚴謹的語言（白話可以較輕鬆詼諧），既然派生詞「～自」能被書面語接受，便顯示其口語性較低。

後綴「復」、「自」、「當」都是空語素，空語素是沒有語義的（參見第二章第一節），因此三者在語義層面沒有區別性。

另外，從源頭的種類來看三者並不相同。後綴「復」從重複副詞語法化而來，後綴「自」從描摹副詞語法化而來，後綴「當」從時間副詞語法化而來。源頭的類型不會影響詞綴的搭配選擇，它們廣泛附著於虛詞性詞根之後，組成多樣化的虛詞性派生詞。

（四）「復」、「自」、「當」的地域比較

經過本文的考察，「復」、「自」、「當」沒有明顯的地域色彩。以佛典為例，在安世高、支讖、竺大力、支謙、康僧會、佛陀跋陀羅、慧覺等人的譯品中，都出現過這些後綴。東漢的安世高、支讖、竺大力在洛陽一帶譯經，東吳的支謙、康僧會，在建業一帶譯經，東晉的佛陀跋陀羅在江左一帶譯經，元魏慧覺在北方譯經。可見，「復」、「自」、「當」的流通不侷限於某一地方，不是某地特有的方言後綴。

（五）「復」、「自」、「當」的時代比較

表 5.1-1、表 5.2-1、表 5.3-1 顯示，三綴多出現於五十部漢譯佛典，大抵是

〔註36〕依照蔣宗許（1995：29）一文，正史（史書類）也用「～自」，例如，《史記》有「陵亦自聚黨數千人」、「乃漫自好謝丞相」。

中唐以前的佛典。

　　參照中土語料的表現，後綴「復」估計在魏晉南北朝形成，不見於王梵志詩、《朱子語類》，而變文中亦很少。可見派生詞「～復」的數量從南北朝以後就快速下降，晚唐後便不太流行了。

　　後綴「自」主要也是流通於中唐以前，就數量和種類而言，禪宗語錄的後綴「自」不如漢譯佛典的。中土文獻部分，《論衡》沒有確定的例子，到了《世說》時，數量逐漸增多。唐代王梵志詩出現較少，變文、《朱子語類》還保存了一些。蔣宗許（1994：30）提到，現代的小說中還有派生詞「～自」，由此來證明後綴「自」的活力。筆者認為他所舉的詞條多產於前代，並不是新派生的詞，因此筆者不贊同蔣氏推論，他所提的這個現象應是「古語的殘留」。

　　「當」的情況也很類似，主要出現在五十部佛典裡，對照中土語料的表現，《論衡》沒有確定的例子，《世說》保存了一些，變文及《朱子語類》呈現下降趨勢，可見，佛典和中土文獻反映後綴「當」大約流通在中唐以前。

　　另外，實詞性派生詞產生的年代比較晚，例如，《世說》有動詞「併當」；動詞「定當」出現在隋代譯經、《語要》和《五燈》，反映了後綴「當」的「跨類現象」。

　　總而言之，三綴具有鮮明的時代性（中唐之前）。

（六）「復」、「自」、「當」的能產力比較

能產力分成質產力和量產力。

　　就質產力而言，三綴能產生的新詞種類不很豐富，大抵是「復」、「當」多於「自」。

　　就量產力而言，十五例的「～復」在漢譯佛典中出現 413 次，三部語錄出現了 14 次；六例的「～自」在漢譯佛典中出現 36 次，三部語錄出現 33 次（為「幸自」和「徒自」的加總）；十例的「當」（不含笈多譯品的動詞「～當」）在漢譯佛典出現 129 次，三部語錄出現 31 次。

第六章　結　論

　　本章是論文的尾聲，在前面的個案研究基礎上，現在，以鳥瞰的方式回顧本文談過的重點，以及解答第一章第一節所提出的問題，即：第一，西方的詞綴跟漢語的詞綴相同嗎？第二，漢語構詞法中，派生詞有什麼價值呢？第三，中古佛典的後綴是如何語法化呢？

　　本章的結構安排如下：

第一節　漢語詞綴與派生構詞的意義

第二節　佛典詞綴的語法化歷程

第三節　未來研究的展望

第一節　漢語詞綴與派生構詞的意義

　　在第二章表 2.1-1 裡，呈現西方屈折（inflection）和派生（derivation）的種種差異。因漢語的性質使然（孤立語），它沒有明顯的屈折形式，所以本文所探討的詞綴是針對「派生」這部分的。

一、詞綴的特色和類型

　　眾所周知漢語的前綴數量不多，大多以後綴為主，立基於本文對後綴的探討上，筆者試著歸納漢語詞綴的特色。

　　筆者以第二章表 2.1-1 談西方詞綴的特徵為基準，逐一檢驗漢語詞綴，分析漢語詞綴和西方詞綴的異同。並再次概括佛典後綴的類型。

　　和屈折相較下，派生有十二個特徵（見表 2.1-1）。

1. 與句法無關

2. 非強制性

3. 可替換

4. 表達新概念

5. 意義相當具體

6. 語義的不規則

7. 和本義相關

8. 有限的應用

9. 接近詞根

10. 較多同詞異形體

11. 不能累加表達

12. 可重複

　　要注意地是，這些特徵是多種語言的概括，不是每條都能適用於某種特定語言。而且特徵本身也有例外或模稜的時候。

　　以下，是筆者逐條檢驗的說明。

　　就第一條而言，漢語派生屬構詞問題，和句法沒有關係。

　　就第二、第三條而言，派生與否，有時是彈性的，例如，「這只鍋子很耐用」和「這只鍋很耐用」相通。

　　就第四條而言，有些派生表達新概念，有些則否（即表達性派生和純造詞派生），如「篩子」和「篩」是不同的概念，但「刀子」和「刀」是相同的概念。

　　就第五條而言，所謂「意義相對具體」，必須視情況來論，若是在類詞綴階段，尚有一定的理性意義，此時意義便「相對具體」，如果已經成為詞綴，便無理性意義了，例如，「飯頭」的「頭」有「人」之意；「饅頭」的「頭」則無義可說。

　　就第六條而言，Haspelmath（2002：74）舉 "-ation" 為例，它可以綴在 "V-ing" 之後，或表示狀態（state）、位置（place）、物體（object）、一群人

（a group of people）。漢語詞綴亦有此特點，例如，「子」搭配的詞根可以是有生物（動物、植物）、無生物（具體物）、抽象物。

就第七條而言，「和本義相關」主要討論格（case）、體（aspect）、時（tense）等變化，跟漢語派生無關。

就第八條而言，即便是能產力很強的詞綴（如英語的 "-ess" 及漢語的「子」、「頭」），也不可能與各種詞根搭配。

就第九條而言，西方派生的位置比屈折更接近詞根，在漢語的屈折不發達的前提下（甚至連哪些詞綴屬屈折都有問題），此條不適用。

就第十條而言，「較多同詞異形體」不適用於漢語派生。

就十一條而言，一個屈折成分可同時表達多個語法意義，漢語和西方派生都無此功能。

就十二條而言，派生可以重複綴加，如英語的 "post-post-modern"，漢語的「老爺子」。

綜上所述，漢語派生與西方派生相同點是：「與句法無關」、「非強制性」、「可替換」、「詞義不規則」、「有限的應用」、「不能累加表達」、「可重複」。至於「表達新概念」、「意義相當具體」要視情況而定。另外，「和本義相關」、「接近詞根」、「較多同詞異形體」則是漢語派生所沒有的。

此外，董秀芳（2004：34-41）歸納了漢語派生的五個特點。根據本文的研究，佛典的派生反映了三點：

1. 派生詞綴通常身兼多職。漢語語素具有多義性（polysemy），即便某語素語法化為詞綴，也不會影響實語素義項的存在，本文討論的七個後綴都是如此。

2. 很多詞綴不單表一種詞類，會有跨類的情形。例如，虛詞後綴「復」、「自」、「當」主要當副詞後綴，也可作動詞後綴。

3. 佛典後綴不發輕聲。從語音史的角度看，中古佛典的詞綴應不發「輕聲」，所以無法用語音分辨詞根或詞綴。

由此可見，同樣是語言，中、西的派生存在共性，因為性質有別，中、西方的派生存在殊性。

關於派生詞的類型，Beard（1995：155-176）提出了四種，佛典的派生只有其中兩種，即：「表達性派生」和「功能性派生」。

本文主張漢語有「純造詞派生」，並且還佔了很大的比例。〔註1〕這種派生詞的「詞根」是中心詞，「詞根」主導派生詞的詞類（「表達性派生」也是如此）。對純造詞派生來說，新的派生詞和詞根的概念是相當的，換言之，它不具有表2.1-1第四條「表達新概念」特色。

構成純造詞派生的詞綴是「空語素」，有形有音但無義，語法化得很徹底，只具有造詞的功能而已。「純造詞派生」是漢語的特點。

如果從位置來論，古漢語的後綴多於前綴。〔註2〕

二、派生構詞的意義

接著，再來看看「派生詞」對漢語構詞法的意義。

漢語構詞可分成語音造詞及語法造詞，後者又分為「複合詞」、「派生詞」、「重疊詞」。上古以後，「複合詞」為主流形式。「複合詞」講究語素之間必須有邏輯關連，關連愈緊密，結構愈穩固。葛佳才（2005：63-70）發現東漢雙音副詞以「聯合式合義詞」最能產，「附加式」次之。既然派生曾經是能產的構詞法，為何後來變成非主流呢？葛佳才（2005：63-70）的解釋是附加式語素之間的邏輯要求不高，容易形成，因緊密性、穩固性低，不易保留下來。這點正是筆者在第二章談的「依語素間內在組合關係來判斷派生詞」。

從原型（prototype）角度來說，典型的詞綴是中心詞，可決定派生詞的詞類。然而，漢語後綴僅有少數發揮此功能，大多數的中心詞由「詞根」擔任。所以漢語詞綴不是很典型。

派生詞內部結構鬆散，加上後綴功能有限，儘管在雙音化初始時，一度有很強的能產力，經過一段時間後，許多後綴便消失了（具有鮮明的時代性），本文討論的佛典後綴，在今天都已不能產或消失不用了。

第二節　佛典詞綴的語法化歷程

漢語詞綴（虛語素）多半是從實詞（實語素）語法化而來，語法化現象發生在一定的語境中，原先獨立的成分經過語法化，逐漸變得黏著，依附於鄰近

〔註1〕董秀芳（2004：35-37）認為漢語派生結構的類型以表達性派生為主。

〔註2〕楊憶慈（1996）推測前綴少於後綴的原因，可能是前綴多屬古語殘留。

成分，語言形式的理據逐漸減弱或消滅。現在，筆者分別從性質、時代、地域、能產力、來源等六個面向，總覽七個後綴的概況。最後，再從 Hopper（1991：22）揭櫫五原則，檢驗佛典詞綴的語法化。

一、詞綴的性質

　　本文依照「詞類」標準將討論對象分成：名詞後綴「子」、「兒」、「頭」和虛詞後綴「復」、「自」、「當」，另外，再按照「所表意義」分出時間後綴「來」。

二、形成時代

　　在五十部漢譯佛典裡，「子」多半具有〔繁衍〕或〔小〕義素。在三部禪宗語錄裡，兩個義素逐漸磨損，「子」搭配的詞根範圍放寬，擴大到無生語素或抽象語素。估計在唐代左右實詞「子」語法化爲後綴「子」。

　　在五十部漢譯佛典裡，「兒」只是類詞綴，有「人」的類義。在《五燈》裡，〔繁衍〕或〔小〕義素逐漸磨損，成爲後綴。估計在晚唐左右，實詞「兒」語法化爲後綴「兒」，時間上比「子」晚。

　　在五十部漢譯佛典裡，「頭」多具有〔端點〕義素，已進入語法化。在王梵志詩和《祖堂集》裡，〔端點〕義素磨損了，「頭」搭配的詞根範圍放寬，擴大到無生語素或抽象語素。估計在唐代左右，實詞「頭」語法化爲後綴「頭」，時間上可能和「子」差不多。

　　在三國佛典裡，「來」已有語法化的傾向，稍晚的佛典出現較多的時間後綴「來」。在三部禪宗語錄裡，種類增多了（質產力增加），但個別的單詞出現量並不多（量產力不高），宋代時只剩少數幾個派生詞「～來」。在六朝階段，實詞「來」有語法化的傾向，估計「來」的語法化時間費時較久。

　　在五十部漢譯佛典及魏晉小說裡，「復」展現了一定的能產力，可見，後綴「復」產生的年代比三個名詞詞綴還早，因爲「復」在先秦時已有虛詞用法，常常和其他的虛詞搭配，促使它較早轉變成後綴。不過，後綴「復」流行時間有限，晚唐以後數量便銳減了。

　　「自」是個能產力有限的後綴。它在先秦時已當虛詞，估計約在三國東吳時，就看到後綴「自」的蹤跡，它主要附加在副詞詞根之後。

　　「當」是個時代鮮明的後綴，佛典和中土文獻反映出它形成於魏晉南北朝，晚唐以後的數量銳減。

三、通行地域

比較起來，本文討論的後綴，均沒有明顯地域色彩，不管是何處的譯經，均使用「子」、「兒」、「頭」、「復」、「自」、「當」。

以時間後綴而言，「頭 7」的能產力不高，構成的新詞有限，所以，不如「來」流通得廣。

四、能產力

名詞後綴「子」和「頭」的質產力、量產力高於「兒」，因為「子」、「頭」所造的派生詞詞條多，平均每個詞條的出現數量也多。若是將時間後綴「來」和「頭 7」相比，則是「來」的能產力較高。虛詞後綴「復」、「當」的質產力和量產力均多於「自」。

以下，是七個後綴在能產力方面的量化數據：

表 6.2-1　佛典後綴總數表

序號	詞綴	表義特徵	漢譯佛典	祖堂集	古尊宿語要	五燈會元
1	～子	表植物	1	13	24	29
		表動物	42	9	44	44
		表職業、身分、特徵	24	10	38	34
		表具體物	10	58	170	274
		表抽象事物		16	28	34
		表量詞		22	47	53
2	～兒	表職業、身分	39	3	19	20
		表動物		6	5	23
		表具體物				5
3	～頭	表具體物前端	33	1	14	19
		表垂直物頂部	6	6	53	75
		表水平物一端	27	1	39	47
		表事物源頭	2			2
		表特徵、職業	1	5	44	70
		表空間方位	26	23	52	44
		表時間	2	7		2
		表具體物	1	34	59	98
		表抽象事物		12	66	67

4	～來	時間詞	107	28	52	86
5	～復	時間副詞	28	2		
		選擇連詞	78			
		假設連詞	145			2
		轉折連詞	75			
		承接連詞	4			2
		遞進連詞	75		3	5
6	～自	程度副詞	7			
		評注副詞	2	1	4	10
		描摹副詞	27		3	12
7	～當	時間副詞	29	2	1	1
		範圍副詞	68	1		
		評注副詞	21	1		
		重複副詞	1			
		動詞			15	10

五、語法化來源

名詞後綴「子」的演變是名詞語法化爲表職業的類詞綴，再進一步變成表物體等的後綴。「兒」的語法化和「子」相似。「頭」的演變是由名詞語法化爲表某端的類詞綴，再進一步變成表物體等的後綴。

時間後綴「來」從「行走」義的動詞語法化而成。

虛詞後綴「復」的演變是動詞語法化爲重複副詞，再進一步變成後綴。「自」的演變是代詞語法化爲描摹副詞，再進一步變成後綴。「當」的演變是動詞變爲時間副詞，再進一步變成後綴。

三個名詞後綴都是「詞法」層面的語法化，因爲它們形成之後，直接黏著在詞根，形成新的派生詞。時間後綴和虛詞後綴則不是這樣，這些後綴所組成的派生詞，其前身是「句法」關係，後來才變爲「詞法」關係。換言之，原先的兩成分是「非詞單位」（處於句法層面），發生語法化之後，兩成分逐漸凝固成「詞」。

六、語法化機制

通常漢語實詞語法化時，「意義磨損」或「泛化」是普遍用到的機制。本文

所討論的詞綴都有意義磨損的現象。如果是「句法層面」語法化為「詞法層面」的詞綴，則「定位」是很重要的先決條件，句法位置相鄰、成分界線模糊，就可能發生「重新分析」。但如果是「詞法層面」的語法化，往往不涉及「重新分析」。

有的詞綴本來只標誌一種詞類，後來又可當其他詞類的標誌，如「子」充當量詞後綴，屬「類推」的作用。﹝註3﹞在語法化的過程中，還可能發生「隱喻」或「轉喻」，例如，「兒」從「新生兒」隱喻為帶小稱義的動物（如「雀兒」）；「頭」從「人頭部」轉喻為表「具有某特徵的人」（如「蒼頭」）。

根據本文的研究，在語法化的過程中，「隱喻」和「轉喻」機制通常較早起作用，「重新分析」和「類推」是較晚運作的機制。「泛化」（語義磨損）則自始至終都參與語法化。

七、五個原則的檢驗

Hopper（1991：22）概括語法化的五個原則，即：「並存」（Layering）、「歧變」（Divergence）、「擇一」（Specialization）、「保存」（Persistence）、「降類」（De-categorialization）。﹝註4﹞這些原則亦適用於佛典後綴的語法化。

「並存」，即當新語法形式出現時，舊形式不立即消失，新舊形式會共存一段時間，表達相同的語法功能，例如，表職業的「子3」和「頭5」。（見第三章第一節、第三節）。

「歧變」，即一個實詞朝某方向演變為一種語法成分後，還可朝其他方向變為他種語法成分。例如，「頭」可輻射出不同的義項（見第三章第三節）。

「擇一」，即多個表達相同語法功能的形式，將會逐漸淘汰，剩下少數幾種，例如，「來」、「頭 $_7$」在競爭後，「來」存活的時間較長，使用較久（見第四章第二節）。

「保存」，即實詞語法化後還會帶有原來的一些特點。例如，「子」從名詞語法化為後綴，後綴「子」仍具備離散性（見第三章第一節）。

「降類」，即主要或開放詞類，降級為次要或封閉詞類。例如，動詞「當」是主要、開放詞類，語法化為虛詞後綴，變成次要、封閉詞類（見第五章第三節）。

﹝註3﹞「復」為何可當連詞後綴？本文暫且存疑（參見第五章第一節）。「當」作動詞後綴，可能是翻譯的影響。

﹝註4﹞中譯名為沈家煊（1994：19-20）的翻譯。

第三節　未來研究的展望

　　本文題爲「漢文佛典後綴的語法化現象」，旨在針對「漢文佛典的後綴」，採「語法化」的動態觀點，進行歷時的研究。筆者將語料分爲主要觀察語料（漢譯佛典、禪宗文獻）和次要觀察語料（非佛典的中土文獻）。無論是哪一類語料，只能做有限度的篩選，在一定的限度下，進行窮盡式考察。其次，本文在多種前提上，研治了三類、七個後綴。當然，佛典後綴不只這個數目的。不過，即便有種種的難點阻礙，本文仍然對漢語詞綴、佛典後綴、語法化歷程、語法化機制等問題，以謹慎的態度提出一些看法和檢討。

　　本研究應用在教學方面，能使學子更有系統地掌握後綴的知識。回歸於學術層面，筆者闡述了漢語詞綴的特色、漢語派生的類型、佛典後綴的來源、發展及其不同的用法，提供後進繼續討論的基礎。

　　本文還有一些問題懸而未決，例如，漢語的後綴爲何遠多於前綴？在漢語性質的限制下，如何有效判別雙音節形式是「兩個虛詞」，抑或「派生詞」？副詞後綴「復」爲何可跨類當連詞後綴？而且，爲什麼連詞後綴的用法比副詞後綴還多呢？

　　筆者認爲「詞綴」問題未來可從幾個方面繼續努力：

　　1. 上古漢語的詞綴：加強詞綴的辨別和來源考察。

　　2. 中古、近代漢語的詞綴：考察其他語料的詞綴。

　　3. 現代漢語的詞綴：探索新興類詞綴的意義及用法。

　　4. 方言詞綴：統理各方言區詞綴的共性和殊性。

　　5. 多語言的詞綴比較：他國詞綴跟漢語詞綴的個案研討及對比分析。

　　6. 詞綴的本質問題：尋求更精確的判斷標準、漢語前綴和後綴的比較、派生類型的再探討。

參考文獻

一、主要觀察語料

1. 新文豐出版公司編輯部編，1932，《大正新修大藏經》，台北，新文豐出版公司，1987年，修訂版。

2. 南唐・靜、筠禪師編著，952，《祖堂集》，收於《佛光大藏經・禪藏・史傳部》，高雄，佛光出版社，1994。

3. 宋・賾藏主編著，《古尊宿語要》，收於《佛光大藏經・禪藏・語錄部》，高雄，佛光出版社，1994（電子資料庫：http://www.buddhist-canon.com/SINOABHI/other/GUZUNSU/）

4. 藍吉富主編，1988，《五燈會元》，收於《禪宗全書・史傳部七》，台北，文殊出版社（電子資料庫：http://www.buddhist-canon.com/SINOABHI/other/WDHY/）

二、次要觀察語料

1. 東漢・王充，《論衡》，收於景印《文淵閣四庫全書》子部 168 雜家類（第 862 冊），台北，台灣商務印書館，1988。

2. 劉宋・劉義慶編、梁・劉孝標注、余嘉錫箋疏，1993，《世說新語箋疏》（修訂本），上海，上海古籍出版社。

3. 唐・王梵志著、項楚校注，1991，《王梵志詩校注》，上海，上海古籍出版社。

4. 潘重規編著，1994，《敦煌變文集新書》，台北，文津出版社。

5. 南宋・黎靖德編，1270，《朱子語類》，收於景印《文淵閣四庫全書》子部 168 雜家類（第 862 冊），台北，台灣商務印書館，1988。

三、中文資料

1. 梁・僧祐，《出三藏記集》，出自《大正新修大藏經》54 冊，台北，新文豐出版公司，1987，修訂版。

2. 唐·智昇,《開元釋教錄》,出自《大正新修大藏經》54 冊,台北,新文豐出版公司,1987,修訂版。

3. 清·姚維銳,《古書疑義舉例增補》,收於俞樾《古書疑義舉例五種》,北京,中華書局,1956。

4. 清·袁仁林著,解惠全註,《虛字說》,北京,中華書局,1989。

5. 清·劉淇著,章錫琛校注,《助字辨略》,北京,中華書局,1954。

6. 〔日〕小野玄妙著、楊白衣譯,1983,《佛教經典總論》,台北,新文豐出版公司。

7. 〔日〕太田辰夫著,江藍生、白維國譯,1991,《漢語史通考》,重慶,重慶出版社。

8. 〔日〕太田辰夫著,蔣紹愚、徐昌華譯,2003,《中國話歷史文法》(修訂譯本),北京,北京大學出版社,1987 初版。

9. 〔日〕志村良治著,江藍生、白維國譯,1995,《中國中世語法史研究》,北京,中華書局。

10. 〔日〕鎌田茂雄著,關世謙譯,1985,《中國佛教通史》第一卷,高雄,佛光出版社。

11. 〔日〕鎌田茂雄著,關世謙譯,1986,《中國佛教通史》第二卷,高雄,佛光出版社。

12. 〔日〕鎌田茂雄著,關世謙譯,1986,《中國佛教通史》第三卷,高雄,佛光出版社。

13. 〔俄〕莫景西(A. Monastyrski),1992,〈"儿化"、"儿尾"的分類和分區初探〉,《中山大學學報》(社會科學版)4 期,頁 131～138。

14. 〔美〕喬治·萊科夫(Goerge Lakoff)著,梁玉玲等譯,1994,《女人、火與危險物:範疇所揭示之智的奧祕》(上、下),台北,桂冠圖書公司。

15. 〔意〕馬西尼(Federico Masini)著、黃河清譯,1997,《現代漢語詞匯的形成——十九世紀漢語外來詞研究》,上海,漢語大詞典出版社。

16. 〔瑞士〕費迪南·德·索緒爾(Ferdinand de Saussure)著,斐文譯,1916,《普通語言學教程》(Cours de Linguistique Generale),南京,江蘇教育出版社,2002。

17. 〔德〕柯彼德,1992,〈試論漢語語素的分類〉,《世界漢語教學》1 期,頁 1～12。

18. Bubmann, Hadumod 著,陳蕙瑛等編譯,2003,《語言學詞典》(Lexikon Der Sorachwissenschaft),北京,商務印書館。(根據德國 Kröner 出版社 1990 第二版譯出)

19. Charled N. Li and Sandra A. Thompson 著,黃宣範譯,1983,《漢語語法》,台北,文鶴出版公司。

20. Crystal, David 著,方立、王得杏、王敘倫譯,1992,《語言學和語音學基礎詞典》(A first dictionary of linguistics and phonetics.),北京,北京語言學院出版社。(根據英國 Andre deutsch 出版社 1980 年初版譯出)

21. Leech, Geoffrey 著,李瑞華、王彤福、楊自儉、穆國豪譯,1987,《語義學》(Semantics),上海,上海外語教育出版社。(根據英國企鵝出版社 1983 增訂重印本譯出)

22. 丁福保編,2005,《佛學大辭典》,台北,佛陀教育基金會(1921 編纂)。

23. 于凌波,1991,《簡明佛學概論》,台北,東大圖書公司。

24. 中國社會科學院語言研究所詞典編輯室編,2005,《現代漢語詞典》(第五版),北京,商務印書館。

25. 方一新，1997，《東漢魏晉南北朝史書詞語箋釋》，合肥，黃山書社。

26. 方師鐸，1984，〈「子」字詞尾探原〉，收於《方師鐸文史叢稿——專論上篇》，台北，大立出版社，頁 179～190。

27. 方梅，2003，〈從空間範疇到時間範疇——説北京話中的「動詞——里」〉，收於《語法化與語法研究（一）》，北京，商務印書館，頁 145～165。

28. 方緒軍，2000，《現代漢語實詞》，上海，華東師範大學出版社。

29. 王力，1943～1944，《中國現代語法》，台北，藍燈文化，1987。

30. 王力，1944，《中國語法理論》，北京，中華書局，1955，重印本。

31. 王力，1957～1958，《漢語史稿》，北京，中華書局，1980，新版。

32. 王文顏，1984，《佛典漢譯之研究》，台北，天華出版公司。

33. 王文顏，1993，《佛典重譯經研究與考錄》，台北，文史哲出版社。

34. 王冬梅，2004，〈動詞轉指名詞的類型及相關解釋〉，《漢語學習》4 期，頁 5～11。

35. 王克仲，1982，關於先秦「所」字詞性的調查報告，收於《古漢語研究論文集》，北京，北京出版社。

36. 王志偉等撰，1993，《語言學百科辭典》，上海，上海辭書出版社。

37. 王汶鈴，2004，《漢語附加詞與複合詞的處理過程》，嘉義，國立中正大學語言所碩士論文。

38. 王洪君、富麗，2005，〈試論現代漢語的類詞綴〉，《語言科學》5 期，頁 3～17。

39. 王媛，2002，〈淺談「儿」〉，《魯行經院學報》6 期，頁 120～121。

40. 王福堂，1999，《漢語方言語音的演變和層次》，北京，語文出版社。

41. 王錦慧，2004，《「往」「來」「去」歷時演變綜論》，台北，里仁書局。

42. 王鍈，1986，《詩詞曲語辭例釋（增訂本）》，北京，中華書局，二版。

43. 史金生，2003，〈「畢竟」類副詞的功能差異及語法化歷程〉，收於《語法化與語法研究（一）》，北京，商務印書館，頁 60～78。

44. 弘學主編，1998，《佛學概論》，台北，水牛圖書公司。

45. 申小龍主編，2003，《語言學綱要》，上海，復旦大學出版社。

46. 石毓智，2000，《語法的認知語義基礎》，南昌，江西教育出版社。

47. 石毓智，2001，《語法的形式和理據》，南昌，江西教育出版社。

48. 石毓智，2003，《現代漢語語法系統的建立——動補結構的產生及其影響》，北京，北京語言大學出版社。

49. 石毓智、李訥，2001，《漢語語法化的歷程——形態句法發展的動因和機制》，北京，北京大學出版社。

50. 任繼愈主編，1981，《中國佛教史》第一卷，北京，中國社會科學出版社。

51. 任繼愈主編，1985，《中國佛教史》第二卷，北京，中國社會科學出版社。

52. 任繼愈主編，1988，《中國佛教史》第三卷，北京，中國社會科學出版社。

53. 曲守約，1972，《中古詞語考釋續編》，台北，藝文印書館。

54. 朴庸鎮，1998，《現代漢語之詞法與句法的界面》，台北，國立台灣師範大學國文所博士論文。

55. 朱亞軍、田宇，2000，〈現代漢語詞綴的性質及其分類研究〉，《學術交流》2 期，頁134～137。

56. 朱德熙，1982，《語法講義》，北京，商務印書館。

57. 朱德熙，1983，〈自指與轉指〉，《方言》1 期，頁173～189。

58. 朱慶之，1992，《佛典與中古漢語詞彙研究》，台北，文津出版社（1990 年四川大學博士論文）。

59. 江碧珠，1993，〈派生詞在詞彙學中的問題初探〉，《中國語言學論文集——第一屆全國研究生語言學研討會》，高雄，復文圖書出版社，頁153～168。

60. 江藍生，1988，《魏晉南北朝小說詞語匯釋》，北京，語文出版社。

61. 江藍生，2000，《近代漢語探源》，北京，商務印書館。

62. 江藍生、曹廣順編著，1997，《唐五代語言詞典》，上海，上海教育出版社。

63. 池昌海，2002，《現代漢語語法修辭教程》，杭州，浙江大學出版社。

64. 何耿庸，1965，〈大埔客家話的後綴〉，《中國語文》6 期，頁492～493。

65. 何樂士、敖鏡浩、王克仲、麥梅翹、王海棻，1985，《古代漢語虛詞通釋》，北京，北京出版社。

66. 吳福祥，2003，〈漢語伴隨介詞語法化的類型學研究——兼論 SVO 型語言中伴隨介詞的兩種演化模式〉，收於《語法化與語法研究（一）》，頁438～480（原載於《中國語文》2003 年 1 期，頁43～58）。

67. 吳福祥，2004a，〈「語法化」問題〉，《文史精華》11 期（原載於《中國社會科學院院報》2003/1/9）。

68. 吳福祥，2004b，〈近年來語法化研究的進展〉，《外語教學與研究》1 期，頁18～24。

69. 吳福祥、洪波主編，2003，《語法化與語法研究（一）》，北京，商務印書館。

70. 呂叔湘，1941，《中國文法要略》，台北，文史哲出版社，1985，再版。

71. 呂叔湘，1962，〈說「自由」和「黏著」〉，收於《呂叔湘文集》第二卷（漢語語法論文集），北京，商務印書館，1990，頁370～384（原載《中國語文》1 期）。

72. 呂叔湘，1979，〈漢語語法分析問題〉，收於《呂叔湘文集》第二卷（漢語語法論文集），北京，商務印書館，1990，頁481～571。

73. 呂叔湘，1985，《近代漢語指代詞》，上海，學林出版社。

74. 呂叔湘，1991，《文言虛字》，台北，文史哲出版社，再版。

75. 呂叔湘等著，1999，《語法研究入門》，北京，商務印書館。

76. 呂春華，2002，〈重慶方言的詞綴「頭」〉，《重慶三峽學院學報》6 期，頁44～46。

77. 呂澂編，1980，《新編漢文大藏經目錄》，濟南，齊魯書社。

78. 宋均芬，2002，《漢語詞彙學》，北京，知識出版社。

79. 束定芳，2000，《隱喻學研究》，上海，上海外語教育出版社。

80. 李立成，1994，〈「儿化」性質新探〉，《杭州大學學報》3 期，頁 108～115。

81. 李向農，2003，《現代漢語時點時段研究》，武昌，華中師範大學出版社。

82. 李林，1996，《古代漢語語法分析》，北京，中國社會科學院。

83. 李思敬，1994，《漢語「兒」音史研究》，台北，商務印書館，台灣修訂版。

84. 李崇月，2002，〈英語形容詞後綴-ical 和-ic 的差異及相關問題的探討〉，《江蘇大學學報》（高教研究版）4 期，頁 58～60。

85. 李新建，1992，〈《搜神記》複音詞研究──重疊式和附加式〉，《鄭州大學學報》（哲社版）6 期，頁 101～103。

86. 李維琦，1999，《佛經續釋詞》，長沙，岳麓書社。

87. 李臻儀，2004，〈「頭」字的語意延伸與語法化：歷時研究〉，第五屆台灣語言及其教學國際學術研討會，台中，靜宜大學，頁 1～13。

88. 李錫梅，1990，〈江津方言詞尾「頭」和方位詞「高」〉，《方言》1 期，頁 60～63。

89. 沈家煊，1994，〈「語法化」研究綜觀〉，《外語教學與研究》4 期，頁 17～24。

90. 沈家煊，2005，〈認知語言學〉，http://www.openedu.com.cn.

91. 沈家煊、吳福祥、馬貝加主編，2005，《語法化與語法研究（二）》，北京，商務印書館。

92. 汪洪瀾，1997，〈漢英派生詞比較研究〉，《寧夏大學學報》（哲社版）4 期，頁 18～21。

93. 汪維輝，2000，《東漢──隋常用詞演變研究》，南京，南京大學出版社。

94. 周法高，1963，〈漢語發展的歷史階段〉（Stage in the development of the Chinese Language），收於《中國語文論叢》，台北，正中書局，1981，台三版，頁 432～438。

95. 周法高，1994，《中國古代語法（構詞編)》，台北，中央研究院歷史語言研究所，景印二版，1962，初版。

96. 李永海，1999，〈漢語儿化音的發生與發展──兼與李思敬先生商榷〉，《民族語文》5 期，頁 19～30。

97. 林香薇，2001，《臺灣閩南語複合詞研究》，台北，國立台灣師範大學國文所博士論文。

98. 林倫倫，1991，《潮汕方言與文化研究》，廣東，廣東高等教育出版社。

99. 林倫倫，1996，《澄海方言研究》，汕頭，汕頭大學出版社。

100. 林清淵，2003，《閩南語的身體譬喻與代喻》，嘉義，國立中正大學語言所碩士論文。

101. 竺家寧，1996a，《早期佛經詞彙研究：西晉佛經詞彙研究》（國科會計畫成果報告書 NSC84-2411-H-194-018)，嘉義，國立中正大學中文所。

102. 竺家寧，1996b，〈早期佛經中的派生詞研究〉，第一屆宗教文化國際學術會議，高雄，佛光山，頁 1～24。

103. 竺家寧，1997，〈早期佛經語言之動補結構研究〉，第六屆漢語語言學國際會議，Leiden，Netherlands，頁 19～21。

104. 竺家寧，1998a，《早期佛經詞彙研究：三國佛經詞彙研究》（國科會計畫成果報告書 NSC86-2411-H-194-004)，嘉義，國立中正大學中文所。

105. 竺家寧，1998b，〈早期佛經詞彙的動賓結構——從訓詁角度探索〉，Seventh Annual meeting of the International Association of Chinese Linguistics/Ten North American Conference Linguistics，Stanford，California，頁 26～28。

106. 竺家寧，1998c，《中國語言和文字》，台北，台灣書店。

107. 竺家寧，1999a，《早期佛經詞彙研究：東漢佛經詞彙研究》（國科會計畫成果報告書 NSC88-2411-H-194-015），嘉義，國立中正大學中文所。

108. 竺家寧，1999b，《漢語詞彙學》，台北，五南圖書公司。

109. 竺家寧，1999c，〈佛經詞彙中的同素異序現象〉，The Eleventh north American Conference on Chinese Linguistics，Harvard University，USA，頁 18～20。

110. 竺家寧，2000a，〈魏晉語言中的「自」前綴〉，第九屆國際漢語語言學會議暨華語教學國際研討會，新加坡國立大學，頁 26～28。

111. 竺家寧，2000b，〈魏晉佛經的三音節構詞現象〉，收於《紀念王力先生百年誕辰語言學學術論文集》，北京，商務印書館，2002，頁 236～246。

112. 竺家寧，2001，〈中古漢語「消息」詞義研究〉，海峽兩岸漢語史研討會，北京，中國社會科學院語言研究所，頁 4～6。

113. 竺家寧，2002a，《安世高譯經複合詞詞義研究》（國科會計畫成果報告書 NSC90-2411-H-194-027），嘉義，國立中正大學中文所。

114. 竺家寧，2002b，《《搜神記》和近代佛經中的「來/去」〉，The Workshop on the Early Medieval Stories Soushenji, Institute of East Asian Studies at Charles University, Prague, Czech Republic. 頁 16～17。

115. 竺家寧，2003，《支謙譯經語言之動詞研究》（國科會計畫成果報告書 NSC91-2411-H-194-026），嘉義，國立中正大學中文所。

116. 竺家寧，2004a，〈不怎麼毒的「毒」〉，收於《佛經語言初探》，台北，橡樹林，頁 148～166。

117. 竺家寧，2004b，〈中古漢語的「兒」後綴〉，《第五屆國際古漢語語法研討會暨第四屆海峽兩岸語法史研討會論文集(II)》，台北，中央研究院語言學研究所，頁 365～384。

118. 竺家寧，2005，《佛經語言初探》，台北，橡樹林文化。

119. 邵敬敏，2000，《漢語語法的立體研究》，北京，商務印書館。

120. 邵敬敏、任芝鎮、李家樹，2003，《漢語語法專題研究》，桂林，廣西師範大學出版社。

121. 邱秀華，1998，《國語中「時間就是空間」的隱喻》，嘉義，國立中正大學語言所碩士論文。

122. 俞光中、〔日〕植田均，1999，《近代漢語語法研究》，上海，學林出版社。

123. 俞敏，1991，〈「打」雅〉，《語言教學與研究》1 期，頁 4～13。

124. 俞理明，1993，《佛經文獻語言》，成都，巴蜀書社。

125. 俞理明，2002，《漢魏六朝佛經代詞探新》，收於《法藏文庫‧中國佛教學術論典 69 冊》，高雄，佛光山文教基金會（1986 年四川大學中文所碩士論文）。

126. 姚振武，1993，〈關於古漢語的「自」和「復」〉，《中國語文》2 期，頁 143～150。

127. 姚振武，1997，〈再談中古漢語的「自」和相關問題〉，《中國語文》1 期，頁 55～62。

128. 柳士鎮，1992，《魏晉南北朝歷史語法》，南京，南京大學出版社。

129. 段納，2004，〈現代漢語方為詞中「頭」的構詞方式辨析〉，《平頂山師專學報》1 期，頁 58～61。

130. 洪波，1998，〈論漢語實詞虛化的機制〉，收於《古漢語語法論集》，北京，語文出版社，頁 370～379。

131. 胡壯麟，2004，《認知隱喻學》，北京，北京大學出版社。

132. 胡明揚，2003，〈説「打」〉，收於《胡明揚語言學論文集》，北京，商務印書館，頁 152～191（原載於〈語言論叢〉1984 年 2 輯）。

133. 胡附、文煉，1990，《現代漢語語法探索》，北京，商務印書館，新一版。

134. 胡敕瑞，2002，《《論衡》與東漢佛典詞語比較研究》，成都，巴蜀書社（1999 年北京大學中文所博士論文）。

135. 胡楚生，1999，《訓詁學大綱》，台北，華正書局，八版。

136. 范開泰、張亞軍，2000，《現代漢語語法分析》，上海，華東師範大學出版社。

137. 苗春華，2002，〈重慶方言的詞綴「頭」〉，《重慶三峽學院學報》6 期，頁 44～46。

138. 孫朝奮，1994，〈《虛化論》評介〉，《國外語言學》4 期，頁 19～25。

139. 孫錫信，1992，《漢語歷史語法要略》，上海，復旦大學出版社。

140. 孫錫信，2003，〈語法化機制探賾〉，《語言文字學》5 期，頁 35～42（原載於《紀念王力先生百年誕辰學術論文集》，北京，商務印書館，2002，頁 89～96）。

141. 孫豔，2000，〈現代漢語詞綴問題探討〉，《河北師範大學學報》（哲社版）3 期，頁 55～58。

142. 徐烈炯，1995，《語義學》（修訂本），北京，語文出版社。

143. 徐通鏘，1997，《語言論──語義型語言的結構原理和研究方法》，長春，東北師範大學出版社。

144. 徐越，2001，〈現代漢語的「-頭」〉，《語言教學與研究》4 期，頁 64～68。

145. 祝建軍，2004，〈「打 V」之「打」的語法化探析〉，《古漢語研究》3 期，頁 38～44。

146. 祝鴻杰，1991，〈漢語詞綴研究管見〉，《語言研究》2 期，頁 11～16。

147. 秦堅，2005，〈後綴「子」的類型和意義〉，《語言與翻譯》（漢文）1 期，頁 36～40。

148. 袁賓，1992，《近代漢語概論》，上海，上海教育出版社。

149. 袁賓主編，1994，《禪宗詞典》，武漢，湖北人民出版社。

150. 馬清華，2003，〈詞匯語法化的動因〉，《漢語學習》2 期，頁 15～20。

151. 馬清華，2006，《語義的多維研究》，北京，語文出版社。

152. 高婉瑜，2005a，〈論漢文佛典中的「～子」結構〉，第七屆中國訓詁學全國學術研討會，台北，政治大學中文系，頁 1～16。

153. 高婉瑜，2005b，〈再論佛典「～子」結構〉，《成大中文學報》13 期，頁 121～142。

154. 崔希亮，2001，《語言理解與認知》，北京，北京語言文化大學出版社。

155. 張小平，2003，〈當代漢語類詞綴辨析〉，《寧夏大學學報》（人社科版）5 期，頁 22
　　 ～25，65。

156. 張伯江、方梅，1996，《漢語功能語法研究》，南昌，江西教育出版社。

157. 張佩茹，2004，《英漢視覺動詞的時間結構、語義延伸及語法化》，台北，國立台灣師
　　 範大學華語文教學所碩士論文。

158. 張治江、成剛、汪澤源主編，1995，《佛教文化》，高雄，麗文文化公司。

159. 張相，1955，《詩詞曲語辭匯釋》（上、下冊），北京，中華書局，三版。

160. 張美蘭，1998，《禪宗語言概要》，台北，五南圖書。

161. 張美蘭，2003，《祖堂集語法研究》，北京，商務印書館。

162. 張斌，2003，《漢語語法學》，上海，上海教育出版社。

163. 張萬起編，1993，《世說新語詞典》，北京，商務印書館。

164. 張嘉驊，1994，《現代漢語後綴及其構詞問題之研究》，嘉義，國立中正大學中文所碩
　　 士論文。

165. 張夢井，2001，〈漢語名詞後綴「子」的形態學研究〉，《惠州大學學報》（哲社版）3
　　 期，39～47。

166. 張誼生，2000a，〈論與漢語副詞相關的虛化機制——兼論現代漢語副詞的性質、分類
　　 與範圍〉，《中國語文》1 期，頁 3～15。

167. 張誼生，2000b，《現代漢語副詞研究》，上海，學林出版社。

168. 張輝、承華，2002，〈試論漢英語法形式的轉喻理據與制約〉，《外語研究》6 期，頁
　　 15～19、32。

169. 張靜，1960，〈現代漢語的詞根和詞綴〉，收於《漢語語法疑難探解》，台北，文史哲
　　 出版社，1994。

170. 曹逢甫、蔡立中、劉秀瑩，2001，《身體與譬喻：語言與認知的首要介面》，台北，文
　　 鶴出版公司。

171. 曹瑞芳，2004，〈楊泉方言的動詞詞綴「打」〉，《語文研究》4 期，頁 55～57。

172. 曹廣順，1995，《近代漢語助詞》，北京，語文出版社。

173. 曹躍香，2004a，〈從「X 兒」產生理據上分析「兒」的性質和作用〉，《內蒙古師範大
　　 學學報》（哲社版）1 期，頁 93～98。

174. 曹躍香，2004b，〈現代漢語「X＋子」式詞中的 X 在單用時為 V 的情況考察及原因
　　 分析〉，《湘潭師範學院學報》（社科版）1 期，頁 107～110。

175. 梁啓超，1984，《中國佛教研究史》，台北，新文豐出版公司。

176. 梁曉虹，1994，《佛教詞語的構造與漢語詞彙的發展》，北京，北京語言學院出版社。

177. 梁曉虹，1998，〈禪宗語錄中「子」的用法〉，收於《佛教與漢語詞彙》，台北，佛光
　　 文化，2001，頁 363～381（原載於《古漢語研究》1998 年 2 期）。

178. 梁曉虹，2001，《佛教與漢語詞彙》，台北，佛光文化。

179. 許極燉，1998，《台灣語概論》，台北，前衛出版社。

180. 連金發，1996，〈台灣閩南語「的」的研究〉，《語言學門專計畫研究成果發表會論文集》，台北，中央研究院歷史語言研究所。

181. 連金發，1998，〈台灣閩南語詞綴「仔」的研究〉，《第二屆台灣語言國際研討會論文選集》，台北，文鶴出版有限公司。

182. 連金發，1999，〈台灣閩南語「頭」的構詞方式〉，《第五屆中國境內語言暨語言學國際研討會論文集》，台北，政大語言所暨英語系，頁 239～252。

183. 連金發，2000，〈構詞學問題探索〉，《漢語研究：台灣語言學的創造力專號》18 期，頁 61～78。

184. 郭良夫，1983，〈現代漢語的前綴和後綴〉，《中國語文》4 期，頁 250～256。

185. 陳光磊，1994，《漢語構詞法》，上海，學林出版社。

186. 陳秀蘭，2002，《敦煌變文詞彙研究》，成都，四川民族出版社。

187. 陳前瑞，2003，〈現實相關性與複合趨向補語中的"來"〉，《語法化與語法研究（一）》，北京，商務印書館，頁 43～59。

188. 陳垣，1999，《中國佛教史籍概論》，上海，上海書店出版社。

189. 陳美秀，2004，《「向」之語意延伸及其近似同義詞的認知研究》，嘉義，國立中正大學語言所碩士論文。

190. 陳援菴，1983，《釋氏疑年錄》，台北，天華出版公司。

191. 陳森，1959a，〈詞曲中「子」「兒」兩個語尾字的用法之分析（上）〉，《大陸雜誌》7 期，頁 23～25。

192. 陳森，1959b，〈詞曲中「子」「兒」兩個語尾字的用法之分析（下）〉，《大陸雜誌》8 期，頁 20～25。

193. 陳瑤，2003，〈漢語方言裡的方位詞頭〉，《方言》1 期，頁 88～92。

194. 陳豔，2003，〈小議「詞綴」的判定〉，《遼寧工學院學報》（哲社版）4 期，頁 75～76。

195. 彭小琴，2003，《古漢語詞綴研究——以「阿、老、頭、子」為例》，成都，四川大學碩士論文。

196. 湯廷池，1988，〈國語詞彙學導論：詞彙結構與構詞規律〉，收於《漢語詞法句法論集》，台北，台灣學生書局，頁 1～28。

197. 湯廷池，1992，〈漢語的「字」、「詞」、「語」、與「語素」〉，收於《漢語詞法句法三集》，台北，學生書局，頁 1～58。

198. 湯志祥，2000，〈粵語的常見後綴〉，《方言》4 期，頁 342～349。

199. 湯珍珠、陳忠敏，1993，《嘉定方言研究》，北京，社會科學文獻出版社。

200. 程祥徽、田小琳，1992，《現代漢語》（最新訂正版），台北，書林公司。

201. 程湘清，1992a，〈《論衡》複音詞研究〉，《兩漢漢語研究》，濟南，山東教育出版社，頁 262～340。

202. 程湘清，1992b，〈《世說新語》複音詞研究〉，《魏晉南北朝漢語研究》，濟南，山東教育出版社，頁 1～85。

203. 程湘清，1992c，〈變文複音詞研究〉，《隋唐五代漢語研究》，濟南，山東教育出版社，頁 1～132。

204. 程麗霞，2004，〈語言接觸、類推與形態化〉，《外語與外語教學》8 期，頁 53～56。

205. 馮春田，2000，《近代漢語語法研究》，濟南，山東教育出版社。

206. 馮勝利，1996，〈論漢語的「韻律詞」〉，《中國社會科學》1 期，頁 161～176。

207. 馮勝利，1997，《漢語的韻律、詞法與句法》，北京，北京大學出版社。

208. 黃苕冠，2001，《現代漢語徒手動作動詞〈打〉字的語義、語法探析》，台北，國立台灣師範大學華語文教學所碩士論文。

209. 楊伯峻、何樂士，2001，《古漢語語法及其發展》（上）（下），北京，語文出版社。

210. 楊純婷，2000，《中文裡的聯覺詞：知覺隱喻和隱喻延伸》，嘉義，國立中正大學語言所碩士論文。

211. 楊榮祥，2003，〈副詞詞尾源流考察〉，收於《語法化與語法研究（一）》2003，頁 400～417。（原載於《語言研究》2002 年 3 期，頁 66～72）。

212. 楊榮祥，2005，《近代漢語副詞研究》，北京，商務印書館。

213. 楊憶慈，1996，《《西遊記》詞彙研究——論擬聲詞、重疊詞和派生詞》，台南，國立成功大學中文所碩士論文。

214. 楊錫彭，2003，《漢語語素論》，南京，南京大學出版社。

215. 葛本儀主編，1992，《實用中國語言學詞典》，青島，青島出版社。

216. 萬佳才，2005，《東漢副詞系統研究》，長沙，岳麓書社。

217. 董志翹，2000，《《入唐求法巡禮行記》詞彙研究》，北京，中國社會科學出版社。

218. 董秀芳，1998，〈重新分析與「所」字功能的發展〉，《古漢語研究》3 期，頁 50～55。

219. 董秀芳，2001，〈古漢語中偏指代詞「相」的使用規則〉，《四川大學學報》（哲社版）2 期，頁 134～141。

220. 董秀芳，2002，《詞彙化：漢語雙音詞的衍生和發展》，成都，四川民族出版社。

221. 董秀芳，2004，《漢語的詞庫與句法》，北京，北京大學出版社。

222. 漢語大詞典編輯委員會編纂，1997，《漢語大詞典》，上海，漢語大詞典出版社。

223. 趙元任，1980，《中國話的文法》，香港，中文大學出版社。（又譯為《國語語法——中國話的文法》，台北，學海出版社，1991，再版）。

224. 趙冬梅，2002，〈關於小稱的基本認識〉，《語文學刊》2 期，頁 52、55。

225. 趙豔芳，2000a，〈認知語言學的理論基礎及形成過程〉，《外國語》1 期，頁 29～35。

226. 趙豔芳、周紅，2000，〈語義範疇與詞義演變的認知機制〉，《鄭州工業大學學報》4 期，頁 53～56。

227. 齊滬揚、張誼生、陳昌來合編，2002，《現代漢語虛詞研究綜述》，合肥，安徽教育出版社。

228. 劉丹青，2001，〈語法化中的更新、強化與疊加〉，《語言研究》2 期，頁 71～81。

229. 劉丹青，2003，《語序類型學與介詞理論》，北京，商務印書館。

230. 劉承慧，2002，《漢語動補結構歷史發展》，台北，翰蘆圖書。

231. 劉倩，2004，〈論「×子」和「×兒」的同與異〉，收於《語言學新思維》，北京，中國文聯出版社，頁 255～266。

232. 劉堅、江藍生、白維國、曹廣順，1992，《近代漢語虛詞研究》，北京，語文出版社。

233. 劉堅、曹廣順、吳福祥，1995，〈論誘發漢語詞彙語法化的若干因素〉，《中國語文》3 期，頁 161～169。

234. 劉雪春，2003，〈儿化的語言性質〉，《語言文字應用》3 期，頁 15～19。

235. 劉新中，2003，〈幾個常見詞綴再漢語方言中的分布〉，《學術研究》11 期，頁 137～140。

236. 劉瑞明，1987，〈助詞「復」續說〉，《語言研究》2 期，頁 46～48。

237. 劉瑞明，1989a，〈《世說新語》中的詞尾「自」和「復」〉，《中國語文》3 期，頁 211～215。

238. 劉瑞明，1989b，〈詞尾「自」類說〉，《語文研究》4 期，頁 16～19、27。

239. 劉瑞明，1997，〈從泛義動詞討論「取」并非動態助詞〉，《湖北大學學報》1 期，頁 90～94。

240. 劉瑞明，1998，〈「自」詞尾說否定之再否定〉，《綿陽師專學報》2 期，頁 1～8。

241. 潘文國、葉步青、韓洋，1993，《漢語的構詞法研究》，台北，台灣學生書局。（又，華東師範大學出版社，2004，再版）

242. 潘桂明、董群、麻天祥著，2000，《中國佛教百科全書》（歷史卷），上海，上海古籍出版社。

243. 蔣宗許，1990，〈也談詞尾「復」〉，《中國語文》4 期，頁 298～301。

244. 蔣宗許，1994，〈再說詞尾「自」和「復」——「中古漢語研究」系列〉，《綿陽師專學報》（哲社版）1 期，頁 23～31。

245. 蔣宗許，1995，〈詞尾「自」、「復」續說〉，《綿陽師專學報》（哲社版）1 期，頁 27～33。

246. 蔣宗許，1999，〈古代漢語詞尾縱橫談〉，《綿陽師專學報》（哲社版）6 期，頁 28～39。

247. 蔣宗許，2004a，〈詞尾「自」「復」三說——兼奉姚振武先生〉，《四川理工學院學報》2 期，頁 3～10。

248. 蔣宗許，2004b，〈論中古漢語詞尾「當」〉，《古漢語研究》2 期，頁 72～76。

249. 蔣紹愚，1990，《唐詩語言研究》，鄭州，中州古籍出版社。

250. 蔣紹愚，2003，〈「給」字句、「教」字句表被動的來源——兼談語法化、類推和功能擴展〉，收於《語法化與語法研究（一）》，北京，商務印書館，頁 202～223。

251. 蔣紹愚，2004，〈漢語語法演變若干問題的思考〉，《第五屆國際古漢語語法研討會暨第四屆海峽兩岸語法史研討會論文集（II）》，台北，中央研究院語言學研究所，頁 243～255。

252. 蔣冀騁、吳福祥，1997，《近代漢語綱要》，湖南，湖南教育出版社。

253. 蔣禮鴻，1997，《敦煌變文字義通釋》（增補定本），上海，上海古籍出版社，新三版。

254. 蔡日新，2001，《漢魏六朝佛教概觀》，台北，文津出版社。

255. 蔡奇林，2004，〈「六群比丘、「六眾苾芻」與「十二眾青衣小道童兒」——論佛典中「數・（群／眾）・名」仿譯式及其對漢語的影響〉，《佛學研究中心學報》9 期，頁 37～71。

256. 鄭國鋒，2002，〈漢語後綴與英語 Suffix 對比研究〉，《華東理工大學學報》（社科版）1 期，頁 103～108。

257. 鄭縈、陳雅雯，2005，〈「兒」的語法化過程〉，第 38 屆漢藏語暨語言學國際學術研討會，福建，廈門大學，頁 1～16。

258. 鄭縈、魏郁真，2006a，〈「子」的詞彙化與語法化過程〉，《興大中文學報》20 期，頁 1～30。

259. 鄭縈、魏郁真，2006b，〈「子」的語義演變〉，《靜宜人文社會學報》1 期，頁 1～30。

260. 鄭縈、魏郁真、陳雅雯，2005，〈歷史上小稱詞「子」與「兒」的互動（大綱）〉，第十三屆國際漢語語言學會議 IACL-13，荷蘭，來登大學，頁 1～13。

261. 鄧享璋，2004，〈閩中、閩北方言的名詞後綴「子」〉，《南平師專學報》3 期，頁 52～55。

262. 黎運漢、周日健編著，1985，《虛詞辨析》，香港，商務印書館。

263. 盧烈紅，1998，《《古尊宿語要》代詞助詞研究》，武漢，武漢大學出版社。

264. 盧廣誠，1999，《台灣閩南語詞彙研究》，台北，南天書局。

265. 錢乃榮，2002，《現代漢語概論》，台北，師大書苑。

266. 錢乃榮，2003，《上海語言發展史》，上海，上海人民出版社。

267. 錢曾怡主編，2001，《山東方言研究》，濟南，齊魯書社。

268. 戴祿華，2000，〈英語詞綴特徵探討〉，《懷化師專學報》6 期，頁 78～80。

269. 韓陳其，1996，《中國語言論》，台北，新文豐，台一版。

270. 韓陳其，2002，《漢語詞匯論稿》，南京，江蘇古籍出版社。

271. 韓漢雄，1994，〈英漢詞綴比較及其他〉，《杭州師範學院學報》4 期，頁 98～103。

272. 魏郁真、鄭縈，2005，〈明代四大奇書子尾之特點（大綱）〉，第十三屆國際漢語語言學會議 IACL-13，荷蘭，來登大學，頁 1～5。

273. 魏郁真，2006，《「子」的語法化與詞彙化研究》，台中，靜宜大學中文所碩士論文。

274. 魏培泉，2000，〈東漢魏晉南北朝在語法史上的地位〉，《漢學研究》18 卷特刊，頁 199～230。

275. 嚴戎庚，1996，〈論現代漢語詞綴及其助詞的區別〉，《新疆大學學報》（哲社版）4 期，頁 81～86。

276. 蘇以文，2005，《隱喻與認知》，台北，台大出版中心。

四、英文資料

1. Anderson, Stephen R 1992. A-Morphous morphology. Cambridge: Cambridge University Press.

2. Aronoff, Mark H. 1974. Word- Structure. Cambridge, MA. : MIT Working Papers in Linguistics.

3. Aronoff, Mark and Frank Anshen. 1998. Morphology and the Lexicon: Lexicalization and Ptoductivity. In Andrew Spencer and Aronld M. Zwicky, eds. The Handbook of Morphology. 237-47. Oxford: Blackwell Publishers.

4. Bauer, Lauries. 1995. Against Word-Based Morphology. Linguistics Inquicy 10:3. 508-69.

5. Beard, Robert. 1995. Lexeme-Morpheme Base Morphology: a general theory of inflection and word formation. Albany: State University of New York.

6. Bloomfield, Leonard. 1934. Language.中文版：袁家驊、趙世開、甘世福譯，北京商務印書館，1980

7. Bybee, John, Revere Perkins and William Pagliuca.1994. The Evolution of Grammar－ Tense, Aspect, and Modality in the Languages of the world. Chicago: The University of Chicago Press.

8. Campbell, Lyle and Richard Janda. 2001. Introduction: conceptions of grammaticalization and their problems. Language Sciences 23, 93-112.

9. Campbell, Lyle. 2001. What's Wrong with grammaticalization? Language Sciences 23.113-61.

10. Crystal, David. 2003. A dictionary of linguistics and phonetics (Fifth Edition). Oxford: Blackwell Publshers Ltd.

11. Dai, John Xing-Ling. 1998. Syntactic, phonological, and morphological words in Chinese. In Jerome L. Packard, ed. New approaches to Chinese word formation: morphology, phonology, and the lexicon in modern and ancient Chinese.103-34. Berlin, New York: Monton de Gruyter.

12. Dai, Xing-Ling. 1992. Chinese morphology and its interface with the syntax. Ph.D dissertation, The Ohio State University.

13. Driven, René and Marjolijn Verspoor.1998. Cognitive exploration of language and linguistics. Amsterdam: John Benjamins.

14. Edward Sapir. 1921. Language: An introduction to the study of speech.中文版：陸卓元譯，北京，商務印書館，1985，重排第二版。

15. Gao, Mobo C. F. 2000. Mandarin Chinese: An Introduction. Oxford: Oxford University Press.

16. Givón , Talmy. 1979. On Understanding Grammar. New York: Academic Press.

17. Harris, Alice C. and Lyle Campbell. 1995. Historical syntax in cross-linguistic perspective. Cambridge: Cambridge University Press.

18. Haspelmath, Martin. 1998. Does Grammaticalization need reanalysis？ Studies in Language 22:2. 315-51.

19. Haspelmath, Martin. 2002. Understanding Morphology. Oxford: Oxford University Press.

20. Heine, Bernd, and Mechthild Reh. 1984. Grammaticalization and reanalysis in African languages. Hamburg: Helmut Buske.

21. Heine, Bernd, Ulrike Claudi, and Friederike Hünnemeyer. 1991a. Grammaticalization: a conceptual framework. Chicago: The University of Chicago Press.

22. Heine, Bernd, Ulrike Claudi and Friederike Hünnemeyer. 1991b. From Cognition to Grammer—Evidence form African Languages. In Elizabeth Closs Traugott and Bernd Heine, eds. Approaches to grammaticalization. Vol 1. 149-87. Amsterdam: John Benjamins.

23. Heine, Bernd and Tania Kuteva. 2002. World Lexicon of Grammaticalization. Cambridge: Cambridge University Press.

24. Hopper, Paul J. 1991. On Some Principles of grammaticization. In Elizabeth Closs Traugott and Bernd Heine, eds. Approaches to grammaticalization. Vol 1. 17-35. Amsterdam: John Benjamins.

25. Hopper, Paul J. and Elizabeth Closs Traugott. 2003. Grammaticalization (second Edition). Cambridge: Cambridge University Press.

26. Jensen, John T. 1990. Morphology: word structure in generative grammar. Amsterdam: John Benjamins.

27. Joseph, Brian D. 2001. Is there such a thing as "grammaticalization?" Language Science 23.163-86.

28. Kiparsky, Paul. 1968. Linguistic universals and linguistic change. In Bach, Emmon, and Robert T. Harns, eds. Universals in Linguistic Theory. New York: Holt. Rinehart and Winston. 171-202.

29. Kiefer, Ferenc. 1998. Morphology and pragmatics. In Andrew Spencer and Arnold M. Zwicky, eds. The Handbook of Morphology. 272-79. Oxford: Blackwell Publishers.

30. Kuryłowicz, Jerzy. 〔1965〕1975. The evolution of grammatical categories. In Esquisses linguistiqes II, 38-54. Munich: Fink.

31. Lakoff, George and Mark Johnson. 1980. Metaphors we live by. Chicago: The University of Chicago Press.

32. Lakoff, George. 1986. Woman, Fire, and Dangerous Things：What categories reveal about the mind . Chicago: The University of Chicago Press.

33. Langacker, Roger W. 1977. Syntactic reanalysis. In Li, Charles N. ed. Mechanisms of Syntactic change. Austin: University of Texas Press.55-139.

34. Matthews, P. H. 1991. Morphology (second Edition). Cambridge: Cambridge University Press.

35. Meillet, Antoine. 1912. The passage of an autonomous word to the role of grammatical element. Scientia (Rivista di Scienza) 12, no.26, 6. Reprinted in Meillet 1958: 130-48.

36. Meillet, Antoine. 1958. Linguistique historique et linguistique générale. Paris. Champion. (Collection Linguistique publiée par la Société de Linguistique de paris 8)

37. Packard, Jerome L. 2000. The Morphology of Chinese: A Linguistic and Cognitive Approach. Cambridge: Cambridge University Press.

38. Ramat , Anna Giacalone. 1998. Testing the boundaries of grammaticalization. In Anna Giacalone Ramat and Paul J. Hopper, eds. The limits of Grammaticalization. 107-27. Amsterdam: John Benjamins.

39. Richards, Jack C, John Platt and Heidi Platt. 1992. Longman Dictionary of language Teaching and Applied Linguistics (second edition). England: Longman Group UK Limited.

40. Sweetser, Eve E. 1990. Form Etymology to Pragmatics: Metaphorical and Cultural Aspects of Semantic Structure. Cambridge: Cambridge University Press.

41. Trask, R. L. 1997. A student's dictionary of Language and Linguistics. New York: Arnold.

42. Trask, R. L, 周流溪導讀. 2000. Historical Linguistics. 北京，外語教學與研究出版社（英文版為 1996 年 Edward Aronld (Publishers) Ltd.）

43. Traugott Elizabeth Closs.1996. Grammaticalization and Lexicalizatio. In Jim Miller, ed. Concise encyclopedia of syntactic theories. New York: Oxford, Pergamon.

44. Traugitt, Elizabeth Closs and Richard B. Dasher. 2002. Regularity in Semantic Change. Cambridge: Cambridge University Press.

45. Wischer, Ilse. 2000. Grammaticalization versus lexicalization: 'Methinks' there is some confusion. In Olga Fischer, Anette Rosenbach and Dieter Stein, eds. Pathways of Change: grammaticalization in English. 355-70. Amsterdam: John Benjamins.

附錄　諸家詞綴簡評

　　本附錄共收有九位學者的「詞綴說」。依提出時代的先後排序，寫作條例是：先敘述學者之見，再附加筆者的評論。

（一）王　力

　　王力（1936）《中國文法學初探》否認漢語有語根（radical）、語尾（termination）的組合。50 年代的《中國現代語法》和《中國語法理論》，王力以「記號」（或附號）稱呼詞尾，定義爲：「凡語法成分，附加於詞或仂語〔註1〕或句子形式的前面或後面，以表示它們的性質者，叫做記號。」記號在語法意義上具有獨立性。另外，王力還提出「準前附號」，在音段不足處作爲湊音節用，屬於人造的語言，始終不在大眾的口語裡實現。王力將記號分成三種：

　　1. 前附號：動詞（所、打）、序數（第）、稱呼（阿、老）。

　　2. 準前附號：行（即行裁撤）、屬（殊屬不合）。

　　3. 後附號：修飾品（的）、名詞（兒、子）、首品（頭）、複數（們）、代詞（麼）、動詞（得）、情貌（了、著）。

　　後來，受到蘇聯語言學影響，1955 年和 1958 年又改口承認漢語具有形態，羅列了很多詞頭、詞尾的例子，證明漢語詞綴的存在，並且以「詞尾」指稱「構詞詞尾」，「形尾」指稱「構形詞尾」，「語尾」指稱「附著於短語的語尾」。

　　王力對漢語詞尾的看法從否認轉爲承認，又細分三類詞尾。根據他的論述，

〔註1〕王力（1943：45）的仂語（phrase），指把兩個以上的詞造成一種複合的意義單位。

可知「記號」說的範圍較一般詞綴要廣，因為一般詞綴通常指「附著於詞的附加成分」，而「記號」不局限於詞，擴及仂語、句子形式，這種切分方式十分科學，類似西方語言學的分法，只是「記號」並未受到普遍的支持。

關於記號的辨認問題，王力（1944：263-264）認為很簡單，只須看它和實詞或仂語黏附的緊不緊。黏附緊的就算一體。他曾談到西洋的詞頭詞尾意義較實，而中國的「兒」、「子」、「麼」、「第」意義太虛，故改稱為記號。由此推知，王力認為中國的詞尾有一個特徵：「意義較虛」。因此，從王力的角度來看，記號的判別實有三項標準：黏附性、意義虛、定位性。

（二）呂叔湘

呂叔湘（1941）稱詞綴為「詞尾」，意為「沒有豐富的意義，只有幫著造詞的作用」。根據潘文國、葉步青、韓洋（1993：64-65）說，呂氏首先提出「近似詞尾」的概念（如「～士」、「～員」等等），1979 年，呂氏改稱為以「語綴」，語綴的意義是：「附著於詞、短語、句子的成分」，可知呂叔湘的「語綴」和王力的「記號」概念相去不遠。而所謂的「近似詞尾」就是「類語綴」，呂氏強調這種語綴是漢語語綴的特點之一。

根據呂叔湘（1941）的解釋，其語綴範圍是更加廣泛了，連助詞也一併涵蓋在內。現今看來，助詞和詞綴不能規劃成一類，因為它們不是同一層面的問題，助詞是「詞」，運用在句法學上，詞綴則是「構詞語素」或「構形語素」，是詞的下一層單位，與構詞學有關；詞綴的種種特徵（意義、類義、標誌詞類等），亦不見於助詞。〔註2〕儘管如此，他發覺漢語有類語綴，並且為它命名，提醒後人正視這個現象。雖然類語綴該如何判斷仍是個問題，它究竟包含了哪些例證，亦頗有爭議，不過呂氏的見解確有開創之功。

（三）張　靜

張靜（1960：97-100）針對詞綴的特點發表了四個條件，強調詞綴必須完全具備四者才行。

1. 意義比詞根抽象、概括，不是指獨一無二的直接的物質意義的詞素。

2. 永遠不能以其在合成詞裡的意義獨立成詞。

〔註 2〕關於詞綴與助詞的區分，袁賓（1992）、嚴戒庚（1996）、Dai（1992）、Gao（2000）等，均有相關論述。

3. 不能用作簡稱詞的。

4. 構詞時位置固定的。

另外，又補充了三個參考條件：

5. 大多數詞綴具有較強的能產性。

6. 大多數詞綴不讀重音。

7. 大多數詞綴是一定詞類的標識。

張靜（1960：100-118）羅列許多的前、中、後綴的例子，例如，前綴（本人）、中綴（看了看）、後綴（這兒）等等，將這些例子都當成詞綴，是有些問題的（本人屬複合詞，了是助詞，這兒是兒化韻），可見張靜的詞綴範圍過於廣泛。再者，潘文國、葉步青、韓洋（1993：89-91）曾點出張靜的缺失，雖然張靜的解釋甚為綿密，但仍要做更深一層的檢視。

（四）趙元任

趙元任（1968）《漢語口語語法》把失去詞彙意義，有標準語法作用的稱為「典型語綴」，詞彙意義較實的又分兩種，即為「結合面寬的語素」、「新興語綴」。比較詳細的敘述見於 1980 年《中國話的文法》。趙元任（1980：116-138）稱 morpheme 為「語位」，將語綴改稱為「詞頭」、「詞尾」。正規的詞頭是很小的一類，不完全是虛語位，而且不是輕聲；詞尾是虛語位（但也有不全是虛語位的），絕大多數是輕聲，用在詞的後頭，表示詞的文法功能。細分如下：

1. 現代詞頭：單、多、汎、準、僞、不、無、非、親。

2. 正規詞頭：阿、老、第、初。

3. 現代詞尾：化、的、性、論、觀、率、法、界、炎、學、家、員。

4. 名詞詞尾：帶零詞尾、儿、子、頭、巴、們。

5. 動詞詞尾：零詞尾、了、著、起來、過、表嘗試的重疊、下去、法子。

6. 從屬詞尾：的。

7. 其他：麼、的慌……。

從趙元任（1980）4.1.4 判斷，趙氏主要以「意義」、「頻率」、「列表」、「輕重音」，作為區別實語位和虛語位的標準，虛語位的特徵是沒有意義，只標注實語位的文法功能，出現頻率高，可以列舉得完，多半不加輕聲，發音的頻率較高。趙氏提醒我們這些特徵都有程度的差別，所以有些中間情形是各種特徵的

不同程度結合。趙氏所提的四個標準是目前詞綴分類常用的準則。

（五）湯廷池

湯廷池（1992：19）提到四個判斷詞綴的標準：

1. 黏著語而非自由語。
2. 不具有明確的詞彙意義而具有語法意義。
3. 充當詞法上的「主要語」（head）或「中心語」（center）而決定整個詞
   的詞類。
4. 具有相當旺盛的孳生力而可以不斷的產生新詞。

關於第三標準，湯氏舉例說「～性」附加於詞根後會形成名詞；「～化」附加於詞根後，則形成作格動詞（ergative verb）。所以詞綴是決定詞類的重要成分。

（六）周法高

周法高對於詞綴的論述，見於 1994 年《中國古代語法：構詞編》。周法高（1994：202-203）將附加語（affix）分成前附語、後附語、中附語。細分如下：

1. 前附語：名詞（有、不、弗……）、狀詞（有、其、斯……）、動詞（言、
   爰、聿……）。
2. 後附語：名詞（父、甫、斯……）、狀詞（然、若、如……）、代詞（馨）。
3. 中附語：之。

另外，周氏還提到附加語和助詞（particites）都是「附著語形」（bound forms），兩者不易做明顯區分，大概附加語為詞的構成分子，助詞則附屬於句子或仂語，有時也附屬于單詞，但附著性遠不如附加語之緊。

（七）陳光磊

陳光磊（1994：21-23）說漢語構詞法有一類是派生詞，由詞根加詞綴組成。其中，詞綴是構詞成分，沒有實義，附著在詞根上才能起作用，或用於構詞，或用於構形，可稱為虛素。詞綴有兩個作用：

1. 標明一個詞的語義類型。
2. 表徵一個詞的語法功能（顯示詞類）。

依位置來分，分成前綴、後綴、中綴。詞綴有的能產，有的不能產，沒有絕對界限，是一個程度的問題。

陳光磊（1994：44-52）第四章談到漢語構形法，也就是形態變化法，包括

了加綴與重疊。陳氏將加綴的「綴」稱爲「構形詞綴」，再按位置分成前、中、後綴，明確地把「構詞」與「構形」區分開來，筆者認爲這是可取的方法，任學良《漢語造詞法》、王力晚期也曾做如此的區分，因爲這兩種詞綴形式相似，功用不同，不應混爲一談。

（八）連金發

連金發（1996，1998，1999，2000）提到，漢語的詞彙素（即實詞）與虛語素（即詞綴）多半沒有形式上的差別，但仍可透過「結構分析」、「音義關係」辨別。連氏認爲詞彙素（lexeme）音義皆備，是語言符號；語法形態素（虛語素，grammatical morpheme）音義關係不對稱，不是語言符號。所謂的派生詞，指含有實語素和虛語素的詞。

根據音義關係，語法形態素可分成四類：

1. 空形態素：語音〔＋〕語意〔－〕語法〔＋〕
2. 零形態素：語音〔－〕語意〔＋〕語法〔＋〕
3. 一形多義詞：語音〔－〕語意〔多〕語法〔＋〕
4. 多形一義詞：語音〔多〕語意〔－〕語法〔＋〕

連氏的說法對於區分詞彙成分給了我們一些啓發。有時相似的構詞成分僅是表面（形式）的類同，例如「床頭」與「木頭」均以「頭」來構詞，然而，經過音義辨別後，它們不屬同一個構詞模式。因此，通過語素內部的音義歸類是比較科學的方式。

（九）竺家寧

竺家寧（1999b：156-158）對派生（derivative word）的定義：「在詞根（stem）的前、後或中間塞入附加成分而構成的詞。」附加成分稱爲「詞綴」。詞綴通常是一個虛的成分，沒有實質的意義，由實詞虛化而成。詞綴的特徵如下：

1. 詞彙意義泛化或虛化。
2. 多半是附著詞素，和詞根緊密相聯。單獨析出不能成詞。
3. 在詞中的位置較固定。
4. 有很旺盛的造詞能力。
5. 有標誌詞性或語法功能的作用。

竺氏的說法大抵和王力、張靜一致，簡潔歸納詞綴的特徵。